人妻
孕ませ交姦
【涼乃と歩美】

御前 零士

フランス書院文庫X

人妻　孕ませ交姦【涼乃と歩美】

もくじ

フランス書院文庫X

人妻　孕ませ交姦
【涼乃と歩美】

第一章　夫婦を悩ませる夜の営み

新築の家は良いものだ。爽やかな木と畳の香りに心が安らぐ。二十六歳の主婦である二階堂涼乃《にかいどうすずの》は、どこもかしこも真新しいリビングで伸びをして微笑む。

大学一年生の時にサークルで出会った、ひとつ年上の彰良《あきら》と結婚して二年。まさかこんなに早くマイホームに住めるとは夢にも思っていなかった。日々会社で奮闘してくれている夫のお陰だ。これまで以上に家事に精を出して彼を労ってあげなくては罰が当たるというものだろう。

4LDKの家は二階建てで芝生敷きの庭もあり、駐車スペースはガレージタイプで盗難の恐れも少ない。家の外観は北欧スタイルで、白い外壁と青の三角屋根が目を引く。縦長の窓を多く備えて室内は明るく、最新の断熱技術により夏でも涼しく過ごせるのが売りだ。

建築に当たっては夫と良く話し合い、将来家族が増えることを見越して収納を多く備えている。リビングはフローリングだが一角には畳が六畳敷かれ、二方向を障子で閉じれば和室として使うこともできる。歳を重ねれば和風が恋しくなる、そんな変化にも対応できるようにとの設計だ。

月曜日の午前十時、涼乃は日課の掃除を終えて洗濯に取りかかる。洗濯機は角度の付いたドラム式で乾燥機能が付いていて、シーツや毛布といった大きなものでも楽に洗える。主婦としては洗濯の苦労が軽くなるのは助かる。苦痛だと感じてしまえばどうしても手を抜きがちになる。それでは額に汗して働く夫に申し訳が立たない。

「これでよし、と」

白くしなやかな指で洗濯機を操作して涼乃は微笑む。小一時間で洗濯は終わり、後は畳んでチェストにしまうだけだ。下着を人目に晒すことなく洗濯できるのが涼乃にはなにより嬉しい。なにしろ、涼乃のバストはトップ八十九センチのFカップなのだ。豊かな乳肉を包む大きなブラは異性にとって好奇の的となる。たとえ同性でも見られたくはなかった。

そしてまだまだ新婚の身にはショーツも重要だ。独身時代とは違って勝負下着にこだわらなくてもいいのだが、ベージュ色の地味なものばかり穿いていては夫に飽きられてしまう。時には派手な色やきわどいデザインをしたものを着けて彼を喜ばせてあげたい。しかしその手の下着こそ人目を憚る。変質者を寄せ付けないためにも外干しは控えるのが得策だろう。

「ふぅ……」

下着に思いを巡らせていると、自然にその先へも意識が向く。リビングへ戻った人妻は艶やかな朱唇から愁いを帯びた吐息を漏らす。不自由のない幸福な毎日を送れているとはいえ、気がかりなことはある。それは夫婦の夜についての悩みだった。

彰良との付き合いはもう八年になる。正直に言えば、彼の裸身を目にした際のときめきや緊張は薄れてしまった。ただ夫婦仲は良好で、毎日楽しいおしゃべりの時間を過ごせている。休日には連れ立って出掛けることも多い。端から見ればおしどり夫婦と言えるだろう。

だが仲が良すぎるのも問題らしい。夫婦と言うより兄妹のような雰囲気になってしまい、お互いを性の対象として見にくくなっているようだ。そのためか夜の営みは年を追う毎に回数が減ってきている。結婚を機に一時的には回復したものの、いまは週に二回が最高回数だ。夫の仕事疲れによってはまったくしない週もある有様だった。

涼乃としてはもう少し肉体の触れ合いを増やして欲しかった。最後までしなくても、胸や股間を弄られるだけで嬉しいものなのに。セックスを求めるのはなにも自分が淫乱だからという訳ではない。三十歳に近付くにつれ、性欲が強まってきたのだ。

(我慢するしかないのかしら……)

キッチンでお茶を淹れてリビングへ戻り、ソファへ腰掛けて傍らのマガジンラックから何気なく雑誌を手に取る。夫が通勤時に読むために買った情報誌だが、巻中には女性にも読める特集が組まれていた。〝夫婦のセックスはこう変えろ〟と見出しの付いた、過激な内容のものだ。

記事ではマンネリを迎えた夫婦にセックスレスを打開するための方策を説いている。派手な下着を纏う、未経験のプレイに挑戦する――提示されるどの項目も刺激が強すぎて、涼乃は溜め息混じりに雑誌をラックへ戻す。

自分は性に関してごく普通の経験をしてきたに過ぎず、妙な性癖を持ち合わせていることもない。記事にはSMプレイやイメージプレイといったいかがわしい淫技も紹介されていたが、急にしろと言われてもできはしないだろう。白けた時間が流れて余計にセックスが気まずくなるのが落ちだ。

派手な下着を身に着けるくらいならできるが、それには肝心の中身が引き締まっていなくてはならない。急に自分のスタイルが心配になって、若妻はカップをガラステーブルへ置いてソファから腰を上げる。清楚なフレアスカートをなびかせてリビングの隅へゆき、姿見に掛けられた布のカバーを捲り上げる。鏡に映る姿に異変はない。間食を控え毎日エクササイズに励んでいるお陰で、涼乃の肉体は優美なラインを維持できていた。

トップ八十九センチのFカップバストはつんと上向き、補正ブラの力を借りずとも深い魅惑の谷間を悠々と形作れる。何気ない動作にも反応してふるふる揺れてしまうことから、とろけるような柔らかさも兼ね備えていると断言できる。揉み立てる夫から柔らかいねと褒められるのが妻にはなにより嬉しい。

ウエストは悩ましくくびれて五十六センチだ。独身時代と変わらぬ細さを保つのは容易ではないが、夫のためにいつまでも美しくありたいと思えば鍛錬も苦にはならない。そしてヒップラインも気を抜けないポイントだ。加齢と共にどうしても下がってくる部分ではあるが、そこは日々の運動で逆らうことができる。きゅっと引き締まった逆ハート型の美尻は八十八センチで、街を歩けばすれ違う男性たちから熱い視線を浴びてしまう。

（おかしいところはないわよね）

姿見の前でしなやかな肉体を左右へ捻り、涼乃は隅々まで視線を走らせる。スタイルだけでなく肌の手入れにも抜かりはない。丹念に磨かれた素肌は透けるように白くてきめが細やかだ。うっすらと光を帯びた柔肌は十代の少女たちの輝きにも引けを取らない。涼乃自身は気付いていないが、純白の肌から匂い立つ甘い香りは男の理性を奪って野獣へと変える力を持つ。

背中の中程まで伸ばしている黒髪もしっとりと艶やかに輝いている。さらさらと流れるそれはコンディショナーの香りをたっぷりと含んで、鼻先をうずめれば天にも昇る心地になれるのは想像に難くない。そんな幸運を独り占めできるのは夫の彰良ただひとりなのだ。

完璧に近い女体もさることながら、最も他人の目を引くのは美貌だ。長い睫毛に縁取られた澄んだ瞳にすっと通った鼻筋、見るからに甘そうな形の良い朱唇、細いおとがい——涼乃の顔立ちには非の打ち所がない。

若い頃から整っていた美顔なのに、涼乃自身はあまり良い感情を持ってはいなかった。見た目に引かれた多くの異性から散々交際を申し込まれ、嫌な思いをしたからだ。

しかし涼乃の経験人数は、艶めかしい外見にそぐわずふたりと少ない。処女を失ったのは高校一年生の時、最初の恋人が相手だ。同級生の彼に好きだと告白され、仄かな恋心を抱いていたこともあって付き合うようになった。

身体を求められたのは交際が始まって一ヶ月あまり過ぎた頃だった。まだ早いと考えたものの、拒めば嫌われてしまいそうで首を縦に振ってしまった。破瓜の痛みは強烈だったが、好きな人とひとつになれたことが嬉しくて涙がこぼれたのを覚えている。

しかし交際は長続きしなかった。彼は一線を越えてから傲慢になってしまい、顔を合わせればセックスを強要するようになったのだ。身体にしか興味がないそんな態度に嫌気が差し、恋心は一瞬にして冷めた。こうしてろくな快感も覚えないまま、最初の彼との交際は三ヶ月も保たずに終わった。

別れたことが噂になると、先輩後輩問わず次々に交際の申し込みを受けるようになった。その光景を妬んだ同性から尻軽女と陰口を叩かれ、何度泣いたか分からない。恋愛するのが億劫になって、その後は新たな恋人を作ることもなく高校を卒業して大学へと進学した。そして出会ったのが彰良だった。

彼は最初の恋人とは違って、性急に身体を求めようとはしなかった。過去になにがあったのかは尋ねてこなかったが、きっと態度から察してくれたのだろう。初めてキスを交わすのに交際開始から三ヶ月、その先へ進んだのは半年を過ぎていた。

彰良のセックスは優しくて、自分でも信じられないくらいに感じてしまったことが脳裏に焼き付いている。肌を重ねるには心が大事なのだと思い至り、初めてのオーガズムを経験した。頭の中が真っ白になって背筋に電流が走る、甘く狂おしい感覚。気付けば自分も彰良も泣いていて、酷く感動したものだった。

その後から現在まで、彰良とのセックスに於いて悪い記憶はない。彼はこちらの気分を大事にしてくれて、気乗りがしない素振りを見せればそれ以上求めようとはしない。自分の性欲を抑えてまでこちらを気遣ってくれる、そんな優しさに心を打たれたのがプロポーズを受けた理由のひとつだ。

妻になると決めてからのセックスはとても甘美で、毎日肌を重ねた週もあった。彰良もいつもの爽やかさをうち捨て、鼻息も荒く身体を求めてきたものだ。しかしマンネリという見えない敵の、なんと手強いことか。身体を磨いていつでも求めに応じられるようにしているのに、彰良がけだもののように襲ってくる姿はそれ以来長いこと見ていない。あの日々は夢だったのかと思うと溜め息が漏れて気が重くなってくる。

(なにか、良い方法はないのかしら。このままじゃ……)

マイホームに住めるようになったいま、残る願いは妊娠だけとなった。結婚したからにはやはり子供が欲しい。できることなら男の子と女の子をひとりずつ、先に男の子を授かるのが夢だ。

だがまだ彰良に子作りの意志はないようで、営みの際にはきっちりとコンドームを着けられてしまう。交際を始めてからいままで、膣内で射精されたことは一度としてない。避妊を真面目に考えるその姿勢はすごく嬉しい。しかし現在はセックスが途切れかねない危機的な状況にある。行為そのものがなくなったら避妊をするしないの話どころではなくなる。

一度レス状態になったら再開させるのは難しいと聞く。そんな中で子作り目的でせがめば義務感が生まれ、余計に男性は性欲を減退させてしまうようだ。温かな家庭を築くには彰良との間に蜜月を取り戻す必要があった。

自分から誘ってみようかとも考えるものの、涼乃には口を開く勇気が出せない。セックスのことばかり考えているのかと呆れられるのが怖いのだ。彼に嫌われたらもうこの家には住んでいられなくなるだろう。

ではこの状況を好転させるにはどうするのが良策なのだろうか。夫の出方を待つのではいつになるか分からないし、望んだ答が得られる確証もない。ここはやはり自分から切り出すしかなさそうだ。嫌われるリスクは言葉を選べば回避できる。

（悩んでたって始まらないし、行動に移さないとね）

涼乃は整った美貌に眩い笑みを浮かべて姿見の自分を見詰め、布カバーを下ろして昼食の準備へと向かう。窓の外は晴れ渡り、澄んだ青空に流れる白い雲が目に痛いくらいだった。

「お～い彰良君、この書類途中のページが抜けてるぞ」

「え⁉　す、すみません部長、すぐ作り直します」

上司の席へ小走りに向かった彰良は書類を受け取り、自席へ戻って自分の頬をぱしぱしと両手で叩いて気合いを入れる。明らかな凡ミスであり、集中力が散漫になっている証拠だ。係長から課長への昇進が決まったせいもあるだろうか。Yシャツを腕捲りした姿が爽やかな青年はひとつ深呼吸をする。

だが足が地に着かない真の理由は他にある。それは見目麗しい愛妻についてのことだった。大学時代から続けてきた交際を夫婦生活に切り替えて早二年。このところ、彼女と妙にすれ違っている気がしてならない。毎日キスを交わし、おしゃべりをすれば笑顔もこぼれる。一見すると夫婦の間に問題はなさそうに思えるが、それだけに僅かな綻びが目立って見えてくる。

そんな部下の様子を気に掛け、上司が席を立って歩み寄る。そして右肩をそっと叩いて耳打ちする。

「どうかしたのか、彰良君。ここんとこどうにも変だぞ。なにか悩みでもあるんじゃないのか」

「え、ええ、それは……。顔に出てましたかね、すみません」

彰良は上司である森坂公一《もりさかこういち》に頭を下げ、苦笑いを浮かべる。森坂は部長職を務める四十五歳の中年男だ。十歳年下の美人妻・歩美《あゆみ》と二階建てのマイホームでふたり暮らしをしている。百七十センチの身長に対して体重は八十五キロと少々メタボリックで、顔立ちもぱっとしない。しかもふとした拍子に中年ならではの好色さが言動に出てしまい、女子社員からの人気は壊滅的だ。

対して彰良は身長百七十五センチ、端正な顔立ちと細身の体軀で女性社員から日々熱い視線を浴びている。課長への昇進も決まり、その人気はうなぎ登りだ。ふたりの共通点は妻が美人であるというところだが、周囲の人間にはなぜ森坂のような冴えない男が美人妻を娶れたのかが大きな謎だった。

彰良は入社時に森坂の部署へ配置され、それが契機となって私事でも接する機会が多くなった。結婚式には会社代表として招き、それ以来夫婦ぐるみでの付き合いがある。涼乃と歩美は姉妹のように仲が良く、時折ふたりで出掛けたりもしているようだった。

「実は、あの……、いえ、ここじゃあちょっと……」

普段から世話になっている安心感もあって、彰良は悩みを口にしかける。しかしまだ就業中であり、すぐに言葉を切ってしまう。森坂はふむと小首を傾げ、贅肉が余り気味の脂顔を綻ばせる。

「分かった、じゃあ今夜ふたりで軽く一杯やろう。きちんと涼乃くんに呑みに行くことを伝えておくようにな。ま、そんなに遅くはならんが。ウチも歩美が待ってるしな」

「ええ、分かりました。じゃあまた後に」

のしのしと去って行く上司を見送り、青年はデスクに向き直ってひとつ息を吐く。これは良い機会かも知れない。森坂は歩美との結婚生活を十年続けており、夫婦仲は未だに熱々だと聞く。上手く生活してゆける秘訣を色々と知っているに違いない。

終業時間を迎え、会社ビルを出た彰良は森坂と居酒屋へ入る。全席個室の店で、店員も呼び鈴を押すまではやってこない。密談をするにはうってつけの場所だ。

「……で、なにをそんなに悩んでるんだ」

中ジョッキのビールを空け合ってひとしきり料理も腹へ詰め込み、中年部長が身を乗り出す。程良く酔いが回ったこともあり、若い部下は溜め息混じりに口を開く。

「その、ですね。妻のことで、少し、その……」

「なんだ、歯切れの悪い。男同士の秘密だ、なにも心配は要らん。ぶっちゃけてみろ」

森坂は冴えない見た目とは裏腹に豪胆なところがある。そんな部分に歩美も惹かれたのだろうか。彰良は頷いて真顔になり、胸の内を吐露する。

「情けない話、なんですが。妻との夜が上手く行かなくて。彼女に不満があるとかじゃないんですけど、なんて言うのか……いまひとつ盛り上がらない気がしてて。そんなことを考えてたら、段々ご無沙汰気味になっちゃってですね」

「ほう、そうだったのか。まったく、なにを悩んでいるのかと思えば。その手のことだったら、なんで真っ先に俺を頼らないんだ。俺がすごくエロいってことは噂で聞いてるだろ。その場でアドバイスできただろうにさ」

「え、そ、そうですね、ははは」

彰良は安堵してジョッキを傾け、喉を潤す。男の沽券に関わる問題だっただけに言い淀んでいたが、どうやら杞憂だったようだ。森坂の様子からして、どうやら似たような経験があるらしい。

「それで、どうしたものかと考えてたら色々と手に付かなくなってきて。どうもあいつ、そろそろ子供が欲しいみたいなんです。でもオレとしてはまだ早いっていうか、もう少しあいつとの生活を楽しみたいっていうか。心から楽しめてないんですよ、エッチが」

「ふむぅ」

太った上司もジョッキを呷り、お代わりを頼んで暫し腕を組む。そして店員が去った後に新たなジョッキに口を付け、美味そうに息を吐いてから口角を持ち上げる。

「ま、気持ちは良く分かる。涼乃くんもウチのと同じくらい器量好しだからな。で、夜についての話はしてみたのか」

「いえ、それはまだ。いきなりそんな話をしたら嫌われそうで……」

若い部下が肩を落とすと、中年上司は小さく笑って頷く。

「うんうん、分かるぞ。ウチもそうだったからな。歩美は見た目遊んでそうに見えるけど、実は超の付く真面目人間だったんだ。だからエッチに関してはもう常に手探り状態でな。なにを求めてるのかさっぱり分からなくて、毎回終わる度に嫌われたんじゃないかってへこんだもんだ。でも乗り越えたからな、いまもアツアツってワケだ」

「そうでしたか……」

彰良は尊敬の眼差しで上司を見遣る。人は見かけによらないものだ。この分なら良い助言をもらえるかも知れない。次の句を待っていると、森坂は身を乗り出す。

「まずは、そうだな……、君の固定観念を崩すとこから始めんとダメなようだな。女性にも性欲はある、それも男なんざ比較にならないほど強いんだ。しかも三十歳に近付くにつれて性欲が強まる傾向にあるんだよ。知ってたか？」

「いえ、初耳です。ほ、ホントなんですか」

端正な顔立ちの部下が目を丸くすると、肥満上司は気分良さげにジョッキを傾ける。

「マジな話だ。でなけりゃ世の中、こんなに浮気話で溢れ返るもんか。ま、大部分の旦那衆が自分の嫁について偏見を持ってるってこった。結婚して家に入れたら終わりって考えちまうんだよな、俺もそうだった。けど実際は逆だ。結婚してからが難しいんだよ。嫁の性欲にどう向き合っていくか、それを真剣に考えなきゃ仮面夫婦にまっしぐらだな」

「な、なるほど……」

彰良は椅子に背を預けて脳裏に愛妻を思い浮かべる。涼乃はいつも清楚で穢れとは無縁に見える。しかし胸の内では日々高まる性欲に悩んでいたというのだ。にわかには信じ難いが、結婚生活の先輩である男が言うのだから信憑性は高い。

だが簡単に解決できれば悩みはしない。涼乃に対して肉欲はあるものの、付き合いが長くなってきたせいかいまひとつ盛り上がりに欠ける。つまりはマンネリだ。彼女が妹のように思えてきたことも原因のひとつだろうか、脳裏を真っ白にするほどの興奮を覚えられない。

「でも、ですね、どうやって打ち明けたものか……。オレの考え方もスパッと切り替えられるものでもないですし」

「ふむ、まぁそうだな、一理ある。人間ってのは急には変わらないし、変えられないしな」

森坂は腕を組んで宙を仰ぎ、ぶつぶつと呟きながら思考を巡らせる。

「ちょっと聞くが、涼乃くんから誘われたことは？」

「いえ、ないです。毎回こっちからですね」

「ふむ、じゃあアブノーマルなプレイに挑戦したことはあるかい。縛ったりとか、コスプレとかの」

「いえ、それもないですね。怖くてできませんよ、そんなこと」

「ふぅむ……」

上司は再度宙を仰ぎ、腕を組んだまま右指でトントンと左の二の腕を叩く。そして真っ直ぐに部下を見詰める。

「どうやら、彰良君も涼乃くんも真面目すぎるのが原因に思えるな。昔の歩美と同じだよ。ってことはもう問題は解決したも同然だな、うん」

「え、どういうことです」

呆気に取られる彰良に笑みを返し、森坂はスマートフォンを取り出してメッセージアプリを立ち上げる。

「ま、この先は歩美も交えて話をしよう。その方が君も分かり易いだろうしな」

「は、はぁ……」

どうやら森坂はこの場に自分の妻を呼ぶ気らしい。相談を持ちかけた手前断るのも失礼だ。彰良は黙って提案を受け入れ、〝助っ人〟の到着を待った。

「や、済まないな、呼びつけちまって」

「ふふ、良いのよ。彰良クンにも会いたかったし。元気にしてた?」

「は、はい、どうも」

三十分と経たずに歩美は店へやってきた。ただでさえ眩い美貌に薄化粧を施し、膝丈のフレアスカートに胸元の開いたブラウスを合わせた可憐な出で立ちだ。森坂の右隣へ腰掛けた美人妻に眩い笑みを向けられ、青年はどぎまぎしながら会釈する。

彼女は涼乃とは違う派手目の美女だ。身長は百六十センチと少し涼乃より低いがスタイルは引けを取らない。森坂によればバストはトップ八十八センチのEカップでウエストは五十八センチ、ヒップは八十八センチらしい。色白の美肌をして黒髪を肩口まで伸ばしている。三十五歳になったとのことだが瑞々しい雰囲気に包まれ、まったく年齢を感じさせない。

「それで、彰良クンはなにを悩んでるの？」

「ああ、そのことなんだがな。是非とも、女性の視点からも助言をしてもらいたくってさ。それでご足労願ったってワケだ」

暫しの歓談を交えてから上司の妻が切り出す。ビールを呑んでほろ酔いとなった歩美は益々妖艶さを増す。左頬にかかった黒髪を左手で耳へ掛けながら覗き込んでくる仕草がなんとも色っぽい。年上女性の色香に当てられ、彰良は思わず息を呑む。

「すみません、歩美さんにまでご迷惑を。お恥ずかしい限りです」

「もう、他人行儀ねぇ。あたしだっていつもすずちゃんにはお世話になってるし、遠慮なんかしなくていいのよ」

切れ長の瞳に見詰められ、青年の体温は急激に上がる。上司の妻ということもあるだろうか、歩美と会うといつも緊張してしまう。そんな様子を見て森坂も笑い、美味そうにジョッキを呷る。

「そうだぞ彰良君、俺たちにとっちゃ君ら夫婦は弟夫婦みたいなもんなんだ。だから遠慮は要らんよ」

「はい、それじゃ、お言葉に甘えて……」

興味津々といった様相の年上妻に向き直り、彰良は胸の内に淀んでいる思いを言葉にしてゆく。歩美はひとつひとつ頷きながら耳を傾け、にっこりと微笑む。

「ふふ、そういうこと。そうねぇ、あたしもこの人の意見に賛成かな。彰良クンもすずちゃんも超真面目だもんね。素の自分を相手に見せたことないんだろうなぁって、いつも思ってたの」

「そ、そうですか……」

いきなり事態の核心を突かれた気がして、青年はがっくりと肩を落とす。すると上司がすかさずまぁまぁと両手をひらひらさせる。

「そう落ち込むなって、誰だって同じなんだから。こんなこと言ってるけど、歩美だって新婚時代はガチガチの真面目人間だったんだしな」

「あら、それを言っちゃう？　だって、あの頃はあなたに嫌われたくなくて必死だったんだからしょうがないじゃない」

「こらこら、よさないか。彰良君の前だぞ」

中年夫婦は他の目がないのを良いことにいちゃつき出す。彰良は呆然とふたりを見遣り、ビールで喉を湿らせる。森坂と歩美はまるで新婚夫婦のようだった。

「ま、俺たちの夫婦事情も打ち明けとくか。彰良君のだけ聞くのは不公平だしな」

「そうね、じゃあ教えちゃう。あたしたちね、週に五回はしてるのよ、いまでも」

「え……っ、そ……」

酔いが回ったせいか、歩美はあっけらかんと自分たちの性事情を暴露する。本人たちを目の前にして聞かされるのだからその衝撃は絶大だ。つい歩美の乱れる姿を想像してしまい、青年は赤面して咳き込む。

「あ、いまあたしのエッチな姿想像したでしょ？　うふふ、彰良クンも結構エッチじゃないの。安心した」

「ああいえ、その……、ははは」

彰良は額に汗を浮かべて狼狽え、笑いで誤魔化してビールを呑む。森坂は楽しそうに肩を揺するばかりで怒ろうとはしない。妻と愛し合っていることによほど自信があるのだろう。

「とまぁ、その通りでな。けどこうなるには相応の苦労があったんだ。なぁ？」

「ええ、そうね。なによりあたしが性に関して無知すぎだったたわ。それでこの人に色々と教えてもらったの」

「そうなんですか、驚きました」

どうやら歩美が〝開花〟できたのは、森坂の教育によるところが大らしい。だが一体どんな方法を使ったのだろう。皆目見当が付かず、彰良は身を乗り出す。すると歩美は目を細め、艶やかな唇から熱っぽい声を漏らす。

「あたしが思うに、すずちゃんは昔のあたしそのものね。性をタブー視してる。だから積極的になれないし、ひとりで抱え込んで悩んじゃう。彰良クンにも同じことが言えると思うけど、どうかしら」

「は、はぁ……。そうかも知れないです」

経験者の言葉だけあって、その一言一句が胸に突き刺さる思いがする。青年は年上妻から視線を外してうんうんと頷く。

「でも彰良クンだって、すずちゃんに色々試してみたいことってあるでしょ？」

「ええ、そりゃあ、まぁ……。でもやっぱりできないですよ。怒られそうだし、それがきっかけで溝ができるのも困りますし……」

彰良は思いきって胸の内をさらけ出す。自分だって男だ、性に関して興味は尽きない。しかし妻に欲望をぶつけるとなると簡単には実行できない。行きずりの相手とは訳が違う、生涯共に暮らすパートナーなのだから。万が一気まずい空気が生まれたら、それは長い間つきまとう枷になる。最悪の場合、その時点でセックスレスになってしまうかも知れない。

黙り込んでしまった青年を前に、中年夫婦は顔を見合わせて肩を竦める。そして森坂が明るい表情で仕切り直す。

「よし、こうなれば俺たちが最後まで面倒を見よう。どうだい彰良君、しばらく涼乃くんを俺たちに任せてみるってのは」

「そうね、それが一番良い方法かも。ね、そうしなさいよ」

「ちょ、ちょっと待ってください。涼乃を任せろっていうのは、どういう意味なんですか」

ふたりに身を乗り出され、彰良は流石にたじろぐ。しかも彼等の言葉には妙に引っ掛かるものがある。真意を尋ねずにはいられない。

「ああ、言葉が足りなかったな、すまん。任せろっていうのは、なにも彼女をどうこうしようっていう意味じゃなくてな。俺たち夫婦の様子を観察してもらって、そこから自分で殻を打ち破ってもらおうっていうことだよ」

「え、なに？　もしかして彰良クン、あたしたちがすずちゃんに変なことするとか考えたの？　バカね、そんなことする訳ないじゃないの。あの子はあたしにとって妹も同じなのよ？　それにこの人が手を出すようなら、あたしが黙ってないわ」

「そ、そうでしたか。すみません」

あまりに短絡的な思考を恥じて青年は頭を下げる。上司夫婦は笑顔で頭を上げさせ、彰良に酒を勧める。

「いやいや、早とちりさせた俺も悪かった。まぁ呑んで」

「ごめんね、彰良クン」

「いえ、そんな。そこまで考えてもらえて嬉しいです」

一口呑んで息を吐き、彰良はふたりに礼を述べる。自力ではどうすることもできない問題である以上、彼等の力を借りるのは確かに良い方法だ。それにまだ決まった訳でもない。妻を任せるかどうかは詳しい話を聞いてから決断すれば良いのだから。

「俺が言えるのは、そうだな……。円満な性生活を送るには、勇気も必要だってことかな。第一、愛し合ってくっついた者同士じゃないか。誠意を込めて向き合えば絶対に伝わるはずだぞ。けどできないことも確かにある。そこを俺たちがカバーするって寸法だな」

「はい……。それで、具体的には、どういう……」

心音を速めながら待つと、上司は驚くべき提案を口にしてきた。

「うん、とりあえず涼乃くんには、様々な性の世界があるってことを知ってもらおうと思う。そこでだ、俺たち夫婦が良く通ってる場所に連れていくよ。ハプニングバーってのを聞いたことあるかい。あの世界を見せるのが一番簡単で効果が高いと思うんだがね」

「ええ!? ほっ、本気ですか、そんな」

彰良は思わず腰を浮かせて目を丸くする。ハプニングバーというのは、他人同士が淫らな行為を見せ合ういかがわしい場所のはずだ。そんな店を上司が贔屓にしていたことも驚きだが、そこへ大事な涼乃を連れて行こうと言う神経が信じられない。

「あら、知ってるのね。ふふっ、やっぱり男の子よねぇ、彰良クンも。大丈夫よ、意外と理性が働いてる場所だから。騒ぎを起こせばすぐ怖い人が飛んでくるし、世間で思われてるほど危ないところじゃないのよ」

歩美は夫の提案を窘める様子もなくにこやかに笑っている。なにを信じたらいいのか分からなくなって、青年は一気にジョッキを空にする。しかし胸は晴れない。

「まぁ君の気持ちも分かるよ。なんなら自分で彼女を連れてってみるかい?」

「それは……」

彰良はテーブルへ視線を落として思案に暮れる。もし自分が妻をハプニングバーへ連れて行けばどうなるだろうか。きっと涼乃は驚き、そして怒るはずだ。更に、夫がそんないかがわしい場所を知っていたことに傷つくだろう。どう考えても幸福な結末に辿り着けない。

「歩美さんは、どうだったんです。森坂さんが、そういう世界を知ってたことに驚かなかったんですか」

「え、あたし？　そりゃあ驚いたわよ、開いた口が塞がらないくらいに。でもあたしのためだってすぐに分かったから、嫌いにはならなかったわね。ああでも、すずちゃんはどうかなぁ。あたしたちに連れてかれるならともかく、彰良クンに連れてかれたら怒りそうよねぇ。真面目で良い子だもん」

「そう……ですよね、やっぱ……」

歩美の言葉を受けて彰良は再度うなだれる。残念ながらこの手で妻を連れて行く選択肢は選べないようだ。となれば彼等に涼乃を託すしかない。

「まぁそう深く考えずにさ。あくまで見学だよ、涼乃くんには指一本触れさせやしない。俺たち夫婦も含めて、世間には色々な性の形があるってことを分かってもらうだけだよ。そうすれば彼女も堂々と君をエッチに誘えるようになる。後は君が頑張る番だ。勇気を持って色々なプレイにチャレンジしていったら良い。最初は驚かれるだろうけど、必ず受け入れてもらえるよ」

「ふふっ、良いなぁ。きっとアツアツになるわよね。そしたら可愛い赤ちゃんだって……。産まれたら一番に抱っこさせてね、楽しみだわぁ」

「は、はぁ……。そうですね、はは……」

決断は保留として呑み会はお開きとなった。帰宅の道すがら、彰良は夜空を見上げては溜め息を吐き、愛妻との幸せな未来をあれこれと思い浮かべるのだった。

「おかえりなさい、彰良さん」

「ただいま～。ごめんな、急な呑みでさ」

　午後十時半。帰宅した夫はただいまのキスを唇ではなく右頰にしてきた。酒臭さを気にして場所を変えてくれたのだ。涼乃はそんな彼の優しいところが好きだった。

（これなら話せるかも）

　背広から部屋着に着替えようとする夫を見送り、若妻はどきどきと心音を加速させる。アルコールが入っているせいか、彰良は上機嫌に見える。予期していなかったチャンスの到来であるために緊張してしまうが、いまならセックスのおねだりも無理なく口にできそうだ。

「……あ、あのね、彰良さん」

「んん？　どうかした？」

スウェットの上下に着替えた夫がリビングへ戻ってきた。涼乃はミネラルウォーターの入ったグラスを差し出しながらおずおずと切り出す。受け取った彰良はグラスを空けて一息吐き、ニコニコと見詰めてくる。言うしかない——妻は覚悟を決めて艶やかな唇を開いた。

「え、ううん。その、今夜どうかなって思って……」

夫は次の瞬間目を丸くしてぽかんと口を開ける。これまでろくに自分から誘ってこなかっただけに驚いているらしい。平静を装ってさらりと述べたが、緊張で手の平に汗が浮いて心臓はもう口から飛び出してきそうだ。自分としては良く言えたと思える。セックスという直接の単語は含まれていないものの、意図は伝わっているようだ。

しかし望んだ答は返ってこなかった。彰良は照れ臭そうに頭を掻いてグラスをテーブルへ置き、言い難そうに口を開く。

「ご、ごめんな涼乃。実は明日ちょっと面倒な会議があるんだ。だからまた今度余裕のある時でいいかな。折角誘ってくれたのにホントごめん」

「い、いいのよ、それなら仕方ないわね。じゃあもう寝た方が良いわよね」

「うん、そうする。シャワーだけ浴びてすぐ寝るよ」

夫はそそくさと風呂場へ向かう。その背中を見詰めて涼乃は小さく溜め息を漏らす。誘いに礼を言ってはもらえたが流石に落胆してしまう。嫌われるかも知れない恐れを押さえ込んでの言葉だったのだから、できることなら首を縦に振って欲しかった。

だがこれも致し方ない展開だろう。生活してゆくには仕事が重要だ。特に彼は昇進が決まって気の抜けない時期にある。営みの疲れが残って会議で居眠りでもしてしまったら上層部の覚えも悪くなる。後日改めてと言ってくれたのだし、今回はこれで良しとするべきだろう。

どうにか自分に言い聞かせ、若妻は空のグラスを手にキッチンへ向かう。しかしその一方で、ひとりやきもきしていたことが恥ずかしくなってかっかと耳が火照るのだった。


慌ただしい午前中の業務を終え、社屋ビルにひとときの休息が訪れる。彰良も愛妻弁当を手に屋上へ上がる。社員の休憩用にと開放されている屋上は高い金網のフェンスに囲まれているが、そこからの眺望は格別だ。他にも昼食を摂っている社員の姿がまばらに見える。

(エッチかぁ……。どうしたらいいんだろ)

彰良は大きな溜め息を吐き、ベンチのひとつに腰を下ろす。眼下に広がるお昼時の街並みは至って平和だ。こうしていると自分だけが不幸を背負っているような気がして余計に胸が重くなる。

「よっ、彰良君。その後はどうだい、涼乃くんとは上手くやれてるか」

そんなところへ森坂が現れる。彼の手にはコンビニのレジ袋が提げられている。聞けば歩美は朝が苦手らしく、弁当作りは望めないらしい。

「あ、部長。……いえ、それが、まだ……」

青年は身をずらして左に空間を作る。太った上司はそこへ腰掛けてレジ袋を開け、缶コーヒーを取り出して部下に渡す。彰良は礼を述べて受け取り、ぎこちない笑みを浮かべる。

「なんだ、そうなのか。浮かない顔して、なにかあったのかい」

「ええ、実は……。こないだ呑みから帰った後で、誘われたんですよ、涼乃に」

「んん? だったら喜ばしいことじゃないか。なんでそんなに落ち込んでるんだ」

缶コーヒーを飲みかけた森坂が口を離し、目を丸くする。彰良は溜め息を吐いて肩を落とし、事の顛末をぽつぽつと語り出す。

「いえ、オレも嬉しかったんです。でも、ベッドに入ってからのことを考えたら急に気分が萎えてきて……。このままいつも通りにやって、なんだか気まずい空気になって寝るのかぁって。それで、つい断っちゃったんです」

「おいおい……。君がそんなことでどうするんだ、折角のチャンスを。涼乃くんはかなり勇気を出したんだと思うぞ？　それに応えるのが男ってもんだろ」

上司の言葉には説得力があり、益々気が滅入る。彰良はうなだれてもう一度溜め息を吐く。

「ええ、分かってます。分かってはいるんですが。でも色々と考えちゃうんですよ。これは子作りのために仕方なく取った行動なんじゃないのかとか、実際はオレのことどう思ってるのかとか。そしたら楽しめる気分じゃなくなっちゃって……」

「う～ん……。こりゃあ重症だぞ。肝心の彰良君がこの有様じゃなぁ……」

太った上司は缶コーヒーを傍らに置いて腕を組み、澄んだ空を見上げて唸る。そしてポンと手を叩き、部下の注意を引く。

「つまりあれだ、君は彼女の本意を知りたいってワケだな。心からエッチしたいかどうか、そもそもエッチなことに興味があるのかないのか」

「あ～……、ええ、そうかも知れないです。それが聞けたら随分楽なんですがねぇ。いかんせんそういう雰囲気じゃないもので。まったりし過ぎちゃってる感じなんで、どうも。聞き出すタイミングが摑めないんですよ」

「ふむ。じゃあやっぱりこないだの件を実行に移すのが一番だな。かなりの衝撃を受けるだろうから、いかなうぶでも変わること間違いなしだぞ。歩美を見ろ、君の目から見てもエロいだろ？　あれだって昔は超カタブツで、手を繋ぐのも必死だったんだからな。せっせとハプバー通いをしたお陰でいまのあいつがあるんだよ」

「え、ええ。それは、そうなんですが……」

彰良は俯いて言葉を濁す。大切な涼乃をそんないかがわしい場所へ送り込んで本当に良いのだろうか。酷く間違った方法を勧められているように思えてならない。

「じゃあ聞くが、君はこのままで良いのかね？　彼女に色々試せない鬱憤はどうするんだ。もしや風俗で晴らすなんて言うんじゃないだろうな」

「いっ、いえ、それはありません、絶対に」

「ほう、じゃあ自分の口から聞けるんだな？　こんなエッチはどう？　してみたいだろって」

「それは……、その……。無理です、聞けません」

様々な思いが脳裏を巡るのだが、やはり答が出せない。無理なものは無理なのだ。出会って間もない相手であれば気兼ねなく性について話ができるだろう。でも相手は生涯寄り添う妻なのだ。ひとつ間違えば取り返しの付かない溝ができる。軽い気持ちでできる話ではない。

「ほらな。まったく世話の焼ける……。大丈夫だって、ここは俺たち夫婦に任せておけって。大体、ただ見学に行かせるだけなのになにをそんなに身構えてるんだ。もし俺たちが涼乃くんになにかすると本気で思ってるなら、俺も怒るぞ？」

「いえ、そんなことは……」

彰良ははっと顔を上げて左の上司を見遣る。そこには真摯な目をした脂顔があった。冴えない顔立ちではあるが、嘘偽りは見えない。本気で他人を心配している男の顔だった。

（そう……だよな、オレじゃどうしようもないんだし。ここは森坂さんの案に懸けてみるか）

青年は膝に乗せた弁当の包みを見詰める。爽やかなブルーのチェック柄をしたナプキンに包まれているそれは、涼乃が毎日早起きして作ってくれているものだ。できることなら、そんな彼女とめくるめく性の世界を楽しんでみたい。そしてその末に可愛い子供を授かりたい。

「……分かりました。例の話、お願いできますか。オレもこのままは嫌なんで」

「おお、そうか！　良く言ったぞ彰良君、流石は俺が見込んだ男だ。任せておきなさい、これで君たち夫婦の将来は安泰だ。なぁに、なにも心配は要らん。彰良君のことは一切伏せて歩美に話をさせるから、もし失敗に終わっても君にはなんのダメージも残らんし。その時はまた別の手を考えよう」

「はい、お任せします」

決断してしまうと、肩の強張りが一気に解けて気分まで軽くなってくる。頼もしい上司に促され、彰良は弁当の包みを開ける。心のこもった料理の数々が、普段より何倍も美味しく感じられた。

第二章　受け入れてしまった他人の指

（あ、電話……歩美さんだわ）

昼食を終えてソファへ腰を落ち着け、のんびりとした午後のひとときを過ごしていた涼乃はスマートフォンの振動に気付く。画面を覗き込むと歩美からの電話だと分かる。通話ボタンをタップして電話に出ると、いつもの明るい声が耳に飛び込んできた。

『やっほー、すずちゃん。いま大丈夫？』

「ええ、平気です。なんだかご機嫌ですね」

『あら、実はそうでもないのよ。ちょっと聞いて欲しいことがあって、だから電話しちゃった。ねぇねぇ聞いてよ、ウチの人ったらさぁ……』

森坂に結婚式でのスピーチを頼んだことが契機となって、その妻である歩美とも付き合うことになった。知り合ってまだ二年ほどではあるが、彼女の明るい性格のお陰でかなり仲は良い。こうして愚痴を聞かせ合ったり、連れ立って食事や買い物に出掛けたりと姉妹のような関係を築けている。

『……とまぁ、そんなとこ。すずちゃんは最近どうなの。なにか悩んでることあるなら聞いちゃうわよ、グチ聞いてもらったお礼に』

歩美の愚痴は夫の森坂に関してのもので、しかもどちらかと言えば愚痴というよりものろけに近かった。夫婦のセックスについてもきわどい内容の話を聞かされ、涼乃は清楚な美貌を朱に染めて密かに溜め息を漏らす。

結婚して十年経つ彼女たちなのに、なぜそこまで新鮮な気分でいられるのだろう。夫婦の営みが頻繁に為されていることにも驚かされる。自分たちは結婚二年にして既にセックスレスの危機に直面しているというのに、なにか秘訣があるなら是非とも聞いてみたい。

「それじゃあ、恥ずかしいけど言っちゃおうかなぁ。……歩美さん、笑わない？」

『なぁに、もう。水臭いわねぇ、笑うワケないでしょ。なんでも言ってごらんなさいな。あたしにできることなら力になっちゃうんだから』

明るい口調ながらも歩美の言葉には真摯さが感じられる。自分ひとりでは解決が難しい問題なのだから、思いきって相談してしまおう――若妻は決心する。

「実は、そのぅ……。夜のこと、なんですけど……」

どきどきと心臓が弾むも、いざ話し始めると意外にもすらすらと悩みを伝えられた。自分の性欲が高まってきたこと、彰良との営みが激減していること――恥を忍んで打ち明けると、歩美はうんうんと相槌を打ちながら茶化すことなく聞いてくれた。

『そっか～。分かるわぁ、性欲のことなんか特に。あたしいま三十五だけど、ちょうどすずちゃんくらいの頃からもうムラムラしてどうしようもなかったもの。その時結婚一年経った頃でさぁ、あの人にどう伝えたものかって毎日苦しくって。いやらしい奴だって思われるんじゃないかって、もう怖くて怖くて』

「そうだったんですか……。でもなんだか意外。だって歩美さん、性に関しては結構オープンじゃないですか」

涼乃は歩美に心強さを感じながらも、浮かんできた疑念を素直にぶつける。すると年上の友人は懐かしそうに笑う。

『ふふっ、いまはね。でも当時はすずちゃんよりマジメだったかも。エッチなことはいけないことだって言われて育ったし、実はあの人と出会うまでイったこともなくて。だから変われたのはあの人のお陰ね。心の蓋が外せたって感じかしら、いまはもうエッチが楽しくて仕方がないの。したくなったらあたしからもバンバン誘っちゃうし』

「そんなことがあったなんて……。驚きました、歩美さんってすごく経験豊富に見えるから……あ、ごめんなさい、別に悪い意味じゃなくって」

涼乃には衝撃の連続だった。歩美は同性の自分から見ても美人で、化粧も服装も派手目なことが多い。その印象からつい男性経験も奔放なのではと考えていた。だが実際には違ったようだ。いまの自分との共通点がいくつも見出せて、若妻は少し安堵する。彼女も昔は悩んでいたのだと分かっただけでも心強くなる。

『うふふ、良いのよ。それなりに色々経験を積んでるのはホントだもの。ね、いまからお茶でもしない？　お邪魔しちゃっていいかしら、美味しいお菓子あるの』

「ええ、いいですよ。じゃあ待ってます」

歩美はまだ話し足りないらしい。涼乃は二つ返事に希望を受け入れて通話を終える。自分ももう少し話をしたい。彰良との生活をより豊かにするための方策、そのヒントが彼女から得られそうな気がする。姉の如き存在が訪ねてきてくれる嬉しさも重なって、若妻の美貌は自然と綻んだ。

歩美はパステルピンクのブラウスにスリムパンツを合わせた軽快な出で立ちで現れ

た。すらりとした体軀にパンツルックが良く似合う。ヒップラインやブラウスに下着の線が見えないのも流石だ。

「……そっか、それは悩むわよね。もう、すぐ相談してくれたら良かったのに」

「え、ええ。内容が内容だから、どうしたものかって。でも思い切って話したら胸が軽くなりました、ふふっ」

涼乃は歩美が差し入れてくれた有名店のフルーツケーキをつつき、とっておきの紅茶で一息吐く。いつも清潔なリビングに、ふたりの美人妻から立ちのぼる甘い香りがふんわりと流れてゆく。

やはり彼女を招いて正解だった。こうして顔を見て悩みを吐露できただけでもかなり違う。なんとなく満足してしまったところへ、姉同然の友人から指摘が入る。

「こらこら、まだなにも解決してないんだからね。でも安心して、あたしがついてるんだから。すずちゃんの赤ちゃんも抱っこしてみたいし、頑張っちゃう」

張り切る歩美を見詰めて涼乃は微笑む。彼女は子供を作らない選択をしているとのことだが、涼乃の妊娠には以前から賛成してくれている。姉妹のように仲が良いだけに、歩美の子も見てみたかったと少し寂しくなる。

「とは言ったけど、問題はちょっと大きいわよねぇ。彰良クンも真面目だからなぁ。

あたしみたいなエロい女には拒否反応を起こしそう。て言うか、折角すずちゃんが誘ったのに断るなんて……。仕事大変なのは分かるけど、それはないわぁ」

「それは、まぁ……。でもいまはちょうど大事な時期だから、空気を読めなかったわたしも悪いんですけどね」

どうやら歩美は営みの誘いを断った彰良に腹を立てているようだった。まるで自分のことのように怒ってくれる姿勢が嬉しい。

「それで、すずちゃんはこれからどうしたい？　なにか作戦はあるの」

「え……。そうですね、実を言うと手詰まりな感じで。とりあえずは彼の仕事が落ち着くまで待とうかなって……」

「う～ん、それにはお姉さん賛成できないなぁ。だって考えてみて、どのくらい待たされるか分からないのよ？　二週間？　一ヶ月？　その頃にはお互いに気まずくなっちゃってて、いまよりずっと誘いにくくなってるに決まってるじゃない」

「それは……。ええ、確かにそうかも……」

事を急くのはどうかとの思いもあったが、彼女の言葉も尤もだ。ただでさえ先日拒まれて気恥ずかしくあるのだから、ここは勢いが必要だろう。しかし同じ誘い方をしたところで効果があるようには思えない。別のアプローチで挑むのが選ぶべき道かも知れない。

「その、歩美さんにはなにか良いアイデアが？」

ティーカップを置いて見遣ると、年上の友人は自信ありげな笑みを浮かべてEカップの胸を張ってみせる。

「大有りよ。ここはひとつ、すずちゃんが変わっちゃえばいいの。ちょっと聞くけど、これまでに普通じゃないエッチってしたことある？　例えば、SMとか、レイプごっこみたいな」

「え⁉　なっ、ないです、そんなの」

「もう、恥ずかしがってる場合じゃないでしょ。……って、ホントに？　なんにもないの？　ほら、公園でするとか」

「ないんです、本当に。だって、恥ずかしいじゃないですか。それになんだか怖いし」

涼乃は耳まで真っ赤になって長い黒髪を左右へ振る。隠していることはない、これまでの性生活はごくごく普通だったのだ。そして歩美の言うような変わったプレイを進んで体験しようとも思わない。もしするとなれば、それは彰良が望んだ時だけだ。未知の世界に多少の興味はあるが、もしそんな欲望を口にすれば淫乱女と彼に嫌われてしまうだろう。それだけは絶対に嫌だった。

歩美は豊かな胸元をむにゅっと潰して腕組みをし、小首を傾げて思案に暮れる。暫しの間を挟んでから、年上の友人は瞳を輝かせた。

「これは思った以上に骨が折れそうね。はっきり言うけど、いまのままじゃセックスレスは確実だわ。子作りはできたとしても義務的なものになるわね、間違いなく。それでホントに良いの？　嫌々エッチしてできた子供に愛情を注げる？　どうせならお互いに激しく愛し合った末に授かるのが一番じゃないのかしら」

「それは……っ、その……」

彼女の言葉ひとつひとつが胸に突き刺さる。授かる子供には最大の愛情を注ぎたい。だが歩美の言う通り、気乗りしない状態で妊娠したのでは子供に申し訳ない気がする。それに一度の行為で確実に妊娠できる保証はないのだ。授かれるまで気の重い義務的セックスを繰り返すとなれば、夫婦共に嫌気が差して子作りが途切れるのも時間の問題に思える。

嫌な印象を残して中断するのだから、再開させるには相当の気苦労を伴うだろう。そして二～三日で解決できるような簡単なものでもない。数ヶ月か、あるいは数年か、お互いに腹を探りながら生活するのかと思うと溜め息しか漏れてこない。

「でも、一体どうしたら……。やっぱり、彼と話し合うしかないんでしょうか」

思考の迷路に入り込んでしまい、若妻は年上の友人に縋る。歩美と森坂はいまでも濃密な夫婦生活を送れている。どうしたらそんな関係を築けるのか、残念ながら自分の頭では考えつかない。

「ううん、話し合うのはあまり良くないわね。議論しちゃうと、簡単な問題が余計に難しくなっちゃうもの。それに、持って生まれた性格が話し合いで変わるなら誰も苦労しないわ。ここはやっぱり態度で示すべきよ」

「はい」

涼乃は素直に頷き、次の言葉を待つ。歩美はそんな妹分を優しい微笑みで見詰め、鮮やかなルージュの引かれた唇を開く。

「誘うのが恥ずかしいなら、彰良クンが思わず襲いたくなるような色気を身に着けるのが手っ取り早いわ。それにはまず、あなたが変わらないと。色々な性の世界を覗いて、その中から自分にできそうなことを探すの。相手の見詰め方とか、仕草ひとつで与える印象って大きく変わるものよ。でも付け焼き刃じゃダメ、自然と滲み出してくるようなものじゃないとね。それには性の知識を深める必要があるんじゃなくて？」

「そうですね……。ええ、それならできるかも……」

若妻は何度も頷き、友人の言葉を噛み締める。確かに、自分がいま持っている性の知識は乏しい。倒錯的なプレイの数々も、噂に聞いた時点で穢らわしいものと決めつけ、意識的に遠ざけてきた。まずはそんな頑なな姿勢を正すことから始めなくてはならないようだ。

「そこで、あたしたち夫婦の出番ってワケ。あたしたちが知ってるすべての世界をすずちゃんに教えちゃうわ。なんとお代はタダよ、おトクでしょう?」

「もう……、歩美さんったら」

おどける歩美の姿が可笑しくて、涼乃はやっと眩い笑みを取り戻す。彰良以外の者から教わるのだから、彼への妙な気恥ずかしさも覚えずに済むはずだ。とにかく性への知識を深めて、今後のことはそれから考えていけば良い。

「決まりね。それじゃあ、帰ったらウチの人と話して計画を立ててみるから」

「はい、お願いします。あ、でも……、もしかして、すごくエッチなことをわたし自身が体験しなくちゃいけないんでしょうか。彰良さん以外の人になにかされるとしたら、そういうのは絶対に嫌なんですけど」

若妻は当然の疑問を友人にぶつける。すると歩美は肩を揺すって笑い転げる。

「あはは、そんなワケないじゃないの。大事なすずちゃんにそんなことさせるもんですか。大丈夫よ、ある場所に見学に行くだけだから。すずちゃんにはかなりショッキングな世界だろうから、見るだけでも得られるものは大きいはずよ。その後はあたしが先生になって色々教えてあげる。なにも心配しなくて良いから任せといて」

「それなら、いいんですが……」

返ってきた言葉を聞いて若妻はほっと安堵する。たとえ彰良を夢中にさせる色気を身に着けるためでも、彼以外の男性に身を任せるなど絶対にあってはならない。自分は彰良の妻なのだから。

「見学って、どこに行くんです？」

「う～ん、そうねぇ。実際に行くまでナイショにしとこうかとも思ったけど、教えといた方が良いかな。ハプニングバーって知ってる？　そこへ行くつもりよ」

「え……」

若妻の美貌は再度強張る。歩美の口から飛び出した言葉は何度か耳にしたことがある。認識が間違っていなければ、訪れた男女がいかがわしい行為に耽る店のはずだ。そして時折摘発のニュースも聞く。とても安全な空間とは思えない。

「そっ、そんなところに!?　大丈夫なんですか、わたしみたいな人が行っても」

はらはらと気を揉みながら尋ねるも、年上の友人は涼しい顔だ。余裕の笑みを美貌に湛えて首を縦に振る。

「もちろん。時々騒ぎになるのは無許可のお店よ。あたしたちが良く行くとこは会員制できっちりしてる老舗だから。クスリやってるような危ない人もいないし、見学も随時受け付けてるの。すずちゃんみたいな女性だって沢山見にきてるわ。行けば分かるけど、たぶん想像を裏切られるんじゃないかしら。良い意味で」

「……そう、ですか……」

心音が猛然と加速を始める。これは夫にも事前にひとこと断りを入れておいた方が良い気がしてくる。だが歩美の答は〝ノー〟だった。

「それはダメ。いきなりハプバーへ行くなんて言ってごらんなさい、びっくりして理由を聞いてくるに決まってるでしょ。そしたらなんて答えるつもりなの？」

「それは……」

きっぱり否定されて若妻は俯く。店へ出向く理由は夫との夜をもっと情熱的にしたいからだが、それが言えるのならそもそも悩んだりしない。ここはやはり歩美に従うしかなさそうだ。

「でも、森坂さんも同席されるんですよね。なんだか恥ずかしいです……」

「もう、なに言ってんの。そういうとこから変わっていかないとでしょ。それにもしなにかあった時、男の人がいてくれた方が安心でしょ？　だから気にしないの」

「はい……」

本当に歩美たちに任せて良いのかとふと不安になるも、これほど親身になって考えてくれる者もいないだろう。折角の厚意を無駄にしたら罰が当たるというものだ。停滞していた事態が動き出すのを感じながら、涼乃は夫との明るい未来を思い描く。鼻息荒くのしかかってくる彼の姿を想像すると、どきどきと胸が高鳴って頬が熱を帯びてくるのだった。

歩美はてきぱきと計画を進め、ハプニングバーへ見学に行く日取りはすぐに決まった。火曜日の午後七時、涼乃は慎ましやかな紺のスカートスーツを纏い、Yシャツにチノパン姿の森坂が運転する車の後部座席へ乗り込む。助手席には眩い笑みを湛えた歩美がいる。彼女はノースリーブのトップスにタイトなミニスカートという派手な装いだ。どうやらブラをしていないらしく、胸元に愛らしい突起がぽっちりと浮いてしまっていて目のやり場に困る。

「よろしくお願いします、森坂さん」

「うんうん、任せときなさい。全然怖いところじゃないから安心して。歩美もいるし、映画でも観る感覚で楽しむと良いよ」

「そうよすずちゃん、なんだって最初は緊張するものなんだし。うふふ、あたしも楽しみ。久し振りですもんね、あなた」

「そうだな、ここんとこなんだかんだ忙しかったしな。俺たちにとっても良い刺激になるってもんだよ」

森坂夫妻は上機嫌で笑い合う。その後ろで若妻は複雑な思いを吐息に乗せる。夫には歩美と呑みに行くと嘘を吐いてしまった。これまで夫婦の間に隠し事をしたことがなかっただけに、酷い悪事を働いているようで胸が締め付けられる。

「そんな暗い顔しないの、すずちゃん。これは彰良クンのためでもあるんだから。後になれば、あの時嘘を吐いて良かったなって思えるわよ、絶対に」

「うん、そうだな。なにも浮気をしようってんじゃないんだし、悪いと思うんならうんと良い女になって目一杯尽くしてあげればいいんだよ」

「……そうですよね、ごめんなさい。どうしても悪い方に考えちゃって」

涼乃は懸命に微笑んで肩の力を抜く。もう向かっているのだから今更気を揉むのは子供じみている。覚悟を決めて体験するしかない。

車は活気に満ちた夜の街を抜けて郊外へ出る。向かう先に現れたのは雑居ビルだった。五階建てで地下部分が駐車場となっている。森坂によるとこのビルの二階が件の店らしい。他にもスナックやバーの看板が出ているが、営業しているのかどうか怪しいものばかりだ。気にしないように努めていてもやはり不安になる。

「さぁ着いたぞ。気を楽にね、涼乃くん」

「は、はい」

車から降りた森坂夫妻は仲睦まじく腕を組んで歩き出す。その後ろに付いてエレベーターを上がり、廊下へ出る。ビル内は清掃が行き届いており、いかがわしい店がある雰囲気には見えないのが意外だった。

二階には黒い重厚なドアがひとつあるだけだ。どうやら二階部分すべてが目指す店の敷地らしい。これだけ大がかりに営業しているとなれば防犯体制も整っていることだろう。速まっていた心音が少し落ち着き、涼乃はひとつ溜め息を吐く。

入り口付近に店名を示す看板はなく、ドアに小さな金属プレートが一枚取り付けられている。そこには英語で〝リーブラ〟と店名が刻まれていた。

「いよいよね、すずちゃん。どきどきしちゃうでしょ」

森坂が先頭に立ってドアをくぐり、笑顔で歩美が続く。年上の友人に手を引かれ、清楚なスカートスーツの若妻は緊張の面持ちで進む。ドアを閉じると通路は薄暗く、嗅いだことのない甘い香りがふんわりと漂ってくる。香が焚かれているようだ。

「いらっしゃいませ、森坂様」

「や、ご無沙汰してます。今日もよろしく」

受付には黒服の若いボーイが詰めていて、森坂の顔を見るなり深々と一礼する。常連である証だ。ボーイは歩美と涼乃にも頭を下げ、にこやかに応対してゆく。

「お客様は初めてでいらっしゃいますね。今回は見学のみということで承っております。こちらのバッジを左胸にお着けください。これが見学のみの方の目印となりますので、退店まではお外しにならないよう願います。店内には常に店員が巡回しておりますので、なにかございましたらお気軽にお声掛けください」

「はい、分かりました」

手渡されたプラスチック製のハート型バッジは蛍光の黄色をして、中央部に店名が刻まれている。言葉通りに左胸にバッジを着け、涼乃は友人夫妻に付いて奥へ進む。もう一枚のドアを抜けると広大な空間が現れた。

（わ………）

涼乃は長い睫毛を跳ね上げて息を呑む。店内は淡いピンク色の光に包まれ、スロージャズが流されている。コの字型に組まれた赤いソファセットが何組も目に付く。ソファは座面が広く作られた特別製らしい。楽に寝そべることができるようにとの配慮なのだ。

ボーイの言葉通り、店内には数多くの女性店員の姿がある。彼女たちは皆スタイルが良く、目を見張るほどの美形だ。しかし纏っている衣装はチューブトップのワンピースドレスで、豊かな胸の谷間や長い美脚が剝き出しだ。おまけにスカート部分が二段フリルのミニとなっているため、少し屈んだだけでおしりが丸見えとなってしまう。ひとりの女性店員を見遣った若妻はぽっと頰を染める。カップルがいる席へ飲み物を届けた際に、前屈みとなったせいでミニスカートの後ろが大きく持ち上がる格好となったのだ。彼女が穿いているショーツはTバックだった。だがおしりが見えてしまっても店員は慌てもせず、妖艶な笑みを崩さない。

「驚いた？　あれってね、お客を興奮させるサービスなのよ。動きが優雅ですごくセクシーだから参考になるわよねぇ」

「は、はぁ……」

歩美は微塵も動じず、森坂と共に空いている席へ着く。彼等について行く途中に他の客たちが視界に入り、若妻はきゃっと小さな悲鳴を上げる。室内にいる客のほとんどが全裸かそれに近い状態ではないか。

「ちょ……、なんなんです、ここ」

歩美の右隣に腰掛けながら、涼乃は真っ赤になって囁く。客たちが漏らすあられもない喘ぎ声も聞き取れてきて、体温は上がる一方だ。森坂夫妻はと言えば目を輝かせて他の客たちに視線を走らせている。その様子から、この状況が店の常態なのだと分かる。

「ひとまず落ち着きましょうか、すずちゃん。なに呑む？　お酒にしとこっか」

年上の友人に背中を撫でられ、若妻は少しだけ心音を落ち着かせる。妖艶なウエイトレスがすぐに注文の品を運んできて、胸の谷間を見せつけるようにしながらテーブルへ並べる。森坂が目を剝いて彼女の胸元を凝視すると、その妻は笑顔でむくれて夫の脇腹をつねる。

「もう、どこみてるのかしら？」

「いやあ、すまんすまん。あんまり見事なもんだったからついな」

涼乃は友人夫婦のやり取りをぽかんと見詰め、手渡されたカクテルのグラスを口へ運ぶ。冷たいお酒が喉を通ると、ようやく深く息が継げる。すると他の客を観察する余裕も出てくる。

（やだ……、女の人まで裸じゃないの）

改めて辺りに視線を巡らせると、客の男女比率はそれほど差がないと分かる。大部分がカップルで来店しているようで、男性客の数が僅かに多い。そういう客のことを〝単独さん〟と呼ぶのだと歩美が耳打ちしてくれる。

「でも、どうしてなんです？　ひとりできてる女性を狙ってるんですか」

当たり前の疑問を口にすると、森坂夫妻は顔を見合わせてにやつく。

「ううん、そういう人もいるけどそれだけじゃないのよねぇ、実は。え〜とね……、あ、ほら、あそこの人たち見て」

妖しい笑みを湛えた歩美が周囲に気を遣いながら指差す。その方向を見遣った涼乃はぼっと耳を朱に染める。そこもソファがコの字型に組まれた席で、ふたりの男性がひとりの女性を前後から責め立てている最中だった。

「やっ、やだ……」

初めて他人の絡み合いを見てしまい、落ち着きかけていた心音が一気に最高速まで上がる。それはごく普通の性生活を送ってきた者には不潔極まりない光景だ。セックスは愛し合う者同士がふたりきりでするものなのに、彼等の気が知れない。

「あれはね涼乃くん、３Ｐといって三人でするプレイなんだよ。合意の上でのものだからケンカも起きないし、三人ともすごく興奮してるんだ。良く見てごらん」

「そっ、そんなこと言われても……」

歩美の横から森坂も解説してくれるのだが、恥ずかしすぎてどうしても直視できない。すると女性の口を犯している男性が気付き、邪な笑みを湛えてもうひとりの男性に合図する。サンドイッチにされている女性も観賞者の存在を認め、気怠そうに薄目を開けて益々吐息を弾ませる。

「うふふ、あの人たち、見られてるのに気付いちゃったわね。折角だしじっくり観賞させてもらいましょうか」

「そうだな、それが礼儀ってもんだしな。ほら涼乃くん、そんなに恥ずかしがってると却って失礼になっちゃうぞ。堂々と見てやんなさい」

(そんなこと言われても……っ)

夫婦のセックスですら恥ずかしいことだらけなのに、他人のそれをまともに見られる訳がない。生唾を飲んで観賞する森坂夫妻を他所に、涼乃は真っ赤になって視線を外して酒を呷る。この空間は異常だ、呑まなくては平静を保てない。若妻は甘い口当たりのカクテルを一息に飲み干し、ウエイトレスを手招きしてお代わりを頼む。

すぐに届いた二杯目も空にすると、ようやく腹が据わってくる。三杯目を頼んで大きく溜め息を吐くと、隣の友人がケラケラと笑う。

「こらこらすずちゃん、ペース早過ぎよ。そんなんじゃ大事なヒントを見逃しちゃうじゃないの。見るのも勉強なんだし、しっかり見なきゃ。ほら、色んなタイプの人たちがきてるわよ」

運転がある森坂は酒に口を付けないが、歩美は遠慮なく喉へ流し込む。涼乃と同じく二杯目も空にしてウエイトレスを呼び、そしてうぶな妹分の視線を店内のあちこちへ誘導してゆく。

（やだ、もう……。いやらしいわ、こんなの）

友人が指差すどの方向にも肌色の塊が蠢いている。羞恥に耐えながら観察してみると、訪れている男女の年齢層が幅広いことが分かる。中には自分と同じ見学者バッジを身に着けている女性の姿も見受けられる。同様の悩みを抱えて訪れているのだろうかと親近感が湧くも、良く様子を見てみると女性の顔はとろんととろけてしまっている。淫靡な雰囲気に呑まれて自らも興奮している、そんな表情だ。

数秒毎に見詰める先を変えながら、涼乃は無意識の内に肩で息を継ぎ始める。異様な喉の渇きに襲われ、つい酒も進む。しかし歩美は窘めるでもなく左耳へ朱唇を寄せ、事細かに客の状況を説明してくる。

「あの四人グループはスワッピングを楽しんでるようね。ほら、女の人ふたりがそれぞれ反対側にいる男の人を必死に見詰めてるでしょ？　あれが本来のパートナー同士なのよ」

「スワ……？　なんですか、それ」

歩美の口からは聞き馴染みのない単語ばかり飛び出してくる。こういう場所で発する言葉なのだから性関係のものなのだろうが、意味がさっぱり分からない。好奇心から尋ねてみると、耳を疑う答が返ってきた。

「ふふ、スワッピングっていうのはね、カップルがお互いにパートナーを入れ替えてセックスを楽しむプレイのことよ。普通は見えないところで交換して嫉妬心を高め合うんだけど、ああやってすぐ近くですることでお互いの愛を深め合うことができちゃうの。マンネリに陥ったカップルには特に有効ね。あの四人は店を出たらそれぞれホテルに直行して朝まで燃えちゃうわね、確実に」

「そんな……。不潔です、有り得ません。だって……」

事情を知った若妻ははらはらと四人を見詰める。コの字型の席にテーブルを挟んで向かい合い、パートナーを入れ替えたそれぞれの組が正常位で事に及んでいる。だが組み敷かれている女性ふたりは挿入している男性を見ようとせず、反対席の男性ばかりを見詰めているのだ。深い快感を覚えているようでいやらしい喘ぎ声を漏らしてはいるが、その表情はいまにも泣き出しそうに見える。本当にプレイとして楽しんでいることは思えない。

それに元来セックスとは心を通じ合わせた者同士にしか許されないはずだ。その原則は結婚前でも後でも変わらない。いくらマンネリを打開するためとはいえ、他の男性に身体を許すなど考えたくもなかった。

「ま、涼乃くんにはちょっと理解できない世界だろうね、ああいうのは。あっちはどうだい、あれくらいならなんとなく分かるんじゃないかな」

歩美の右肩を抱き寄せながら、森坂が別の席を指し示す。そこには両手首を革製の拘束具で繋がれた二十歳ほどの若い女性が、仰向けた男性に跨がって下からずんずんと突き上げられて喘いでいた。

「や………っ」

ふたりの結合部がちらりと覗けてしまい、涼乃は慌てて視線を逸らす。耳を澄ませてみると、彼等の方から水気たっぷりの姫鳴りが聞こえてくる。仰向けた男性も汗びっしょりで顔を真っ赤にしており、どちらも激しい興奮状態にあると分かる。

「まあ、あのコすっごく濡れちゃってるわね。チクビもあんなに勃たせちゃって、若いのにいやらしいわぁ」

歩美の声が次第に妖しく掠れてくるのが分かって、涼乃はちらと左隣を見遣る。するとそこには衝撃の光景が待ち受けていた。隣に自分がいるというのに、歩美は森坂に寄りかかって朱唇をねっとりと吸わせているではないか。

「ちょ……、歩美さんっ、なにしてるんです」

直視できずに俯きながら抗議すると、年上の友人は薄目を開けて気怠そうに微笑んでみせる。

「うふ、ごめんねすずちゃん。でもなんだかさっきから身体がウズウズしちゃって。気にしないで見学してて、聞きたいことがあればすぐ教えてあげるから」

「ほら歩美、早くツバ飲ませろって」

「あんっ、もう……。話の途中……んん……っ」

万が一の事態に備えるはずの森坂も鼻息を荒らげ、妻の美貌を強引に引き戻して猛然と口を吸い立てる。彼の股間が見苦しく膨れ上がっていることに気付き、涼乃は首筋まで朱に染まって友人夫婦から顔を背ける。まさか彼等のキスを目の当たりにするとは夢にも思っていなかった。良く知る者だけに衝撃は大きく、心臓が口から飛び出してきそうなくらいに跳ねる。

（歩美さんったら……。他の人だって見てるのに……）

歩美の美貌に惹かれた男性客たちが、それぞれの席から熱っぽい視線を送ってくるのが分かる。彼女のすぐ隣に座っているために、客たちの視線がこちらにも流れてきてしまう。まるで自分の恥態を見られているような気がして両の腋に大粒の汗がどっとしぶく。

暑くてたまらず、若妻は冷たいカクテルを一気に飲み干してお代わりを要求する。脳裏の自分が呑み過ぎだと諫めてくるも、こうでもしなくてはとてもこの場にいられない。あまりアルコールには強くないのに頑張った結果、酔いが回って身体がふわふわしてくる。

涼乃は一息吐いてソファに腰掛け直し、ゆったりと辺りを見回す。他にも客は大勢いて、繰り広げられている性の狂宴も多様だ。自分のパートナーに股間を踏まれて悦んでいる男性や、数人の男性客を前に大股開きでオナニーに興じる女性——どのプレイも初めて知るもので新鮮な驚きを覚えてしまう。

（こんな世界があったなんて……）

香に混じって届く淫臭に眉を寄せながら、涼乃は小さく喉を鳴らす。この空間にいると、夫婦のセックスに悩んでいる自分がちっぽけなものに見えてくる。こんなプレイを夫とできたらどんな気分になるのだろう。そう考えると足の付け根がムズムズしてきて、無意識の内におしりがくねる。

辺りを見回しては頬を赤らめる若妻を見遣り、森坂夫妻は顔を見合わせて目を細める。そしてテーブルを挟んだ向かい側のソファへ移動してお互いの身体をまさぐり始める。取り残された涼乃はきょとんとふたりを見詰め、ぼっと耳を燃え上がらせる。

（え……、なにして……）

どうやらふたりは周囲の淫気に呑まれ、性欲を抑えきれなくなったらしい。歩美のノースリーブのトップスが森坂によって喉元まで捲り上げられ、形の良いEカップの膨らみがたぷんとこぼれ出る。太った夫は双眸をぎらつかせて妻の媚乳を鷲掴みにすると、内から外への円運動でゆったりとこねてゆく。

「ちょ……、やめてくださいっ」

若妻は辺りを伺いながらふたりを窘める。しかし中年夫婦は激しく呼吸を弾ませ、困ったような笑顔を涼乃に向ける。

「いやあすまんね、涼乃くん。俺たちには構わずに見学していていいから」

「そうそう、ちょっと楽しんだら戻るから。少しだけ待ってて……あっ」

森坂に右の乳首を吸い取られ、歩美は切なそうに呻いて仰け反る。まともに見てしまった涼乃は慌てて視線を逸らす。彼女の胸の先は完全に勃起している。そんな状態のそこを口へ含まれたらどうなるのかは涼乃にも分かる。背筋が痺れて瞼が重くなって、自然と相手に身を任せてしまうのだ。

左の尖りもしゃぶられて歩美は派手な嬌声を漏らす。その声に引かれた他の男性客たちがにやつき、ふたりの恥態を観賞しに集まり出す。森坂は追い払う様子もなく悠々とチノパンのベルトを外し、チャックを下ろしてブリーフを露わにする。そして歩美をソファへ押し倒し、彼女の右手をブリーフの中へ誘う。

「うふふ、すごく硬くなってる」

「ああ、ここでするのは久し振りだからな。涼乃くんもいるし気合いを入れてやらないとな」

(もう……っ、ふたりともひどい……っ)

向かいで真っ赤になって俯く若妻を置き去りに、友人夫婦はふたりの世界に没頭してゆく。こうなっては性欲が発散されるまで終わりそうにない。無知な自分に色々と教えてくれるはずだったのに——涼乃はむくれて四杯目のカクテルを空にする。

他の客は森坂夫妻が良く見える席に陣取り、ニタニタと下衆な笑みを浮かべる。男性客が大部分だが中には女性客の姿もある。バスローブを纏った者もいるが基本的には全裸で、女性は胸の先を、男性は股間のものを硬くさせて鼻息を荒らげていた。

ひとり残された涼乃に近寄ってくる男もいるのだが、左胸の見学者バッジに気付いて残念そうに退散してゆく。もしバッジを着けていなかったらと思うと、若妻の心臓は爆発しそうに弾む。名前も知らない男に押し倒され、荒々しく身体を貪られる自分の姿が脳裏を過ぎる。そんなおぞましい光景を頭から振り払い、涼乃は肩で息を継ぐ。

そんな折に向かいから悩ましげな鼻声が響き、若妻の瞳はつい吸い寄せられる。森坂が妻のミニスカートを荒っぽく剝ぎ取り、Tバックのショーツも引き下ろしたのだ。脱がされかけのトップスだけの姿となった歩美は恥ずかしそうに頰を染め、もじもじと美脚を擦り合わせる。

何人もの他所の男から熱い視線を浴びているというのに、逃げる気配はない。薄目を開けては周囲の様子を確かめ、妖艶な微笑みを浮かべてみせる有様だ。うぶな涼乃には彼女の心理状態が理解できない。夫婦の秘め事を他人に見られるのが嫌ではないのだろうか。

（やだ……っ）

歩美の足元へ移動した森坂がしなやかな美脚を抱え上げ、妻の身体を折り曲げる。続けて両足を折り畳みながらMの字に開脚を強いる。テーブルを挟んだ向かい側までは二メートルもないために、涼乃にも歩美の股間がはっきりと見えてしまう。同性の性器を目にするのは初めてだった。ぱっくりと割れた肉の花は酷く淫靡で、グロテスクにも思える。でもなぜか視線を外せない。

初めて目にした友人の性器は大陰唇の肉付きが良く、小陰唇はセピア色をして大振りだった。彼女が身体を捩る度にふるふると肉びらが揺れる様から、そこがふんわりと柔らかくできていることが分かる。自分のものはどうだっただろうかと涼乃は記憶を辿る。しかしまともに見た試しがなく比較ができない。自分で見るのも憚られて、恥毛の手入れをする際にも敢えて見ないようにしてきたせいだ。

「ああ……っ、いやあ……」

股間を天へ差し出すまんぐり返しの体勢に固められ、歩美は首筋まで朱に染まっていやいやをする。すぐ裏の席から三人の男性客が膝立ちとなり、さらけ出された秘めやかな割れ目に容赦なく熱い視線を注ぐ。どの男もだらしなく頬をたるませ、いまにも涎を垂らしそうな勢いだった。

涼乃はばくばくと心臓を弾ませながら友人の性器を見詰める。あんな姿勢を取らされたことはない。もし自分だったら、たとえ相手が大好きな彰良であっても拒むだろう。肉の割れ目が丸見えになるのはもちろん、誰にも見られたくない肛門までさらけ出すことになるからだ。実際、歩美のアヌスが見えている。彼女のそこはセピア色に色づいてきゅっと引き締まり、汚らしさは感じなかった。

「ほぅら、ケツの穴まで丸見えだぞ歩美。みんなに見られちゃってんなぁ」

「やぁあッ、そんな……、みないで、おねがい……っ」

いつも快活な友人がとろんと瞳を潤ませ、美貌を上気させて黒髪を振り乱している。涼乃は無意識の内に喉を鳴らし、そんな歩美の姿に食い入る。思えば彼女の恥態を想像したことなどなかった。それだけに森坂に責められて喘ぐ姿は新鮮で、同性の目から見ても酷く淫らだ。見てはいけないとは思うのだが見ずにはいられない。

（えっ、なにして……。うそ……）

森坂は他の客に得意気な視線を流し、下品な体勢に固めた妻の股間へ鼻先を寄せる。敏感な肉の割れ目に卑しい気流を感じて、歩美はびくんと美脚を震わせる。森坂が股間の秘香を嗅いでいるのだと分かり、涼乃は美貌を朱に染める。女性のそこは襞が折り重なっていて、ただでさえ蒸れる。匂いを嗅がれるほど恥ずかしいことはない。

「やだあ……、そんな……」

案の定、歩美も顔を真っ赤にして激しく黒髪を振り乱す。だが少し様子が変だ。嫌がっているようには見えるのに、恥辱の体勢を振り解こうとはしないのだ。乳房が上下するほどに荒く息を継ぎ、股間でいたずらに励む夫を懸命に見詰めている。その瞳は益々性欲に燃えて、もっと辱められることを期待しているかのように見える。

「んあ……っ、あ……！」

妻のはしたない匂いを堪能した森坂が大きく口を開け、無数の視線に晒される肉花にむしゃぶりつく。ちゅばちゅばと下品な吸引音を響かせる、動物的なクンニリングスだ。歩美が上げるあられもない嬌声を耳にしながら、涼乃は呼吸も忘れて目を見開く。恥態を繰り広げるのが友人夫妻だということもあるのだろうが、うぶな若妻にとっては荒々しい淫技もまた衝撃だった。

（あんな舐め方……いやらしい、不潔よ）

森坂は盛んに顔を左右へ振って、ふるふると柔らかい妻の肉びらを舌で掻き分ける。鮮やかなピンク色をした膣前庭が観客たちの前に暴き出され、鼻息を荒らげた中年男によって見る見る唾液まみれにされてゆく。森坂の舌は生赤く、ぬめぬめとした光に包まれて湯気すら上げている。その先端が肉花の上端を探り始めると、観賞する客たちから聞き苦しい歓声が上がる。

「やあ……っ、そこはだめェ、あぅ……ッ」

友人の夫が責めている部分は涼乃にも馴染み深い性感帯のひとつだ。肉の鞘を纏った小さな突起物、そこを弄られると腰が浮き上がるように甘い快感が広がってくる。彰良に弄られる記憶を呼び起こしながら、涼乃は固唾を呑んで友人の反応を見る。彼女ははっと息を呑んで宙に浮いた美脚を震わせ、切なそうに唇を噛んで左右へ顔を振りたくる。同性であるだけに、その様子から感じているのだと分かってしまう。

森坂の舌遣いは時を経る毎に野性味を増してゆく。まるで妻の陰部を食べてしまいそうな勢いだ。盛大な吸引音が響く度に歩美が派手に仰け反る。その恥態を見守る若妻も嬌声に合わせてびくっと身を固め、ソファの上で桃尻をもじもじとくねらせる。友人夫婦が繰り広げるショーのせいで、淫靡な空間にいることももう気にならない。いや、気にしていられないのだ。

もし、彰良があんな愛撫をしてくれたら——淫らな妄想が引っ切りなしに脳裏を過ぎる。彼の長所は優しくて真面目なところだ。それに常識人であり、異常な性癖は持っていない。結婚を決意するに当たって、これらの点が大きな決め手となった。安定と平穏、それが結婚生活に於いてなにより重要だと考えたからだ。

だがいまの状況はどうだろう。幸せな毎日を送れてはいるものの、夫婦の営みはいまにも途切れそうだ。しかも自分だけが日々性欲の高まりに悩み、悶々としている。森坂夫妻の域までとは言わないが、自分たち夫婦ももう少し性に関して踏み込んでも良いのではないだろうか。

森坂の舌先が歩美の肉芽を剝き上げ、執拗に舐め転がす。小さかったそれは見る間に体積を増し、ぷっくりと膨らんで妖しく輝き出す。あんなにじっくりとクリトリスを責められたことはない。いつも快感が鮮烈過ぎて怖くなり、つい身を捩って愛撫から逃げてしまう。そして優しい彰良は無理強いをせず、それ以上追ってこないのだ。

「入れるぞ歩美。とりあえず一発出させてくれや」

「え……、いれちゃうの？　はぁ、はぁ、すずちゃんもみてるのに……」

森坂が妻の淫らな姿勢を解き、チノパンとブリーフを脱ぎ始める。歩美は豊かな乳房を波打たせながらちらちらと涼乃を見遣る。恥じらっているかのような台詞だが、若妻の顔には妖艶な笑みが浮かんでいる。見詰めていたことに気付かれていたと知り、若妻は俯いて耳を真っ赤にする。しかし観客からどよめきが沸き起こると、清楚な美貌ははっと持ち上がる。

「うわ、デカい。お化けキノコだなありゃあ」

「マジか～。良いなぁ、オレももうちょい長けりゃ……」

「すご～い、あたしも試してみたいなぁ」

観衆の視線が集まる向かいのソファ上にはおぞましい光景があった。歩美の足の間で膝立ちとなった森坂の下腹部に、黒々とした長大な棒が生えている。長さは二十センチ、太さは五センチ、肉の幹にぼこぼこと血管が浮き立つ様に寒気が走る。肉傘の部分は赤銅色にてらてらと光り、張り出したえらが異様に逞しい。全体的に反ったフォルムといい、こんな不気味な男性器は見たことがなかった。

（な、なにあれ……。彰良さんのと全然違う……）

観客同様に涼乃も目を見張り、ついまじまじと森坂の分身を観察してしまう。夫のものは長さ十二〜三センチといったところで、太さも四センチ程度だ。色味は似通っているが迫力に雲泥の差がある。処女を捧げた恋人のものも彰良と大差なかったために、そのサイズが男性共通なのだと勝手に思い込んでいた。どうやらそれは大きな間違いだったらしい。女性のバストサイズに千差万別あるように、男性器にも差はあるのだ。

森坂が歩美の両太腿をそれぞれ小脇に抱え込み、鈴口に先走り液の浮いた亀頭冠を濡れた肉裂に押し付ける。あんなに大きな異物が入るのか——若妻は息を詰めて両手を握り締め、友人の割れ目に視線を注ぐ。歩美はとろんと瞳をぼやけさせ、深く息を吐いて身体の脱力に努める。そして赤銅色の肉傘がぬぷり、と膣口にめり込むと、白い喉元を晒して大きく仰け反った。

「んぁあ………ッ」

同性の自分が聞いても悩ましい嬌声が辺りに響くのと同時に、挿入の瞬間を見守っ

ていた客たちも熱い溜め息を漏らす。森坂の先端が歩美の内部へ潜り込んだその時、
涼乃はスカートの奥でじわっとあそこを濡らしていた。

（すご……、入っちゃう……）

どす黒くて長い肉幹はぬるぬるとなめらかに前進し、歩美を串刺しにしてゆく。二十センチ級のペニスはあっと言う間にその身をすべて女壺へ埋め切ってしまう。足の付け根をじんじんと疼かせながら、若妻は友人夫婦の様子を伺う。

森坂はだらしなく頰をたるませ、貫いた膣の感触に酔い痴れているようだ。歩美は眉間に深い皺を寄せているものの、長い睫毛をしっかりと伏せて小刻みに総身を震わせている。艶やかな朱唇が半開きになっていることから、彼女が恍惚の世界にいると分かる。

「ま、マジで入っちまった。あの奥さんもすげえな」

「何度見ても壮観だなぁ。見てるこっちまでゾクゾクしちまう」

男性客の感想が耳に届いたのか、歩美はやっと一息吐いてくたりと身を沈ませ、気怠そうに薄目を開ける。その口元が嬉しそうに笑っているのを見て、涼乃はきゅっと朱唇を噛む。夫婦の秘め事を他人の目に晒す愚は置いておくにしても、彼女はいまひとつになった悦びを全身で味わっているのだ。彰良との夜がご無沙汰なだけに、涼乃

には羨ましくて仕方がない。

「あ…………」

森坂がゆっくりと腰を振り出す。涼乃はまるで自分が貫かれているかのような錯覚に囚われ、噛んでいた唇から小さな声を漏らす。はっと我に返って口をつぐむも、その声は観衆のどよめきに掻き消されて友人夫婦には聞かれずに済んだらしい。ほっと安堵するも束の間、若妻の目はふたりの結合部に釘付けとなる。ゆったりと前後する森坂のものが、一往復毎に白いぬめりで染まってゆくではないか。

(歩美さん、感じてるんだ……)

女性器から白いとろみが湧き出す現象、それがどんな状態で起こるのかは涼乃にも分かる。性欲が燃え盛り、肉体が甘い快感に支配されている証拠だ。衆人環視という状況にもかかわらず、友人は強い興奮を覚え快楽を得ている。そのことだけはどうしても涼乃には受け入れ難い。これではまるで変態ではないか。

「くぅう……、はぁはぁ、んぅ……ッ、あっ、あっ」

気付けば森坂の肉柱は根元まで白く染まりきり、いやらしい湯気まで上がっている。長い肉幹の姿が見えなくなる度に、友人は激しく首を左右へ振って浅く速く息を継ぐ。逞しいえらが膣口から覗くまで引かれてゆくと、響いていた嬌声が途切れて朱唇はぱくぱくと宙を噛むばかりになる。彼女が一体どんな心地にあるのか気になって仕方がない。

やがて森坂の腰遣いはなめらかに加速を始め、妖艶な妻を快感の極みへ追い立ててゆく。歩美はもはや瞼を持ち上げる余裕もなく、汗みずくで呼吸を弾ませる。耳に届く淫らな声は上ずり、聞かされているだけで頭の芯がぼうっと痺れてくる。観客たちも同じらしく、誰もが呆け顔で中年夫婦の絡み合いを見詰めていた。


「おかえり。どうだった?」

帰宅すると彰良が笑顔で出迎えてくれた。涼乃は美貌を紅潮させたまま微笑みを浮かべ、夫が用意してくれた冷たい水で喉を潤す。

「うん、歩美さんはいつも通り。でも途中で森坂さんが合流したら、わたしをそっちのけでキスとかし始めちゃって。どうしたものかって困っちゃったわよ」

涼乃は歩美たちとの打ち合わせ通りに嘘を吐く。彰良に内緒でハプニングバーへ見学に行ったなどとは口が裂けても言えない。それに多少の真実は含まれている。森坂夫妻の濃厚な睦み合いを見せつけられ、茫然自失となったのは間違いないのだから。

若妻は紺のジャケットを脱いでソファの背に掛け、逆ハート型の優美なおしりを座面に下ろす。それにしても思いがけない体験だった。甘い香りの漂う空間での出来事はすべてが衝撃的で、こうして帰宅してもまだ胸の鼓動が落ち着かない。

（あんなに色々あったなんて……）

拘束プレイを楽しむカップルや、男性ふたりに身を任せる女性など、来店していた客のすべてがいかがわしい性欲に溺れていた。中でも印象に残ったのはパートナーを入れ替えて楽しむ者たちの恥態だ。聞けば彼等はそれぞれ夫婦だったらしい。幾らお互いに同意の上とはいえ、それは浮気となにが違うのか未だに理解できない。

ハプニングバーで繰り広げられていた性の狂宴は、歩美の言う通りに予想を遥かに越えるものだった。だが懸念はある。あんな光景を見たからといって、自分たち夫婦にとってプラスの効果があるのだろうか。確かに性の知識は増えたが、それをどう生かせば良いのか見当も付かない。未だ激しい心音のせいもあって、溜め息が次々に漏れてくる。

「森坂さんたちに当てられちゃったみたいだね。なんだかすごく色っぽい顔してるよ」

「え？　そ、そう？　別に普通よ。ただ他人のキスなんて間近で見たことなかったから、そのせいかも」

右隣に彰良が腰掛けてきて左腕を背に回し、左肩を抱いてくれる。特に珍しい行為ではないのだが妙に胸がどきどきする。夫の顔を見ると、その双眸はいつもより熱っぽく感じられる。これならいけるのではないか――若妻は酔いの勢いも借りて艶やかな唇を開く。

「ね、今夜も駄目そう？　明日忙しい？」

心臓をばくばく跳ねさせながら恐る恐る様子を伺うと、夫は一瞬目を丸くしたもののにっこりと微笑んだ。

「いや、大丈夫だよ。……久し振りに、しよっか」

このところ聞くことのなかった嬉しい台詞が脳裏に反響する。涼乃はぽっと頬を染め上げて頷き、長い睫毛を伏せてキスをねだる。彰良はそっと抱擁を強め、優しく唇を奪ってくれた。

「先にベッドに行ってて。急いでシャワー浴びてくるわね」

「うん、分かった」

彰良は照れ臭そうに笑って寝室へ向かう。その背を追うように若妻も腰を上げ、いそいそとバスルームへ向かうのだった。

寝室の灯りが落とされ、ベッドの宮部分にあるヘッドランプのみとなる。淡いオレンジ色をした薄明かりの中で、涼乃はどきどきと胸を高鳴らせる。バスタオルを巻いただけの姿で寝室へ入り、ベッドの脇ではらりとバスタオルを床へ落とす。染みひとつない純白の女体がぼうっと浮かび上がると、夫が半身を起こしてごくりと喉を鳴らすのが分かった。

（やだ、緊張しちゃう……）

毛布を剥いで夫の左側へ添い寝するように横たわると、早速覆い被さられて唇を奪われる。せかせかと舌が口内へ潜り込んできて、心臓が大きく跳ねる。いつになく荒々しいキスだ。森坂夫妻の濃密な絡みを見せつけられた直後だけに、涼乃の期待は高まる。歩美と同じとまではいかなくても、他のことを考えられないくらいには感じさせて欲しい。

「んん……っ」

ひとしきり舌を絡ませ合ってから、彰良の頭が胸元へずり下がる。汗ばんだ両手で乳房を握り締められ、右胸の先を勢い良く吸い取られる。甘美な痺れと共にぞくっと背筋が燃えて、若妻は伸びやかな肢体をびくんと震わせる。心なしか身体が敏感になっている気がする。ハプニングバーへ見学に行った効果なのだろうか。

夫は鼻息も荒く左右の膨らみを揉みこね、ふたつの尖りを代わる代わる口へ含む。

胸の先をいじめる際にはもっと焦らして欲しいとも思えるが、久し振りの営みなのだから贅沢は禁物というものだろう。

吸い上げられる度に甘い切なさが込み上げて、自然と吐息が弾んでくる。森坂夫妻の営みを見て感じていた股間の疼きがぶり返してきて、つい太腿を擦り合わせてしまう。すると夫は左乳房を揉んでいた右手を離し、股間へ潜り込ませてきた。

「あう……」

右中指の腹で肉の割れ目を下から上へ撫で上げられ、鼻先にチカッと星が瞬く。いやらしい声を上げてしまったことが恥ずかしくて薄目で夫を見ると、彼は肩で息を継ぎながら視線は乳房に向けたままだ。気付かれずにほっとするのと同時に、激しく興奮してくれているのが嬉しくなる。

この調子なら自分も我を忘れられるかも知れない――若妻は小さく喉を鳴らして身体を弛緩させ、夫の愛撫に身を任せる。最愛の人の右中指は肉びらを左右へ掻き分け、肉の芽を軽く撫でてから女の穴へ向かう。くちゅり、と小さな水音が立ち、涼乃はぼっと耳を燃え上がらせる。そこはもう果蜜が滴るほどに濡れている。こんなに早く潤うのは初めての出来事だ。まだ酔いが残っているせいなのか見学のせいなのか、自分でも良く分からない。だが喜ばしい反応であるのは確かだ。

「う……ッ」

彰良は右中指の先で膣口の縁をなぞり、その濡れ具合に少し息を呑む。しかしすぐに荒い呼吸を再開させ、右中指をそのまま膣内へ埋め込んできた。背中一面に甘い寒気が広がり、今度は涼乃が息を呑む。夫の指は苦もなく付け根まで女壺に埋まってしまう。久々に感じる異物の硬さが心地好い。

「すごく濡れてるね」

「やだぁ……っ」

夫が胸元から顔を上げ、興奮で声を上ずらせる。キスを求められるものの、あまりに恥ずかしくて妻はつい左へ美貌を背ける。彰良は残念そうに右の首筋に口づけると、胸元へ戻って右の尖りを吸い上げる。またしてもいやらしい声が勝手に漏れて、涼乃の白い裸身は甘い羞恥で桜色に紅潮してゆく。

「我慢できないよ。入れてもいいかな」

「はぁ、はぁ……、うん……」

彼は早くも挿入をねだってくる。久し振りのセックスで興奮し過ぎているせいだろうか。本音を言えばもう少し愛撫を続けて欲しいのだが、夫は身をずり上げて左手をベッドの宮へ伸ばし、備わった引き出しを開けて避妊具を一枚つまみ出す。こうなっては従うしかない。

小さく頷いて両膝を立てると、彰良はその間で膝立ちになってペニスにコンドームを被せる。薄明かりの中で見えた夫のものは隆々といきり立っている。長さといい太さといい、やはり森坂のものと比べると随分大人しめに感じられる。そんなことを無意識の内に考えてしまった涼乃は慌てて目を閉じる。

（なに考えてるのよ、わたしったら。不潔よ）

夫婦の営みの最中に他所の男のペニスを思い浮かべるなど、下劣もいいところだ。大きく息を吐いて待っていると、避妊具の装着を終えた夫が両の太腿を小脇へ抱え込んでくる。今夜も正常位で繋がるようだ。ハプニングバーで女性客が取っていた騎乗位や後背位が思い出されて、若妻はもう一度目を閉じ直して汚念を追い払う。正常位は安心できる体位なのだから、これで良いではないか。

「んぅ……っ、あ……」

複雑な気持ちのまま、夫がぐっと腰を進めてきた。充分に濡れた膣肉はぬるぬるとなめらかに肉茎を受け入れてゆく。甘ったるい充足感と共に腰が燃え上がるような快感を覚えて、涼乃は白い喉元を晒して仰け反る。やはり大好きな人に貫かれる感覚は良い。こうしてひとつになると彰良のことが一層愛おしくなる。

「うわ……、すごいよ、涼乃の膣内《なか》。熱くってぎゅうっと締め付けてくる」

「いやあッ、そんな……、あうッ」

彼が挿入の感想を囁くのは珍しい。いや、以前にもあっただろうか。そんな思いに囚われた次の刹那、薄膜を纏った亀頭冠が子宮口まで届く。避妊具越しでも肉傘の熱さが感じられて、背筋に走る甘い寒気が強まる。若妻はしっかりと睫毛を伏せて夫の背に細い腕を回し、淫らな前後運動に備える。

「あっ、や……、はぁ、はぁ、ん……く、ああッ」

彰良のものが胎内を掻き混ぜる。初めて絶頂に押し上げてくれた時と変わらない振り幅の短い抜き差しで、交際時から現在まで慣れ親しんだ動きだ。ぬちゅぬちゅと水っぽい姫鳴りが聞こえてしまうのが恥ずかしいが、無意識に声が出るくらいに心地好い。若妻は切なそうに仰け反っては夫にしがみつき、込み上げてくる甘い痺れに意識を溶かしてゆく。

(感じちゃう……、このまま、もっと……)

快感を覚え出すと欲望も膨らむ。腰を遣われながら口も吸って欲しくて、涼乃は紅潮した美貌を彰良へ向ける。妻の要望に気付いたのか、彰良は鼻息も荒く唇を重ねてくる。しかし意識を口元に集中するせいか、腰の動きが止まってしまう。少し物足りないがこれは仕方のないことだろう。舌を絡ませ合うキスが途切れると、膣内のペニスは前後運動を再開する。

夫の右首筋に鼻先をうずめ、妻は大きく喘ぐ。濡れた穴を貫く肉柱の動きは次第に加速を始める。限界が近いのだろうか――薄目を開けて様子を伺うと、彼は額に大粒の汗を浮かべて歯を食い縛っていた。

「ご、ごめん涼乃、出ちゃう……！」

「はぁ、はぁ、あ………」

腰をぐっと押し付けられて甘い痺れがじぃんとお腹に広がる。そして膣肉の狭間で硬い肉柱がびくびくと痙攣するのが分かる。一方で自分はまだ達していない。涼乃は思わず下腹部を息ませて肉の幹を食い締め、夫の限界を阻もうとする。だが薄膜越しの射精はもう止められなかった。

妻の内部で存分に欲望を吐き出し、彰良はぐったりと体重を預けてくる。その重みが愛おしいものの、若妻は大きく息を吐いて朱唇を噛む。久し振りだったのだから、息が合わないのは仕方がない。二度目は絶頂へ連れて行ってもらえるはずだ。胸をどきどきさせたまま待っていると、彰良がやっと身体を起こして恥ずかしそうに笑う。

「ごめんな、あんまり良かったから出ちゃったよ。次は頑張るからさ」

やりと見詰めていた。

「あ……、うん……」

望んでいた展開にはならず、夫はしぼみ始めたペニスをそっと膣から抜いて後始末を始める。中途半端に疼かせられた肉体を仰向けに伸ばし、若妻は薄暗い天井をぼんやりと見詰めていた。

歩美に誘われた涼乃はブラウスにフレアスカートの淑やかな出で立ちで喫茶店のドアをくぐる。先に来店していた年上の友人が窓際の席から小さく手を振る。歩美はVネックの七分袖ニットにスリムパンツを合わせた軽快な装いだ。胸元の切れ込みが深くて、魅惑の谷間が覗けてしまうのが悩ましい。

「ね、その後どうなった？　なにか変化はあったかしら」

席に着いてアイスコーヒーを注文すると、歩美が悪戯っぽい笑みを浮かべて身を乗り出してくる。涼乃は困ったような笑顔を返してウエイトレスの動向を見遣り、小声で漏らす。

「ええ、その……。あったんです、夜のあれが」

「ホントに？　良かったじゃない、これで問題は解決ね。うふふ、あたしたちが身体を張って頑張った甲斐があったわぁ」

注文した飲み物が届いてウエイトレスが伝票を置いて去ると、妻たちの内緒話は本格化する。

「……あら？　なんだか浮かない顔ねぇ。なにかあったの？　ひょっとして、上手くいかなかったとか？」

歩美に痛いところを突かれて涼乃は俯く。

「いえ、途切れてたのが再開できたんだし、それはいいんです。でも……」

「……ははぁ、分かった。彰良クンだけ満足しちゃった感じね。そっかぁ」

腕組みして天を仰ぐ友人を見遣り、若妻は冷たい飲み物で喉を潤す。久々のセックスだったが、それほど快感にこだわっていた訳ではない。それに次の夜では彼も余裕を取り戻してくれるものと思っていた。

しかし現実は違った。彰良は次のセックスでも呆気なく果ててしまい、また自分だけが絶頂を得られなかったのだ。

「これって、やっぱりわたしに問題があるんでしょうか。前はもっと違ったような気がするんです」

ずっと胸の内に燻っている疑問をぶつけると、年上の友人は腕組みをしたままじっと目を見てきた。

「そうねぇ……。すずちゃん、自分から彼に愛撫してあげた？」

「え⁉ そっ、そんなの無理です。それに前からそんなのしたことないし……」

「う〜ん……」

　歩美は再度椅子の背にもたれ、天を仰いで押し黙る。そしてにっこりと微笑んで向き直る。

「残念だけど、まだ問題は解決できてないみたいね。すずちゃんが必要以上に恥ずかしがるから、それが彰良クンにも伝わっちゃうのよ。で、彰良クンの気が削がれちゃうんじゃないかしら。彼としては途中で終わると気まずくなるから、とにかく出すことで頭が一杯になって、すずちゃんにまで気が回らないって感じね。たぶん」

「……そう、ですか……」

　涼乃は華奢な肩をがっくりと落とす。自分に落ち度があると分かって、夫に不満を抱いていたことが酷く申し訳なく思えてくる。でも性格は急に変えられない。彼に愛撫をしてあげろと言われても、その光景を想像するだけで顔から火を噴きそうになる。

「もう、そんなに赤くなることでもないでしょ。仕方ないわねぇ、じゃあもう一回見学に行こっか。要は慣れよ。それにもうひとつ、エッチなことは不潔じゃないって分かるのも重要かしらね、すずちゃんの場合は」

「え……、また行くんですか」

涼乃は美貌を強張らせて友人の目を見る。あの店にはもう行きたくない。空気からして淫らで穢らわしいからだ。それに歩美と森坂の行動にも思うところがある。また自分をそっちのけでセックスに耽られるのは嫌だった。

「そうよ、じゃあ他に良い方法がある？　ひとつの場所で色んな性のカタチを観られるなんて、あの場所以外にないじゃないの。自分が変わらなきゃなにも変えられないわ。待ってるだけじゃあっという間におばあちゃんよ？」

「それは……、そうですけど……」

歩美の言葉には重みがある。同じ悩みを抱え、それを乗り越えてきたからだ。返す言葉もなく俯いていると、年上の友人はぽんと両手を合わせて笑う。

「はい、深刻な顔はもうおしまい。気楽に行くことも大事よ？　お酒呑みながらエッチなショーを観られるなんてラッキー、そう考えたらどうかしら」

「は、はぁ……」

こうして半ば押し切られる形で再度の見学会が決まってしまった。楽しそうに日取りを相談し出す友人の前で、若妻は小さな溜め息を漏らした。

＊

歩美と呑みに行くとまた夫に嘘を吐き、涼乃は森坂夫妻と共にハプニングバーのドアをくぐる。前回と同じく紺のスカートスーツを纏った清楚な姿に、店内の男性客が好色な目を向ける。

森坂はポロシャツにチノパンを合わせていかにも中年というスタイルだが、歩美はチューブトップとタイトミニという扇情的な装いだ。その瑞々しさと色香は美貌揃いのウエイトレスたちにも負けていない。

見学者バッジを左胸に着けた涼乃の左隣に歩美、その左隣に森坂の順でコの字席のソファへ腰を下ろす。森坂は緊張気味の若妻を歩美越しに見遣り、悪びれる様子もなく肩を揺すって笑う。

「こないだはすまなかったね。つい我を忘れちまってさ、はっはっは」

「い、いえ」

「もうあなたったら、すずちゃんが困ってるじゃないの。前みたいに羽目を外しすぎるのはダメですからね」

夫に釘を刺してはいるが、歩美も悪戯っぽい笑みを浮かべるばかりだ。本当に反省しているのかと疑いたくなるが、ひとりでは踏み込めない場所に連れてきてもらっている手前強くは出られない。

「いやいや、そりゃあお前がエロい目で俺を見詰めるからだろ。あんな顔されちゃあムラッときて当然だぞ」

「まあ、あたしのせいってワケ？　ふぅん、若いコ見ておちん×ん硬くしてたのは誰だったかしら？」

「いや、あれはだな……、こらこら、どこを触ってるんだ、どこを」

（も、もう……。この人たちは、ほんとに……）

森坂夫妻は早速盛大にいちゃつき始める。きわどい装いのウエイトレスからお酒を受け取り、清楚な若妻はむくれ顔で喉へ流し込む。一息吐いて店内を見渡すと、客の入りは前回同様に盛況だ。そこかしこに肌色の塊が蠢き、聞くだけで体温の上がる喘ぎ声が次々に耳へ飛び込んでくる。

「ほらすずちゃん、足元にはなにもないわよ。折角皆さんが頑張ってくれてるんだから、堂々と見てあげないと」

「え、ええ」

年上の友人もカクテルを呷ってほんのりと頬を染めている。視線で促された先では二十歳過ぎと思しき愛らしい女性が男の膝に乗せられ、数人の男性客へ向けて足を大きく開かされていた。

「ふむぅ、丸見えだな。あのコ、若いのにマン毛つるつるに剃っちゃって……。いやあ、実にけしからんな」

夫の上司が身を乗り出し、開脚を強いられている女性客を凝視する。その横顔をちらと見遣って涼乃は密かに溜め息を吐く。窘めるようなことを言ってはいるが、森坂の目は爛々と輝いている。その妻である歩美はむっとしながらも夫に身を寄せ、右手を伸ばしてスラックスの股間をまさぐる。

「もう、あんなコがいいの？　いかにも遊んでそうな顔じゃない。おっぱいだって小さいし、ビラビラなんか黒ずんじゃってるし」

「なんだ、歩美だって結構良く見てるじゃないか。……そうだな、確かにビラビラは黒ずんでる。けどそういうギャップも時には良いんだよ。いままでどんなことされてあんな色になっちゃったのか、想像するのも楽しみのひとつってもんだ。男ってのは妄想する生き物なんだよ。健康な男なら暇さえあればエロいこと考えてるね、間違いなく」

（そういうものなのかしら。彰良さんも……？）

森坂の言葉に耳を傾けながら、涼乃は二杯目のグラスに朱唇を付ける。あまり酒を呑むのは良くないとは思うが、こんな空間に素面でいるのは耐えられない。周囲の席では前回同様の肉宴が繰り広げられているのだから。

若妻は最も近い席にいるバスローブ姿のカップルへ視線を向ける。彼等は三十歳前後と思しき年頃で、特殊な性癖を持ち合わせているようには見えない。しかしふたりとも他の客のセックスに夢中だ。なにか囁きながらお互いの胸元へ手を伸ばし、バスローブの合わせ目から手を差し入れ合っている。女性は敏感な部分に触れられているらしく、次第にとろんと正体をなくして喘ぎ始める。

妙なプレイに興じることなく興奮を高めてゆくふたりを見詰めて、涼乃は彰良と自分の姿を重ねてみる。夫とこの場所へこられたなら似た感じになるだろうか。だが夫婦で訪れることはまず有り得ない。真面目な彼が許すはずがないからだ。

「すずちゃん、あっち。なんだかすごいことしてるわよ」

「え……」

左肩をつつかれて歩美の視線を追うと、若妻の瞳は大きく見開かれる。両腕を背中で縛られた若い女性が跪き、仁王立ちした男性客の股間で頭を前後に揺すっているではないか。フェラチオ奉仕をしているのだと分かると、涼乃は見る見る耳を紅潮させせてゆく。

「ああ、あれは常連さんだな。ああやって縛られるとたまらなく興奮してしまうタイプなんだよ」

「そうなんですか……」

歩美の右肩を抱く森坂が視線を彼等に向けたまま教えてくれる。歩美も妖しい笑みを湛え、呆然とする若妻に囁く。

「ちなみにあのコ、既婚だけど単独さんだから。おしゃぶりしてあげてる男の人とはたぶん初対面よ。ご主人はこのこと知ってるのかしらねぇ」

(そんな……)

涼乃はぎくりと息を呑んで女性客を見詰める。彼女はDカップほどの美乳をして肌も白く、すらりと細身だ。顔立ちも整っていて、肩まで伸ばした黒髪が良く似合う。大人しそうな良妻に見えるのだが、なぜそんな裏切り行為に耽るのか。しかもペニスをしゃぶられている客の後ろには四人ほど男が列を成している。ひとりを相手にするだけでも重大な罪なのに、複数人と絡もうとする女性客の気が知れない。

「涼乃くんには驚きの光景だろうね。けどあのコはいつもああやって何人もフェラするんだよ。口に出されたものは全部飲むし、ゴムなしでオマ×コもしちゃうしな。なんでもご主人は淡泊で、夜の方はてんでダメらしいんだ」

「あら、そうなの。ってあなた、詳しいわね？　もしやあのコとしたんじゃないでしょうね」

「い、いやそれはさ、まぁなんだ、口でだけだよ口でだけ。それにお前の方が遙かに上手だったぞ、ははは」

「まぁ……。ひどい、この浮気者ぉ」

歩美は怒っているが目は笑っている。信じられないことに、夫の浮気を容認しているのだ。呆気に取られていると、森坂夫妻は腰を上げてテーブルを挟んだ反対側のソファへ移動する。どうやらまた興奮を抑えきれなくなったらしい。

「ちょ……、歩美さんっ」

「もう許さないんだから。腰が立たなくなるまでヌいちゃうからね」

慌てて止めようとするもその声は届かない。歩美ははぁはぁと吐息を弾ませながら森坂をソファへ押し倒し、太鼓腹を締めているベルトを乱暴に外し始める。中年男はその様子をニマニマ笑って見詰め、腰を浮かせて妻に脱衣の協力をする。チノパンとブリーフが纏めて膝下まで引き下げられると、どす黒い肉塊がでろりと姿を現した。

（やだ……っ）

半勃ちの男性器をまともに見てしまい、涼乃はぽっと頬を朱に染める。森坂のものは相変わらず長大だ。完全な勃起状態でなくても常軌を逸したサイズだと一目で分かる。黒々とした肉柱は妻の右手に握られて見る見る膨張し、隆々と天を衝く。

「おっ、森坂さんたちまたきてるな」

「折角だから観賞させてもらおうぜ。なんたって濃厚だからな」

妖艶な三十路妻と中年夫の絡みを見ようと、目敏い客たちがぞろぞろと集まってくる。こうなってしまうとうぶな若妻にはもう止める術がない。またしても自分をほったらかしにする友人夫婦に怒りを覚えつつ、涼乃はウエイトレスを呼んでカクテルのお代わりを頼む。

(もう、歩美さんったら……。森坂さんもひどいわよ、こんなの)

お酒の力を借りてどうにか苛立ちを紛らわせるものの、やはり面白くはない。彼等は自分たちの欲望を発散できて気分良く帰ることができるのだろうが、自分はこの鬱憤をどうすればいいのか。それに歩美が乱れる姿を見ていると妙に身体が昂ぶってしまう。その状態で帰宅して仮に夫が抱いてくれたとしても、おそらく絶頂は得られない。そんな悲しい未来を想像していると独りでに酒が進む。

「うふふ、美味しそう」

歩美は森坂の肉根をしこしこと右手でしごき上げ、てらてらと光り出した亀頭冠をうっとりと見詰める。口紅を引いた唇が黒い肉幹の裏筋をちゅっとついばむと、観賞にきた客たちが期待の鼻息を噴き出す。

「良いよなぁ、歩美さん。オレのもしゃぶってくんないかなぁ」

「あ〜、お前は通い始めたばっかかで知らないのか。歩美さんは頼めばヤらせてくれるんだぜ、しかもナマで。ただし、森坂さんが見てる前でハメられる度胸が要るけどな」

「まっ、マジかよそれ！ やるやる、オレ他人の目とか全然気にしねえし」

（……え？ なんですって……!?）

男性客が驚きの声を上げるのと同時に、涼乃も目を丸くして凍り付く。歩美は性に対して開放的になったと言ってはいるが、まさか他所の男とも簡単に寝るようになってしまったのだろうか。真偽を確かめたくてもこの状況では声を掛けられない。淫技を中断させたら客たちが黙っていないはずだ。その証拠に、森坂夫妻を見詰める男たちの目はどれも血走っていた。

（うそよね、そんなの……）

はらはらしながら見詰める前で、年上の友人は太い裏筋を上へ舐め上げてゆく。そして肉傘と肉幹との境目部分を舌先で丹念にくすぐる。森坂は客の視線をものともせずに鼻息を荒らげ、右手を伸ばして妻の頭を撫でる。

「良いぞ歩美、ねっとりしゃぶってくれよな。お前の口の中、ドロドロに汚してやるからよ」

「ん……」

聞くもおぞましい台詞が中年男から放たれる。どうやら歩美の口腔で射精するつもりらしい。歩美は薄目を開けて微笑み、素直に頷く。

別の席で他人のペニスをしゃぶる女性客もそうだが、精液を飲まされて平気なのだろうか。涼乃は乏しい記憶を辿って白濁液の匂いを思い出す。栗花の香りにも似たそれはお世辞にも良い香りとは言えない。味を確かめたことはないが、そんな異臭がするのだから美味しいはずもない。たとえ彰良が出したものでも飲みたくはなかった。

「んっ、ん……」

歩美が赤銅色の肉キノコにちゅっと吸い付き、ぬるぬるとスローに呑み込んでゆく。男女問わず客から好色などよめきが沸き起こる。男性器をしゃぶる口元を凝視されているというのに、友人は嫌がる素振りすら見せない。その姿を目の当たりにしていると、客たちが漏らした彼女の秘密が真実味を帯びてくる。

しかしその一方で歩美が披露する淫技にも気を取られる。なにより驚かされたのはペニスをしゃぶる彼女の幸せそうな表情だ。排泄にも使われる不潔な物体を洗いもせず口にしているのに——若妻は記憶を辿る。

自分は彰良にフェラチオをしてあげたことがほとんどない。付き合いは長いのに片手で収まる回数だ。森坂の恍惚とした表情を見ているとフェラチオが好きなのだと分かる。彼女だけでなく他の男性も同様だろう。先の女性客に男性客が列を成していたことからもそれは明らかだ。夫にしてあげてこなかったことに罪悪感が芽生える。

夫に尽くす気持ちでは誰にも引けは取らない、それは自信を持って言える。だが性に関する分野ではどうだろうか。その点だけ切り取ってみれば、残念ながら良妻とは言えないのではないか。現にいま自分たち夫婦はセックスレスの危機に瀕している。その原因の一端が自分にあると分かった以上、なんとしてでも〝良い女〟にならなくては明るい未来を摑めない。

涼乃はカクテルを飲み干して大きく息を吐き、友人が見せる淫技を注視する。彼女が森坂以外の男に身体を許しているのかどうかはともかく、性のテクニックは良いお手本になる。見ているだけで恥ずかしくて腋がぐっしょり濡れてしまうが、夫のためにも是非覚えて帰りたかった。

（すごい……。あんな風にするんだ……）

歩美の技は自分が知っているものとは大きく異なっていた。まず熱意が尋常ではない。肉幹をしごき上げる右手にはしっかり力が込められ、良く見れば左手は陰嚢を揉み立てている。口の遣い方にも驚かされる。常に頰がへこんでいることから、吸い上げを切らさないようにしているのだと分かる。

舌遣いは繊細でしかも執拗だ。歩美は時折亀頭冠を吐き出し、肉傘と肉幹の境目の部分を小刻みに舐めくすぐってみせる。そして鈴口へ舌先をねじ入れもする。どちらの技にも森坂は呻いて腰を突き上げる。どうやら感じる部分のようだ。

「すげえよなぁ、歩美さんのフェラ。あんなにされたらオレ一分と保たねえよ」

「森坂さんが羨ましいね。奥さんが毎晩あんなことしてくれるんだぞ。仕事で疲れて帰ってきて、これほど嬉しいことはねえよな」

男性客のひとりが漏らした言葉を聞いて、涼乃ははっと息を呑む。夫婦の営みが行われない夜の理由は、大抵が夫の仕事に関係している。〝残業で疲れた〟であったり、〝明日大事な会議があるから〟であったり——その都度、仕方がないのひとことで自分を納得させてきた。

だがそこに大きな思い違いがあった気がしてくる。彼が仕事で疲れているなら、念入りなフェラチオで元気づけてあげることもできたのではないだろうか。大事な仕事の前というなら、景気付けの意味でしてあげることもできたはずだ。なのに自分はなにもしてこなかった。膣へのペニス挿入がセックスの絶対条件だと思い込み、自分だけ奉仕して終わることなど考えもしなかったからだ。

「うわぁ、エッロ……」

歩美が頬をへこませて頭を上下に揺すると、ちゅぽちゅぽと淫らな水音が立つ。吸いながらスロートするせいなのだが、聞かされている男たちは目を輝かせている。男性を興奮させるのは視覚に頼るばかりが能ではないのだ。森坂も鼻息を荒らげて頭を持ち上げ、下腹部で吸い立てを続ける妻を愛おしそうに眺めている。彰良からそんな目で見詰められたらどんなに嬉しいだろうか。若妻の脳裏から、フェラチオに対する偏見が少しずつ取り除かれてゆく。

「あ～いい、出そうだ。飲んでくれるか？」

「んぅ……」

森坂が限界を告げると、その妻は薄目を開けて微笑み、承諾の声を上げる。涼乃はどきりと心臓を弾ませ、ふたりの睦み合いを見詰める。歩美は嫌な顔ひとつせずに夫の要求を受け入れている。これがお互いを知り抜いた夫婦の姿なのだ。

やがて森坂が呻き、ぐっと腰を突き上げる。三十路の妻は悩ましそうに息を詰め、亀頭冠をすっぽり口腔へ呑んだまま激しく右手を上下させる。清潔とは言い難い粘液をたっぷりと放出されているのに、それでも尚射精を助けていると分かる。その奉仕精神には頭が下がる思いがする。女性として見習うべきポイントだろう。

年上の友人はごくり、ごくりと派手な嚥下音を響かせながら最大限に頰をへこませて見せる。そしてどす黒い肉幹を付け根から先端へ向けて何度もしごき上げ、精液を一滴残らず搾り取るのだ。観賞する男たちから羨望の溜め息が沸き起こる。歩美は粘り着くような視線を浴びながらちゅぽん、と亀頭冠を吐き出して肩で息を継ぐ。

「……っはぁ、はぁ……、うふふ、一杯出たわね、あなた」

「良かったぞ歩美、お返しにうんとイかせてやるからな」

夫の上司は愛妻にちゅっと口づけると、仰向けに戻って手招きをする。歩美はすぐに意図を理解し、タイトミニを捲り上げて膝立ちになる。黒のTバックショーツを纏った白い桃尻が露わになると、観客たちが歓声を上げる。

「今度はコッチで搾り取っちゃうんだから」

年上の友人は妖艶な笑みを湛えて中年夫の腰を膝立ちで跨ぎ、ショーツの細いクロッチを右へ寄せる。大振りだがぷるぷると瑞々しい肉びらは半透明の果蜜で濡れ光っている。どうやらペニスをしゃぶる間に興奮してしまったらしい。

森坂はと目を向けると、彼もまだ激しい性欲を催したままだった。吐精を終えた黒い肉根をガチガチにいきり立たせ、温かく濡れた媚肉に包まれる時をまだかまだかと待ち望んでいる。歩美はそんなペニスを一旦追い越し、仰向けた夫に軽くキスする。そして右手を背後に回して亀頭冠をそっと摘まみ、はしたなく濡れそぼった肉の割れ目に誘う。

「んん……っ、く………」

ひくつく膣口が大きな肉傘をゆっくりと呑んでゆく。年上の友人は眉間に歓喜の皺を刻んで仰け反り、切なそうな吐息を漏らす。涼乃はその光景を瞬きも忘れて凝視してしまう。亀頭冠の逞しく張ったえらがぬぷんと女壺に沈むのと同時に、まるで自分が貫かれたかのように背筋がぞくっと燃えた。

（やだ……。また、みんなの前で……。信じらんない）

男性客が漏らした感嘆の溜め息を耳にして、若妻ははっと我に返って頰を朱に染め上げる。前回に引き続き、森坂夫妻は衆人環視の中で堂々と繋がっている。だが恥ずかしさよりも見られる興奮が勝っているようで、彼等は益々吐息を弾ませるばかりだ。

男性客のひとりが取り残されている美人妻に気付き、卑しい笑みを向けてくる。涼乃は慌てて視線を逸らし、平静を装ってカクテルグラスを傾ける。森坂夫妻は大事な友人ではあるが、自分は同じ性癖を持ち合わせている訳ではない。同類に見られるのは困る。

ウエイトレスにお代わりを頼んでひとつ溜め息を吐き、若妻は友人夫婦をちらと盗み見る。ふたりはすっかり自分たちの世界に入ってしまっており、こちらに気を遣う様子は見られない。歓声に包まれる対岸と自分の席とはまるで別世界だ。同類に思われたくない一方で、淫気に満ちた店内でひとり蚊帳の外に置かれるのは結構な屈辱だった。

(なによ、もう……。勝手にしたら良いんだわ)

二度目の放置ともなると苛立ちもひとしおで、どうしても酒に手が伸びる。あまり酒には強くない涼乃は見る見る美貌を紅潮させ、目付きもとろんとぼやけてゆく。ふわふわする感覚のお陰で苛立ちは紛れるものの、これではこの店へなにをしにきたのか分からない。友人たちが早く正気に戻ってくれることを祈りながら対岸の席を見遣ると、歩美は瑞々しいおしりを盛んにくねらせていた。

「ああっ、すご……、カリが引っ掛かってサイコー」

心地好さそうに熱を帯びた吐息を漏らし、三十路妻は人目を憚ろうともせずに快楽を貪る。いわゆる騎乗位で繋がっており、正常位ばかりの涼乃には鮮烈に映る。

歩美はペニスを付け根まで受け入れたまま、恥骨同士を擦り合わせるように腰を前後させている。そして時折大きくおしりを上下させるのだが、その度にぬらぬら光る肉幹が覗けてしまう。黒かったはずのそれは急激に白く染まって、ぬちゃぬちゃと糸まで引く有様だ。

あまりに下品でとても見ていられない。でもなぜかまた見たくなってくる。迷った挙げ句に若妻は友人夫婦の睦み合いに視線を戻す。無理をしてこんな店にきているのだから、少しでもなにかを得て帰らなくては割に合わない。心臓をばくばくと弾ませながらふたりの動きを見詰めていると、それぞれに協力し合っていることが分かってくる。

(片方だけじゃだめなのね……)

森坂が乳房を揉みたそうに手を伸ばすと、歩美は自らチューブトップを引き下ろし、上体を前傾させて応える。強い刺激を欲して妻が桃尻をくねらせると、中年夫は乳房をこね回したままずんずんと腰を突き上げる。まさに阿吽の呼吸といった様相で、涼乃は思わず感嘆の吐息を漏らす。

残念ながらいまの自分と彰良とではこれほど息の合ったセックスはできない。改善するにはお互いが、特に自分がもっと積極的にならなくてはならないようだ。しかしそれが分かっても急には変えられない。性の知識も勇気も足りないからだ。

そんな状況を打破すべくこの店へきたのに、教師役の友人夫婦は自らの性欲発散に夢中となっている。まさかとは思うが、見て参考にしろという意味合いでもあるのだろうか——酔いの回った頭でぼんやりと考えていると、歩美の息遣いが切羽詰まったものになってくる。

「あっ、やだ……、はぁはぁ、いきそう……」

妖艶な人妻が漏らしたはしたない台詞が観客の目を血走らせる。涼乃も息を呑んで両手で口元を覆い、友人が高まってゆく様子を見守る。ぬるぬるとなめらかに出入りする森坂のペニスもびくびくと痙攣を始め、愛妻を快楽の極みへ追い上げてゆく。

(また、あんな……。いやらしい……)

涼乃は拒否反応を示しつつも森坂夫妻を見詰め続ける。人前で快感に喘ぐ彼等は酷く淫らで汚れた存在に見えるのだが、なぜか視線を逸らすことができない。森坂の上で腰をくねらせる歩美を見ていると、自分の心音も見る見る加速してあそこが妖しく痺れてくる。スカートの中でこっそり太腿を擦り合わせながら、若妻は小さく喉を鳴らしていた。

「あっいく、イク……！」

歩美が甘えたような鼻声で自身の限界を告げ、がくがくと総身を震わせ始める。そして森坂がぐっと腰を突き上げ、黒光りする長いペニスがずぶうっと根元まで打ち込まれる。太った中年男は恍惚の表情で低く唸り、愛妻と共にびくつく。膣内へ射精しているのだと分かって、涼乃は首筋まで朱に染まってもじもじとおしりを揺すった。

「こ、こんなの見せられちゃたまんねえ。森坂さん、オレもいいっすか」

「おっ、おれも。是非歩美さんと、お願いします！」

観賞していた男性客がわらわらと森坂夫妻の前に歩み出てきて、涼乃ははっと我に返る。どうやら友人たちの発していた淫気が他の客にも伝播したらしい。しかしいくら性欲を抑えられなくなったからといって、他人の妻との絡みを求めるのは間違っている。森坂は当然断るはず——そう思って成り行きを見守っていると、彼は信じられない台詞を口にした。

「分かった分かった、けど一遍にこられたんじゃウチのが壊れちまう。口とオマ×コのふたりずつにしてくれ。それから、出せるのはひとり一回だ。ちゃんと見てるからな。それなら歩美を貸してやるが、どうするね」

「わ、分かりました！　ありがとうございます！」

「やった！　じゃあオレはオマ×コ使わせてもらおう。中で出して良いんすよね⁉」

（そ、そんな……。本気なの⁉）

若妻は言葉を失って友人夫妻を見詰める。自分の妻を貸すと豪語した森坂の気も知れないが、当の歩美の様子も信じられない。嫌がるどころか、切なそうに瞳を潤ませながら妖しい微笑みを湛えるばかりなのだ。

「もう、こんなオバさんで良いの？　うふふ、腰抜けちゃうわね、きっと」

友人は気怠そうに膝立ちとなり、根元まで膣に咥え込んでいたペニスをゆっくりと抜く。白い愛液で濡れそぼった膣口がはしたなくひくつき、ややあって湯気立つ精液がどろりと溢れてくる。その光景をまともに見てしまい、若妻は慌てて顔を背ける。

夫の上司は愛妻の朱唇をねっとりと奪ってから腰を上げ、間を空けて座り直す。すると男性客がふたりバスローブを脱ぎ捨て、歩美を乱暴にソファへ転がす。

「ほら奥さん、ご主人から許可が出たんでな。その綺麗な唇でおしゃぶりして全部飲んでもらうぜ」

「オレはオマ×コの奥にドクドク出してやらぁ。すげえ溜まってて濃いからな、覚悟しとけよ」

「いっ、いやあッ」

肩で息を継ぐほど興奮した男たちによって、友人は軽々と俯せにされ恥ずかしい犬の姿勢に固められてしまう。言葉では嫌がっているものの、されるがままで逃げようとしないことが涼乃には理解できない。森坂はと言えばウエイトレスからビールを受け取り、妻の危機を横目にグビグビと喉を鳴らしている始末だ。

「ああ、大丈夫だよ涼乃くん。帰りは代行を使うからさ」

抗議の眼差しに気付いた中年男は、股間のものをいきり立たせたまま豪快に笑う。問題にしているのはそこではないのに——若妻は怒りも露わに視線を歩美へ戻す。そこでは白い女体が前後から串刺しにされようとしていた。

「いやっ、あなたぁっ、んむぅ……っ、ん、ふぅ………ッ」

男性客たちのペニスは森坂のものと比べればかなり小振りだ。だがそれでも十五センチはあり、色の黒さや膨張の度合いは引けを取らない。まずは歩美の眼前で膝立ちになった男が荒々しく朱唇を貫く。そして丸い桃尻を抱え込んだ男が濡れたままの肉花に汚根を宛がい、ひくつきを残す膣口に己が分身をゆっくりと埋めてゆく。

「うお……、す、すげえ締め付け。危なく出ちまうとこだったぜ」

「クチもすげえぞ、メッチャ吸ってきやがる。こんなにイイフェラは初めてだぜ」

（ほんとにするなんて……）

友人の行動には呆然の一言だった。すぐ隣に夫がいるというのに、なぜ歩美は抵抗しないのか。とても見ていられなくて目を伏せていた涼乃だったが、次第にちらちらと視線を歩美に向け始める。彼女が他所の男に責められてどんな反応をするのか気になって仕方がないのだ。

歩美は最初こそ眉間に深い皺を刻んでいたものの、見る見る美貌をとろけさせて新たな相手とのセックスに没頭し始める。四つん這いという屈辱的な姿勢であるにもかかわらず、懸命に顔を上げて男性客のペニスを貪る。吸い上げも舌遣いも森坂に披露していた時と同じでねっとりと熱っぽい。

おしりを占拠している男性客に対しても熱意は変わらない。鼻息荒い突き込みに合わせてくいくいと腰をうねらせ、ペニスを襲う甘い締め付けに変化を付けてみせる。誰にでも身体を許す点は感心しないが、腰の遣い方は参考になる。涼乃は美貌を更に火照らせ、友人の白いおしりに見とれる。

「も、もうダメだぁ」

「ああ出る、出る……うおッ」

歩美を前後から犯す男性客はどちらも呆気なく呻き声を上げてしまう。彼等はだらしなく顔を呆けさせてぐっと腰を突き出し、盛んに息を詰める。口腔と膣内に射精されているのに、友人は切なそうに眉を寄せるだけだ。ごくり、ごくりといやらしい嚥下音が響き、艶やかな唇から黒い汚根がぬるんと抜かれる。白い雄汁は一滴たりとも零れない。すべて飲み下したのだ。

一方で瑞々しい桃尻から抜かれたペニスは膣口と亀頭冠との間に幾筋もの白い糸を引く。同じ人妻として、涼乃にはその光景が衝撃的だった。避妊薬を飲んでいるのか心配になるし、なにより不潔感が酷い。もし自分の膣内に夫以外の精液が注がれたら——若妻はとろんと瞳を潤ませたままぶるっと身震いする。猛烈な嫌悪感を覚えるのに、なぜか足の付け根がきゅんと疼く。

「つっ、次はオレだ」

「俺も参加させてもらいます」

四つん這いのまま頭を垂れてはぁはぁと息を継ぐ三十路妻の下へ、新たな男性客がふたり駆け寄る。劣情に取り憑かれた雄たちは歩美の着衣を荒々しく剝ぎ取り、中年夫の眼前で全裸に剝いてしまう。三十過ぎとは思えない引き締まった女体は桜色に上気して、歓喜の汗でしっとりと濡れていた。

「おっ、今度は随分若いのがきたな。しっかり締めてやるんだぞ、歩美」

「んん……っ」

真っ先におしりへ取り付いた男は若く、二十代前半くらいだろうか。背後を振り返って森坂に挑戦的な笑みを見せ、歩美の白い背に覆い被さってしっかりと両の乳房を握り締める。そして悠々と腰を突き出し、他人妻の膣を奥まで一杯に貫く。右のうなじに顔をうずめ、甘い匂いと汗を楽しむことも忘れない徹底振りだ。

口を犯そうとする男も二十代らしい。歩美のおとがいを右手で摑んで上向かせ、熱い吐息を漏らす朱唇を猛然と奪う。涼乃は口元を両手で覆って思わず息を呑む。自分が唇を穢された錯覚に囚われて、心臓が壊れそうに跳ねる。

人妻の口内を散々舌で掻き回してから、若い男は膝立ちになって己が分身を見せつける。長さこそ平均的だが全体的にどす黒く、先走り液を滲ませた亀頭冠はいまにもはち切れそうだ。

なにか言いかけた歩美は一息に喉の奥までペニスを突き込まれ、涙目でむせる。しかし抵抗はしない。すぐに呼吸を整えて睫毛を伏せ、新たな男性器の味を楽しみ始めるではないか。

「はぁ、はぁ……」

涼乃はいつしか肩で息を継ぎながら観賞していた。前回のように目を背けていれば良かったのだが、歩美が赤の他人と絡んでいるせいか目を離せない。そしてじっと見詰めるにつれ友人の興奮が伝染してくる。

（やだ、こんな……）

若い男がくいくいと腰を遣いながら歩美の両乳首を揉み潰す。すると涼乃の尖りもブラの中で疼く。おしりの谷間から和合水まみれの肉幹が覗ける度に、スカートの奥が湿り気を増す。恥ずかしいことに、ショーツのクロッチが肉裂にじっとりと張り付いているのが分かった。

「あんっ、きもちいいっ、はぁ、んむ……、おいし……んぅ、んっ、んっ」

歩美はと言えばもう夢の中といった様相だ。はらはらと見守っている者がいることも忘れて、若い男ふたりがかりで責められてはしたない嬌声を上げる。森坂だけに捧げるべき女壺と口腔に見知らぬ男のペニスを受け入れ、恍惚とした表情で快感を貪っていた。

（なんなの、もう……。信じらんない）

見れば見るほどに苛立ちが増し、酒を呑まずにはいられなくなる。とうとう五杯目も空け、若妻は更にお代わりを要求する。酔いのお陰で苛立ちはなんとか抑えられるのだが、どうにも身体の様子が変だ。胸の先と股間がムズムズして、触りたい欲求に駆られて仕方がない。

涼乃は辺りをそっと伺ってから、何気ない素振りで左手を右胸の頂に掠らせてみる。するると衣服越しだというのに鮮烈な痺れが走って思わず息が詰まる。どうやら対岸で燃え盛る性欲が飛び火してしまったらしい。まさかと思って両手を太腿の上へ戻し、右手の先で足の付け根辺りをそっと押してみる。その刹那、胸に走った痺れを遙かに越える強烈な快感電流が背筋を駆け抜けた。

「どうだい、歩美のやられっぷりは」

「きゃ……」

いきなり右耳に囁かれ、若妻は思わず小さな悲鳴を上げる。見ればいつの間にか森坂が右隣に腰を下ろしている。下半身を剝き出しのままがに股で座っているために、歩美の果蜜で濡れた長大なペニスがまともに視界へ飛び込む。慌てて距離を取ろうとした涼乃ははっと息を吞む。腰が甘ったるく痺れていてまったく動けないのだ。

離れたい理由はもうひとつある。こっそり胸や股間を刺激していたことを見られていたかも知れないのだ。そんな状態を知ってか知らずか、中年男はニマニマと下品な笑みを浮かべてにじり寄ってくる。右の太腿に毛深い左太腿が密着して、一気に心音が加速する。

「他人のセックスを見るのも乙なもんだろ。特に知り合いだと燃えるよなぁ。実はオマ×コウズウズしてるんじゃないのか、涼乃くん」

「そっ、そんなこと……。それよりいいんですか、森坂さんは。あゆ……奥さんが他所の人とあんなことしてるのに」

図星を突かれてぎくりと心臓が縮み上がるも、涼乃は平静を装って森坂を睨む。自分の妻が眼前で不貞を働いているのだから、まともな人間であれば怒り心頭のはずだ。

すると男は肩を揺すって笑い、ビールで喉を潤す。

「あれは良いんだよ、なにしろ俺たちはそういう約束を交わした仲なんでな。浮気する時は前もってどこの誰とするって申告すること、それがルールでね。お陰でジェラシーが酷くってな、夫婦の夜も燃え上がるってワケだ。この方式にしてからウチはマンネリ知らずだぞ」

（……なんてこと……）

友人夫婦がいつまでも仲良くいられる秘訣、それは信じ難い内容だった。お互いの浮気を容認することで嫉妬心を刺激して、それをセックスにぶつけていたのだ。森坂はともかく、歩美がそんな愚行をしていたことがショックでならない。愕然としていたその時、対岸の友人が上ずった吐息を漏らして激しくびくつき始める。

「おっ、中に出されてイっちまったな。あいつは中出しが大好きでな、特に俺が見てる前で他の奴に出されると必ずイクんだよ。くそぅあの若造、気持ち好さそうに出してやがって……あ〜すげえムラムラするぜ」

「おかしいですよ、そんな……、夫婦なんですよ？　有り得ないわ」

歩美の口を犯していた若者もたっぷりと劣情を吐き出し、対岸の森坂に会釈をして離れてゆく。ソファにぐったりと俯せて息も絶え絶えの三十路妻に、新たな男性客がふたり群がる。

四十代くらいの筋骨逞しい男が背面座位に歩美を抱え上げ、隆々と天を衝くペニスで肉裂を貫く。歩美が大股を開かされているために、これまでにも増して結合部がくっきりと見えてしまう。涼乃は真っ赤になって顔を背けるも、好奇心に負けてじりじりと視線を戻す。薄目を開けた友人と目が合い、妖しく背筋が冷える。

「ほぅら、どこの誰かも分からんチ×ポがズブズブ入ってくぞ。あんな体位を彰良君と試したことはあるかい？」

「なっ、な……、知りません、そんなこと」

夫婦の秘め事を他所の男に尋ねられるのは猛烈に恥ずかしい。しかも友人関係にあれば尚更だ。真っ赤になって視線を正面へ戻すと、今度は歩美の恥態に体温を上げさせられる。とにかくまずは森坂から離れたいのに、ぬるぬるとペニスが出入りする光景のせいで腰に力が戻らない。密かに息んで下半身を叱咤していた次の瞬間、心臓が止まりそうな台詞が右耳に囁かれる。

「さっき、こっそりおっぱい触ってただろ。オマ×コもスカート越しに触ってびくついてたよな？　ムッツリスケベだったんだな、涼乃くんは」

「そ……っ、それは……っ」

やはり見られていた——心臓が猛然と鼓動を再開し、両の腋に熱い汗がどっとしぶく。懸命に取り繕おうとするのだが、性的好奇心に負けて手を動かしたのは事実だ。なにを言ったところで寒々しいだけだろう。更なる嘲笑を覚悟して俯くも、耳に届いたのは意外な言葉だった。

「いやあ、ほったらかしにしてすまなかったね。誰だってエロい気分になるよな、こんなとこにきたら。せめてものお詫びに、涼乃くんも気持ち好くしてあげるよ」

「え!?　いっ、いいです、そんな」

森坂が左手を右の太腿へ伸ばし、スカートの上から撫でてきた。涼乃は息を呑んでその手を振り払う。友人関係にあるとはいえ、身体に触れられても良いほど親密ではない。第一自分は既婚者なのだから夫以外の男性との性的な接触は禁忌だ。歩美や森坂のように常軌を逸した行いはできない。

「まぁそう遠慮せずに。なにも最後までしようってんじゃないし、服の上からちょっと触るだけだよ。絶対に直接触れたりはしないと約束するよ」

「ちょ……、いいですからっ、んあ……っ！」

再び伸びてきた中年男の左手が、スカートの上から太腿の合わせ目をくすぐる。ちょうど右太腿の内側を指先の群れでなぞられる形だ。その刹那に電撃混じりの異様な掻痒感が走って、可憐な若妻はびくんと大きく跳ねる。

「おっ、良い反応だねぇ。感度は抜群ってとこだな」

「やめ……、くぅうッ」

さわさわと指先を前後される度に浅ましく息が詰まり、思うような抵抗ができない。信じられないことに、森坂の行為は心地好かった。酒に酔っているせいで理性が薄れているのか、このままずっとなぞられていたい欲求に駆られる。

「な？　悪くないだろう。こういう感じでするからさ。安心しなさい、君は彰良君の大事な奥さんだ。ふたりの仲を壊すような真似はしないよ。さ、膝に乗って。歩美の乱れ振りを見ながらやろう」

「え……っ、その……」

森坂は脱ぎ捨てていたブリーフを拾い上げて穿き、戸惑う若妻を軽々と抱き上げてさっさと膝へ乗せてしまう。腰に力が入らないためにさしたる抵抗もできない。それでも懸命に膝から降りようともがいていると、背後から対岸の肉宴を指差される。そこでは歩美が四人目の男性客に捕まり、同じように膝へ乗せられていた。テーブルを挟んで真正面から向き合う形だ。

（やだぁ………っ）

大股開きにされた友人が、見知らぬ男のものを深々と膣へ埋められてゆく。ぐちゅり、と粘った姫鳴りが耳に届き、どす黒いペニスが根元まで押し入る様が余すことなく目に飛び込む。涼乃はかあっと身体を火照らせる。自分が貫かれているかのようで、スカートの奥であそこがじぃんと痺れるのだ。

「あ～あ、歩美の奴、また入れられちまったか。派手にビクビクしやがって、そんなに気持ち好いのかねぇ」

「いやあ……っ、みないで、あなたぁ……ッ」

それぞれの席から中年夫婦が視線を絡ませ合う。歩美は済まなそうに眉を寄せながらも、男性客の上で小刻みに身を震わせている。それが快感によるものなのだと分かり、若妻は小さく喉を鳴らす。

森坂は嫉妬に燃えた双眸で愛妻を凝視してしきりに生唾を飲む。そしてその鬱憤を涼乃へ向ける。腰を掴まれてぐいと引き寄せられ、おしりに硬いものが当たる。数枚の生地を間に挟んでいるとはいえ、夫以外のペニスの息遣いがはっきりと分かってしまう。罪悪感が込み上げて胸が詰まるのだが、まだ下半身に力は戻らない。

「や……っ、あ………」

森坂の毛深い両足ががに股に開かれ、涼乃の足もつられて開かされる形となる。紺のフレアスカートが捲れ上がって、純白の生足が太腿の半ば辺りまで剝き出される。必死にスカートの乱れを直そうとしてる隙を狙われ、左胸に着けていた見学者バッジを森坂に外されてしまう。

「あっ、あのっ、それは……っ、あ……！」

捲れたスカートを戻すことも叶わないまま、若妻はジャケットの上から豊かな胸の膨らみを鷲掴みにされる。その瞬間に甘い電流のようなものが背筋に走り、心地好く息が詰まる。不躾な手を引き剝がそうにも、腕にまで力が入らなくなってくる。顔を真っ赤にしてもがいていると、背後から夫の上司が囁く。

「自分のことより、まずは歩美を見てなさい。君にとって大事なヒントが見つかるはずだよ」

（そんなこと言われても……っ）

両腕はついに力を失い、身体の両側へくたりと垂れ下がる。若妻は仕方なく森坂の言葉に従い、対面の友人を見遣る。彼女は背後の男性客の右肩へ頭を預け、豊かな乳房をねっとりと揉みほぐされながらずんずんと突き上げられている最中だ。時折薄目を開けてこちらを見るものの、その瞳はとろんとぼやけている。おそらくなにも見えてはいないだろう。

「あ……………」

森坂の両手が一旦胸元から離れ、ジャケットのボタンを外してくる。前をはだけられ、今度はブラウスの上から乳房を握り締められる。厚手の生地がなくなったことで、男の指遣いがはっきり感じられるようになる。膨らみを掬い上げられてはそうっと揉み立てられ、人差し指の先で盛んに胸の頂上を探られてしまう。猛烈なむず痒さと恥ずかしさに見舞われ、若妻は朱唇を噛んで力なく黒髪を振り乱す。

（やぁあ……っ、こんな……）

当然のことながら、森坂の責め方は彰良とまるで異なる。力の加減がいやらしく弱めでなによりしつこい。乳肉を揉まれて感じる掻痒感に身震いしていると、好色な人差し指の先でとうとう生地越しに乳首を探り当てられる。ごく軽くくすぐられただけでうっと息が詰まって、鼻先に大きな火花がいくつも飛び散る。背筋を駆け抜けるのは甘ったるい快感の波だ。

「むふふ、チクビがコチコチだね。直接触らなくても分かるよ」

「いやあッ」

耳に届いた恥辱の台詞によって、力を失っていた両腕が息を吹き返す。なんとか森坂の両手に自分の両手を重ねられたのだが、ちょこちょこと小刻みに指先を動かす人差し指のせいでその後が続かない。手を重ねたまま好き勝手に乳房を揉まれることとなり、余計に恥辱感が募る。

「どんな感じかな。悪くないだろう、ん？」

「……っあ、やめ……てぇ……っ」

森坂の低い声が脳裏に反響する。酔いと性的興奮によって理性が見る見る薄れ、浅ましい心地好さが幅を利かせてくる。男の言う通り、胸元に広がる感覚は悪くない。むしろ心地が好くて、瞼を開けているのが億劫になる。涼乃は閉じそうになる瞳を懸命に開け、はぁはぁと吐息を弾ませてゆく。

中年男はそんな人妻の様子に生唾を飲み、艶やかな黒髪に鼻先をうずめて胸一杯に匂いを楽しむ。そして右手を乳房から離すと、大きく広げられた美脚の間へ滑り込ませる。直に右太腿を撫でられてぞわりと背筋が冷え、涼乃ははっと視線を落とす。

「なっ、なにして……っ、そこは……っ」

森坂がどこに触れようとしているのか、それを考えると罪悪感で胸が一杯になる。スカートの奥、そこを触って良いのは彰良だけなのに。必死に力んで足を閉じようとするも、だらしなく開いた両足はぴくりとも動かなかった。

「んぁ……っ、あ……」

生温かい中年の手が、右の内腿をさわさわと撫でながらスカートの奥へと這い進んでくる。身の毛もよだつくすぐったさでびくびくと両足が跳ね、視界が目まぐるしく明滅する。悔しいが夫に撫でられてもここまで身体が震えたことはない。もうひとつ悔しいのは、くすぐったさが快感へと変わってゆくことだった。

「随分スカートの中が湿っぽいねぇ。歩美がヤられてるのを見て興奮しちゃったのか」

「…………ッ、く……」

違うと叫ぼうにも、真実であるだけに自然と言葉に詰まる。その間に他所の男の指先が足の付け根に達し、クロッチの縁と太腿との境目をそうっとなぞり出す。秘密の部分までの距離は指の幅二本分もない。心臓が滅茶苦茶に跳ねて呼吸すらままならなくなってくる。

「じゃあ触るけど、パンツの上からだからさ。安心して歩美を見てていいよ」

「いやあッ、そこはだめッ、んあッ⁉」

拒んだその瞬間に森坂の右指先が境界を越え、タンガショーツのクロッチにそっとめり込む。くちゅり、と淫猥な水音が響いた気がして、涼乃は大きく仰け反った。

「すごく濡れちゃってるね、涼乃くん。こりゃあ絞れるんじゃないか」

「………っあ、やぁあ………」

夫以外の男にとうとうあそこを触られてしまった。ショーツ越しとはいえそのショックは計り知れない。そして耳に届いた羞恥の台詞は真実だ。清楚なベージュ色のクロッチには舟形の大きな染みが浮かび、甘酸っぱい香りと共にむんむんと熱気を発していた。

なぜこんなに濡れてしまったのかは自分でも良く分からない。周囲で繰り広げられる変態的セックスも、眼前で行われている不貞行為もただおぞましいだけだったはずなのに。

（彰良さん、許して……。こんなつもりじゃ……）

涼乃は脳裏で夫に詫びる。性の知識を得て夫婦の夜を充実させたいという願いに偽りはなく、他意はない。他所の男——森坂に身体を触らせるつもりは毛頭なかったのだ。そうする間にも中年男は卑しい指先を蠢かせ始める。ぐっしょりと濡れたクロッチは肉花の形をくっきりと浮かび上がらせてしまっている。花びらの形に沿ってそっとなぞられ、これまでに感じたことのない強烈な快感が脳天まで突き抜ける。

「んぅう……ッ、は………」

上げたくもないいやらしい声が勝手に漏れ、夫以外に見せてはならない快楽の痙攣を他所の男たちに見られる。気付けば歩美に劣情を吐き出した男性客が周囲に集まり、ニヤニヤと下衆な笑みを湛えてスカートの奥を覗き込んでいた。その内のひとりが涼乃の左薬指に結婚指輪を見出し、濡れたままのペニスをびくつかせる。

「この奥さんもすげえ美人だなぁ。森坂さんの知り合いっすか」

「ああ、大事な弟分の細君でね。間違っても手を出すんじゃないぞ」

「やだ……っ、みないで、みないでくださいッ」

夫の上司は客たちを牽制はするものの、観賞を禁じることはしない。数人の男が喜色満面に床へ座り込んで足の付け根に熱い視線を注いでくる。ショーツを脱がされてはいないが大変な恥辱だ。ぼやけている頭が更に掻き乱され、耳に届く音も不明瞭になる。

(いやよ、こんなの……)

懸命に息を継いで身体に活を入れるのに、力が戻ってくる気配はない。足を閉じることすら叶わないために、羞恥とまともに向かい合うことになる。その辛さから逃れるには意識を他へ向けるしか方法がない。涼乃は仕方なく対面の席を見遣る。だがそれは誤った選択だった。

「あっ、く……、はぁ、はぁ、あんっ、あっ、あっ」

歩美は白磁の裸身に汗を光らせ、夢中になって喘いでいる。いつもの快活な彼女の姿ではない。誰の目にも快楽を貪るひとりの〝おんな〟だ。ぱっくり咲いた肉花に白く染まったペニスがぬるぬると出入りを繰り返す。その部分にばかり目が行ってしまい、涼乃の呼吸は見る見る加速する。

「すごい眺めだろ？　ほうら、出たり入ったり……。羨ましいよなぁ？　彰良君にあされたいよなぁ？」

「や……め……、はぁはぁ、んん……ッ」

性的知識と経験は乏しいが涼乃も人妻だ。膣をペニスで掻き回される快感も多少は知っている。それだけに益々あそこが疼き、新たな愛液が滾々と湧いてくる。中年男の右指はそんなはしたない肉花を薄布越しに優しく撫で回す。若妻の肉びらはクロッチの向こう側で完全に開花させられ、その愛らしい形をくっきりと浮かび上がらせていた。

「この奥さんのは小さめなんだな。でも良く濡れるタイプか」

「こんな店にきてるってことは、旦那さんに満足できない淫乱妻ってことかぁ。エロいねぇ、こんなに美人なのに」

「ちが……、はぁっ、はぁっ、あ……、あっいやっ、ああッ」

事情を知らない男性客たちが代わる代わる股間を覗き込み、好き勝手な言葉を撒き散らす。濡れ易い体質というのは認めざるを得ないが、ここへきたのは下劣な欲望を満たすためではない。ワンランク上の〝おんな〟になって、彰良との夜を情熱的なものにしたかっただけだ。

そんな思いを脳裏に巡らせていると、森坂の右中指が布地越しに敏感な肉芽を探り当ててきた。そこはまだ半分ほど包皮を被り、指との間にクロッチを挟んでいる。なのにごく軽く擦られた瞬間に瞼の裏が火花で埋め尽くされる。全身から心地好く力を奪う快感電流も迸って、若妻は無意識の内に森坂へ背を預けてしまう。

「クリちゃんがぷっくり膨らんでるよ、涼乃くん。こういう焦れったい刺激もたまらないだろう？　舐めるだけが愛撫じゃないってことだよ」

「……っあ、ふあ………っ」

穢らわしいと突っぱねてやりたいのだが、ソフトタッチで小刻みに動く指先によって邪魔をされる。しかも左胸の頂上でも同じような責めが続いているのだ。どちらも硬く勃起することによって快感が増す部分であり、優しく焦らされるとより感じてしまうことを夫以外の男から教えられる。

「あっ、んん、はぁ、はぁ、いや……っ、はぁ、はぁ、いやあ……っ」

涼乃はいつしか歩美顔負けの嬌声を漏らし始める。酔った頭で色々と考えるのはもう面倒だ。それよりもいまは森坂の指が生み出す心地好さに浸るのが先決だろう。

好色な右中指はせっせとクロッチを這い回り、自分でも知らなかったところから甘い痺れを生み出す。肉びらの付け根や尿道孔、膣口の縁――どこも軽くなぞられるだけで浅ましく腰が引け、熱い愛液がじゅわっと湧き出してくる。布地越しにおしりの穴まで触られている気がするのだが、恥ずかしさに喘ぐのがやっとだ。ただの排泄孔だというのに、身を捩らずにはいられない鮮烈なむず痒さが広がるのだ。

「肛門も敏感なんだね。素晴らしいよ涼乃くん。それに声も良い。聞いてるだけでドピュッと出ちゃいそうだよ」

「やぁあッ、そん……な、ことぉ……っ、あ……！」

ぬちゅり、と水っぽい音を立てて右中指がクロッチを滑り上がり、感じる肉の芽を高速でくすぐり始める。もう脳裏は真っ白だ。背筋が焦げそうに強い快感電流が次々に走り、呼吸さえままならなくなる。似たような現象は夫相手でも体験したことがあるが、森坂に与えられるものは比較にならないほどに強烈で甘美だった。

ブラウスの上からむにゅむにゅと左乳房を揉み立てられ、左人差し指の先でしきりに乳首をまさぐられる。はしたない湯気を上げる足の付け根でも、濡れたクロッチ越しに秘めやかな部分を隅々まで弄り回される。清楚な若妻は眼前の友人に倣って頭を森坂の右肩へ預け、長い睫毛を伏せて吐息を弾ませてゆく。夫の上司がニヤニヤと下劣な笑みを浮かべていることに気付けない。

（うそ……。いっちゃう……）

他所の男が繰り出す愛撫によって意識が霞み、甘い痺れが背筋を伝う間隔が狭まってくる。妖しい切迫感を久し振りに味わい、若妻はくなくなと首を振りながら浅く速く息を継ぐ。この感覚を夫から常に得られていれば、こんな店へくることも森坂に身を任せることもなかっただろう。だがそんな思いもすぐに溶けてゆく。他人が見ている前で果てる愚行は許されないのに、ぼやけた頭と脱力しきった身体ではもう為す術がなかった。

「あ……っ、あ！　だめっ、だめェ！　んぅう…………ッ！」

胸元と股間の二ヶ所から甘い痺れが途切れなく届く。必死に歯を食い縛ってもその甘美な奔流は止められない。歩美が漏らす嬌声も最早なにひとつ聞こえない。喉元を晒して大きく仰け反った刹那、とうとう脳裏が閃光に呑み込まれた。

（いや……あ………）

多数の目に見られているせいなのか、夫以外の男に愛撫されているせいなのか、襲いきたオーガズムは異様に甘ったるかった。絶頂を告げる言葉を漏らさずに済んだことだけが唯一の救いだろうか。中年男の毛深い太腿の上で若妻はびくびくと跳ね、禁断の快感に宙を噛む。

「むふふ、イったようだね。でもまだ終わりじゃないぞ。あと二回はイかせてやるからな」

「………っ、う………」

恥ずかしい快楽の極みからやっと一歩降りて、涼乃はくたりと頭を垂れる。背後から森坂が左耳に口を寄せ、おぞましい台詞と共に熱い吐息を吹き込んでくる。しかし禁忌のオーガズムに呆然とする若妻にはまるで聞こえていなかった。

第三章　くすぶりつづける性欲の炎

二度目のハプニングバー見学から数日が過ぎても、涼乃の気分は晴れなかった。夫以外の男性――森坂からオーガズムを与えられてしまったことが悔やまれて仕方がない。しかも彼とは夫婦ぐるみの付き合いだ。彰良の上司であるため、これからも顔を合わせる機会は多いだろう。その時にどんな対応をしたらいいのか、それを考えると自然に肩が落ちる。

「はぁあ……。もう……」

家事に勤しんでいても、ふとした拍子に店での出来事が思い出されてしまう。若妻は掃除の手を止め、もう何度目かも分からない溜め息を漏らす。

ハプニングバーでの見学を終えて、歩美の言う通り様々な性的知識を得ることができた。最も衝撃的だったのは、パートナーを交換して臨むセックス——スワッピングだろうか。パートナーへの負い目、あるいは嫉妬心を性欲に変えてマンネリを打破するという、不潔極まりない行為のひとつだ。

(有り得ないわ、あんなの)

いくら夫婦の夜を燃え上がらせるためとはいえ、赤の他人と肌を重ねることが許される訳がない。でもプレイを行う当人たちは納得の上で臨んでいた。森坂夫妻も同じだ。二度目の見学訪問後に歩美から届いたメールによると、あれから毎日夫婦で熱い夜を過ごしているらしい。キスの回数も爆発的に増えて、唇が腫れぼったいとのことだった。

こうした事実を聞かされると、少し羨ましくはある。自分たち夫婦は結婚して二年とまだ日が浅いのに、キスをしない日も珍しくなってきている。性的接触の初歩であるキスがないのだから、当然その先の行為も発生しない。ここ最近は何度か営みを持ててはいるが、このままではいずれまた途切れてしまうだろう。

『なぁに、すずちゃん。また悩んでるの？　難しく考え過ぎなんじゃないかしら。ウチの人に触られたからって、彰良クンへの思いが消えちゃったワケじゃないでしょ？　それにどう触られたら気持ち好いか身をもって経験できたんだし、プラスの効果しかないと思うけど。ウチの人は別にあなたとの不倫を望んでるワケでもないし、あくまで〝教えた〟だけよ。ここは頭を切り替えていかないと、また上手く行かなくなるわよ、夫婦生活が』

（それは、そうかも知れないけど……）

二度目の見学を終えた翌日に歩美が発した言葉が忘れられない。言われるまでもなく、彰良への想いに揺るぎはない。森坂のことだってなんとも思ってはいないし、不倫するつもりも毛頭ない。しかし自分にとっては簡単に済ませられる話ではないのだ。夫以外の男性から愛撫されてオーガズムを得た、この恥ずべき失態が気を重くさせる。

頭では拒んでいたのに、森坂の手を振り払うことができなかった。服の上からとはいえ、夫にしか触らせてはならない部分を愛撫されて果てたのだ。しかも三回も。そして退店の際にはひとりで立つこともままならず、歩美に支えられる有様だった。なぜそこまで脱力してしまったのか。理由は酒の酔いだけに留まらない。森坂の愛撫が心地好くて、意識が途切れそうになるほどに感じてしまったことが大だ。

（しっかりしなくちゃ。とにかく忘れちゃおう）

若妻は大きく息を吐き、掃除を再開する。過去を悔やんでも先には進めない。既に最初の一歩を踏み出しているのだから、後は自分なりに道を切り開いて行けば良い。

森坂夫妻と全く同じ道を進む必要はないのだから。

ひとまず性知識の習得は一区切りさせて、しばらくは大人しくしているのが良いだろう。吸収した知識を自分のものにするには時間がかかる。その間に身体に磨きをかけて、また夫を誘ってみよう――するべきことが見えてくると不安も薄まる。少しだけ夫婦の未来が明るくなった気がして、涼乃は微笑んだ。


「さて、彰良君。こないだの話をしようか」

「は、はい。是非聞かせてください」

定時に退社した彰良は森坂に連れられていつもの居酒屋へ訪れる。席に着いて間もなく歩美もやってきて、二対一の酒宴が始まった。だが目的は酒を呑むことではない。愛妻がハプニングバーでどのような反応を示していたのか、それを聞くためだ。

「涼乃、どんな感じでした？　やっぱり嫌悪感剝き出しでしょうか」

ばくばくと心臓を弾ませながら尋ねると、上司夫妻は顔を見合わせて笑い合う。口を開くのは歩美だ。

「そうねぇ、二度目だったしそれほどでもなかったわね。そこら中で色んなプレイが見られるから、戸惑いの方が強いって感じかしら」

美味しそうにビールを呷り、歩美は上機嫌だ。胸元の開いた悩ましい開襟シャツに七分丈のパンツを合わせ、健康的な色気に満ちている。

「そうですか……。少しは興味あるってことなのかなぁ……」

情けない話ではあるが、未だに妻の胸中を見通せない。見た目や行動に変化は見られないし、至って普通に過ごしている。前回の見学の際には妻が淫らな光景を見たというだけで興奮が抑えられなくなり、勢いで抱いてしまった。彼女の方から誘ってきたことも興奮材料のひとつとなったが、なにかが大きく変わった訳ではなかった。時が経っても涼乃は以前の涼乃のままであり、改善しかけた営みは再び途切れがちになった。

そのために、二度目の見学には期待感がある。上司夫妻の言う通り、涼乃には潔癖すぎるきらいがある。衝撃的な性の光景を見てその部分が軟化されれば諸々上手く行くような気がする。彼女が変わったなら後は自分が〝男〟を見せる番だ。森坂に倣って時には強引に、荒々しく――急には真似できないとは思うが、そうしなくては夫婦の熱い夜を取り戻せない。

「彰良君、少しってことはないと思うぞ。最初は真っ赤になって俯いてるだけだったけど、酒が入ったら真剣に眺めてたよ。なぁ歩美」

「そうそう。すずちゃん真面目だからどうしても理性が勝っちゃうのよね。だからお酒を呑むのは良い手だったと思うわ。隣で色々解説してあげてたんだけど、聞いてる間も目はずっとお客さんたちに向いてたもの。素面だったら絶対に見ないわよね」

「は、はぁ……」

彰良は目を丸くする。あの生真面目な妻が他人のセックスを凝視していたというのだ。にわかには信じ難い話だが、上司夫妻が口を揃えて言うのだから事実なのだろう。しかしその話には更なる驚愕の続きがあった。

「うふふ、この際だし言っちゃおうかなぁ。いい？　ここだけの話にしといてよ。あのね彰良クン、すずちゃんたらね、お客さんのセックス見ながらひとりエッチしてたんだから」

「な……っ、え⁉　嘘でしょ、そんな」

「おっ、おいおい歩美、それはホントなのか。俺は全然気付かなかったぞ？　いつ頃の話なんだそれは」

彰良は思わず身を乗り出して上司の妻を見詰める。あの涼乃が他人の目がある場所でそんな淫らな行為に耽るなど信じられない。当時同じ空間にいた森坂も目を剝いて驚いているのだから、益々歩美の話が嘘に思えてくる。

「ふふーんだ、あなたは途中から二十歳のコに夢中だったじゃないの。あのコがヤられちゃってるのずーっと見てて、あたしたちのことなんかほったらかしだったクセに。気付かないのも当然よ。まったく、憎たらしいったら……」

「そ、そうだったっけな？　いやあ覚えてないな、ははは」

どうやら上司は他の女性客の恥態に気を取られて、涼乃のことは忘れがちだったらしい。任せておけと豪語しておきながらと少しがっかりするも、彰良はほっと安堵する。いくら弟のように思ってくれていても、彼は間違いなく他人だ。大事な妻のあられもない姿まで見られたくはない。

しかし問題は涼乃がオナニーに耽っていたという事実だ。どうしても信じられないが、歩美が嘘を吐く理由も見当たらない。どう受け止めていいものか焦っていると、歩美が妖艶な笑みを湛えて身を乗り出してきた。

「すずちゃんのこと軽蔑した？」

「い、いえ、ただちょっと驚いてて……」

「でしょうね、いままでがいままでだもんね。でも軽蔑しないであげて。あんな場所にいたら誰だってムラムラしちゃうもの。あたしだって何回もしちゃったし」

「え……、あ、その……」

面と向かって言われると目を合わせていられなくなる。つい歩美の恥態を想像してしまい、若者は赤面して咳払いする。三十路妻の隣では森坂が驚きの表情を再度浮かべていた。

「おっ、お前までしてたのか。どうしてその時言ってくれなかったんだ、手伝ってやれたのに」

「あら、他のコに夢中だった人はどこの誰かしら」

「いてっ、いてて……、つねるのはやめなさい、つねるのは」

森坂夫妻は場の空気を和ませようとしてくれているようだ。そんな気遣いに感謝しながら、彰良はふと股間の疼きを覚える。

「それにね、彰良クン。すずちゃんがひとりでしてたって言っても、堂々としてたワケじゃないから。服は最後まで着たままだったし、パンツに手を入れたりもしてないから。イったかどうかも分からないわ」

「わ、分かりました。ここだけの話にして黙っておきますので」

ようやく一息吐いてビールで喉の渇きを癒すと、上司が真面目な顔に戻って腕組みをする。

「とまぁ、少なからず見学の効果はあったってワケだな。涼乃くんだってなにかしら変化が起きてるはずだよ。このチャンスを生かすも殺すも君次第だぞ、彰良君。俺たちの出番はここまでだ」

「はい、肝に銘じます」

「ふふ、なにか困ったらいつでも言ってね。また力になるから」

彰良は礼を述べて上司夫妻と別れ、早足で帰途に就く。妻のことを思うと性欲が湧き上がってくる。こんな気分になるのは久し振りだ。

(そうか、涼乃も……。良かった、人並みに興奮するんだな)

上司夫妻の協力を仰ぐのは不安もあったが、どうやら正解だったようだ。後は森坂に言われた通り、自分が妻を先導してあげれば良い。自宅が近付くにつれ股間の疼きは増して、喉もヒリヒリと渇き出す。今夜は涼乃と楽しもう——高鳴る心音をひた隠しにして、若者はひとり目を細めた。


「おかえりなさ……きゃっ、んむ……っ」

帰宅した夫に上がり端で唇を奪われ、涼乃は驚いて息を呑む。彰良は酒臭いが泥酔はしていないようだ。長い睫毛を伏せて唇を弛めると、彼の熱い舌が嬉しそうに口腔へ潜り込んでくる。おずおずと伸ばした舌をきつく吸い上げられ、甘い快感が背筋を伝う。

「どうしちゃったの、急に」

「ごめん、なんだか今夜はムラムラしてるんだ。してもいいよね」

「え!? うん……」

口内へ流し込まれた夫の唾液を飲み干し、妻は頬を赤らめて頷く。こんなに強引な彰良を見るのはいつ振りだろうか。もしや森坂との件に気付かれたのでは――どきりと大きく心臓が弾む。だがその心配はないだろう。もし自分以外の男、しかも上司に妻を穢されたと知れば、いくら温厚な彰良とて怒り狂うはずだ。それに男性は意外にも繊細にできている。大きな悩みがあればキスやセックスにかまけている余裕もなくなる。

早く早くとせがむ夫を先に寝室へ向かわせ、急いでシャワーを浴びる。髪も濡れたままで寝室へ入ると、既に灯りはベッドのヘッドランプだけに絞られていた。

その日は朝から晴天だった。午前十時の雲ひとつない青空をリビングから窓越しに見上げ、長い黒髪の若妻は憂いたっぷりの溜め息を吐く。七分袖サマーニットにフレアスカートの可憐な出で立ちだが表情は晴れない。

昨夜は彰良が珍しく鼻息を荒らげて求めてくれたのに、結局昇り詰めることができなかった。途中まではどきどきと心臓を弾ませて感じることができていたのに。夫の愛撫が荒いだけで工夫がないと気付いてしまったことが原因だ。乳房を揉まれても乳首を吸われてもただ痛いだけで、あそこを弄り回す指の動きも荒すぎて恐怖心を先に覚える有様だった。

（駄目ね、わたしったら。彰良さんとあの人を比べるなんて……）

夫に愛撫されながら脳裏に呼び起こしていたのは、森坂に責められた時の記憶だ。もちろん、ハプニングバーでの一件は忌まわしい出来事として忘れるように努力している。しかし思いがけずに甘美な経験だっただけに、似たような状況になるとどうしても思い出されてしまう。

胸の揉み方ひとつ取っても、悔しいことに森坂の方が巧みだった。激しく揉み立てているように見せるが、力の入れ方がソフトで決して痛みを与えない。胸の先をいたぶる際も同じだ。どこまでも優しく、そして執拗にくすぐってきた。夫と大きく異なるところは責めを途切れさせないことだろうか。右手を股間へ忍ばせてきてからも、胸元をほったらかしにはしなかったのだ。

あそこをなぞる指遣いも繊細だった。とにかくむず痒くて独りでに背が反り、いやらしい喘ぎ声が止め処なく漏れた。昇り詰めてしまっても指の動きを止めてくれず、立て続けに二度、三度と絶頂へ追い上げられて——腰が抜けて立てなくなる体験をしたのは初めてだった。

（もう……っ、また、こんなこと考えて……）

涼乃ははっと我に返ってぶんぶんと黒髪を振り乱す。夫と他人を比較するなど妻にあるまじき行いだ。しかも愛撫の優劣を付けるのだからより罪は重い。罪悪感で胸が苦しくなって涙まで滲んでくる。

だがこれからどうしたらいいのだろう。歩美に相談するのが良さそうではあるが、ハプニングバーへはもう行きたくない。行くとなれば必ず森坂もついてくるからだ。また森坂に愛撫されるような事態になったら夫の顔を見られなくなる。一度でも大変な裏切りなのだから、あの中年男にはしばらくの間近付かないようにしなくてはならない。

若妻は再度溜め息を吐き、掃除でもしようと頭を切り替える。歩美に打ち明けるのは後回しだ。まずは身体を動かして気分をすっきりさせたかった。

リビングの掃除を終えて掃除機を片付けたその時、壁掛けのインターフォンが来客を告げる。宅配便でもきたのかとモニターを覗いた涼乃は思わず固まる。玄関のカメラが捉えているのは背広姿の森坂だった。右手に通勤鞄とコンビニのレジ袋を提げている。

『おはよう涼乃くん、ちょっといいかい』

「おはようございます、いま開けます」

今日は平日であり夫も出社している。その上司である森坂がなぜこの時間に訪ねてくるのか。彰良になにかあったのだろうかと不安顔で迎えると、中年男はハンカチで額の汗を拭いて笑みを浮かべた。

「や、すまないね。挨拶回りでちょうど近くを通ったもんだからさ。あれから君たち夫婦がどうしてるかと思って。今朝彰良君に声を掛けたらなんだか様子が変だったから、どうにも心配になってね」

「そうでしたか。どうぞ、お上がりください」

涼乃は少し心音を速めながら森坂をリビングへ通す。どうやら夫は落ち込んでいるらしい。だとすればそれは恐らく昨夜のセックスが原因だ。しかし内情を男性に打ち明けるのはかなり恥ずかしい。同性である歩美にだって中々話せないくらいなのだから。どうしたものかと思案しながらお茶を出すと、中年男は背広を脱いでネクタイを弛め、リラックスモードで美味そうに飲む。

「それで、主人はどんな様子で……」

向かいに座った若妻は複雑な思いで男を見遣る。本人を目の前にすると見る見る体温が上がってくる。忘れようと努めていたオーガズムを与えられた時の記憶が掘り起こされて、手の平に汗まで滲む。

中年男は湯飲みを置いて一息吐くと、通勤鞄を開けながら口を開く。

「うん、だけどその前に見せたいものがあるんだよ。隣いいかな」

森坂は鞄からタブレットPCを取り出して腰を上げ、了承を得る前に左隣へ腰掛けてくる。少し距離を取って座り直した人妻は何事かと眉をひそめる。男は十インチの液晶画面を右人差し指でタップして映像の再生を始める。聞き覚えのあるスロージャズと人のざわめきが響き出し、涼乃はぎくりと息を呑む。再生されたのはハプニングバー店内の様子だった。

「なんですか、これ。あの、いまはこんな……」

「いやいや、大事なことだぞ。彰良君が落ち込む原因は見当が付いてるんだ。この映像を見て問題を解決するのが一番早いと思ってな」

森坂はタブレットPCのカバーを畳んでスタンドに変形させ、横向きにガラステーブルへ置く。画面一杯に映し出された映像は解像度が高く、映り込む人物の表情から指先まで鮮明に見て取れる。撮影者が誰なのかは分からないが、カメラはとあるコの字席を重点的に撮影している。そこは自分たちがいた席だった。

「え……。どうして……」

「これはね、裏メニューの撮影オプションを使ったんだ。自分たちのプレイを撮ってもらって、色んなことに使えるようになってるんだ。中には映像を使って脅迫紛いのことをしでかす輩もいるから、オプションを使えるのはごく一部の人間に限られるがね。料金表にも記載されてないし、普通の利用客にはまず許可は出ないね」

森坂は得意気に説明してコンビニのレジ袋もテーブルへ置く。中には度数の高い缶チューハイが六本入っており、その内の一本が差し出される。

「まぁこれでも呑んでさ。多分呑まないと見てられないんじゃないかな、涼乃くんは」

好色そうな笑みを浮かべた男は自分も一本取り出し、プルタブを起こしてグビグビと喉を鳴らす。受け取った若妻は缶を一瞥してテーブルへ戻す。酒の力は絶大だがもう頼ってはならない。理性が弱まって冷静な判断ができなくなるからだ。それに映像を見る際にも悪影響が出る。酔って頭がぼやけていては森坂の言うヒントを見逃してしまう。夫婦の営みが上手く行かない理由が映像の中にあるなら見ておかなくてはならない。

「お、映ってるねぇ。ほら、ちょうど俺と歩美がハメてる。映像の自分を見るのって変な気分だよなぁ」

（やだ……）

男の言葉通り、映像の中では森坂夫妻が盛んに腰をぶつけ合っている。撮影者は客に紛れていたらしく、その存在には全く気付かなかった。いや、眼前の肉宴に釘付けとなっていたのだから気付く余裕などなかっただろう。

「ほら、俺のチ×ポがヌルヌル入ってるのがバッチリ見えてる。これを見ててどうだった？　ドキドキしてオマ×コ濡らしてたんだよな？」

「な……っ、やめてくださいっ、歩美さんに言いつけますよ」

仕方なしに映像を見ているが、セクハラをされる筋合いはない。それに女性器の蔑称を女性に向かって堂々と口にされるのは猛烈に恥ずかしかった。怒り心頭できっと睨み付けるも、中年男は肩を揺すって笑う。

「俺がここへきてることは歩美も知ってるよ。あいつから涼乃くんの教育を頼まれたんだ。男性からのアドバイスも必要だからって。確かに、男の気持ちは男にしか分からないからね。まぁ歩美みたいに上手いこと教えられないのは大目に見てよ。恥ずかしいのは分かるけど、きっと君たち夫婦にとってプラスになると保証するから」

「………っ」

歩美から持ちかけられた話とあってはそれ以上なにも言えなくなる。彼女は世話焼きな一面がある。過去の自分たちを見ているようで歯痒くなって、森坂を送り込むという荒療治に出たのだろう。歩美も知っているのなら森坂も妙な真似はしないはずだ。

若妻はお茶を一口飲んで溜め息を吐き、荒れる胸中を落ち着かせる。

映像で見ても友人夫妻の絡みは刺激が強すぎる。当時の様子がまざまざと思い出されて腋の下に汗が滲む。映像の中の友人たちはやがて腰を密着させて動かなくなり、観衆からの歓声と指笛が響き渡る。森坂が歩美の膣内へ射精したのだ。

「涼乃くんには分からんだろうけど、見られながらイクのはもう最高でね。ウチの奴も滅茶苦茶興奮しててさ、チ×ポが千切れるんじゃないかってくらいに締めてきたよ。夫婦同時にイったことってあるかい？　やっぱ愛し合う者同士なら一緒にイかないとウソだよな」

男の言葉に若妻ははっと睫毛を跳ね上げて固まる。思えば自分たち夫婦は同時に果てたことがない。それはまだ良いとしても、悩み出してからは彼だけが昇り詰めて自分は置き去りという事態が続いている。昔の自分はオーガズムを得られていたのに、なぜこんな泥沼に嵌まってしまったのだろう。残念ながら、自力でその問いは解けそうにない。

映像の森坂夫妻が離れ、歩美は別の男たちと絡み出す。この光景には猛然と心音を加速させられた。余裕の笑みでその隣に腰掛け、妻を眺めている森坂がいまでも信じられない。

「これ……、どういうつもりだったんですか。大事な奥さんが他の人としてるのに、どうしてこんなに平然としてられるんです」

答を聞いたとしても理解できないと分かっていても、尋ねずにはいられない。こんな馬鹿げたプレイがまかり通るのなら結婚する意味がないではないか。すると中年男は缶チューハイを呷り、ニヤニヤと目を細める。

「あれ、言ったはずだよ。これはお互いの嫉妬心を刺激するプレイなんだよ。敢えて大切なものを穢すことでお互いの愛を確かめ合えるんだ」

「ウソです、そんなの。本当に大事なら他の人に奥さんを貸すなんて真似、できる訳ないです」

「ふふん、まぁそう考えるよね普通は。けどそれが涼乃くんの限界なんだな。その頭の固さが却って足枷になっちゃってるんじゃないかな。……お、いよいよだぞ。ほら、涼乃くんも映ってる」

撮影者が位置を変え、画面に自分の姿が映し出される。右手前方から撮られているのだが、映像の自分は全く気付いていない。歩美が乱れる様に夢中なのだ。そこへ森坂が映り込み、右側へ腰を下ろす。なにやら囁かれた自分はびくっと身を震わせ、言葉を返している。会話こそ聞こえないが、そのやり取りは所々記憶にある。

「ちょ……、やだ、こんな……」

やがて映像の自分は森坂の上へ乗せられ、服の上から乳房を揉まれ始める。他者の視点から見て初めて自分がどんな恥態を晒していたかが分かる。画面に映る自分は切なそうに眉を寄せて肩で息を継ぎ、明らかに興奮しきっていた。

「恥ずかしがることはないよ、誰だって同じなんだし。他人のセックスを見て興奮するのは当然の反応だよ。それにしても、この時の涼乃くんは可愛かったなぁ。はぁはぁ喘いじゃって、ちょっとくすぐるだけでビクビク跳ねちゃってさ」

「やめてくださいッ、そんな話……ッ」

映像の再生を止めようと手を伸ばすも毛深い手で遮られる。そればかりか右腕を背に回されて抱き寄せられてしまう。どきりと大きく心臓が跳ねて背筋に冷たいものが流れる。

「まぁまぁ、いまは黙って見てなさい。夫婦生活を良くしたいんだろ？　この先に答があるんだからさ」

「……っ、や……」

必死にもがくのだが男の力は強くて逃げられない。痛いところを指摘されたせいもあり、美貌の人妻は仕方なく抵抗を止める。すると男は画面に左手を伸ばし、音量を大きくしてくる。卑しいざわめきの中でも自分の喘ぎ声が聞き取れてきて、涼乃は見る見る頬を朱に染めてゆく。

「な、こうやって聞くと自分のよがり声も乙なもんだろ。自分の声なのにやらしい気分になってこないか？」

「そっ、そんなこと……」

恥ずかしさに耐えられず、酒の力に頼りたくなる。それでも涼乃は太腿の上でぎゅっと拳を固めて踏み止まる。店では酔っていたせいで望まぬ性的接触を許した。あんな愚は二度と犯したくなかった。

『はぁ、はぁ、や……っ、あ、はぁ、はぁ……』

映像の自分は背後の森坂に寄りかかって仰け反り、ブラウスの上から両胸の先をくすぐられて喘いでいる。不躾な手を振り払うどころか目も閉じていることに気付き、若妻は唇を噛む。これではまるで不貞を楽しむ淫乱女ではないか。周囲の目にもそう映っていたことだろう。酔いと興奮で力が入らなかったとはいえ、なぜもっと死に物狂いで抵抗しなかったのかと悔やまれてならない。

「この時、どんな感覚だった？　気持ちが好かったのか悪かったのか、恥ずかしいだろうけど正直に答えてくれるかな。大事なことなんでね」

（そんな……）

左耳に囁かれ、涼乃は真っ赤になって俯く。このまま愛撫され続けて絶頂まで達しているのだから聞くまでもないのに、森坂の意図が読めない。答えられずにもじもじと身を揺すってしまうのだが、その反応から本意を見抜かれてしまう。

「そうか、好かったんだな。それでいいんだよ涼乃くん、なにも悪いことなんてない。これでなにも感じない方が問題なんだし、安心していいよ」

「……はい……」

猛烈な羞恥に襲われて暑くて仕方がない。そして罪悪感も募ってくる。夫以外の男から愛撫されて快感を得ていたことは動かしようのない事実なのだから。そんな状態で安心しろと言われても頭は混乱するばかりだ。

映像の中で森坂の右手が胸元を離れ、大きく開かされている両足の間へ潜り込む。カメラが少し位置を下げ、ベージュのタンガショーツがはっきりと見えてくる。内腿を撫で回された時に覚えた妖しい寒気が蘇り、若妻は思わず身震いする。あの感覚は悔しいが夫との夜では味わえていないものだった。

「すごく濡れちゃってたんだよね、この時。でもそれだって当たり前なんだよ。良いセックスには想像力も大事なんだ。後は理性を飛ばすことかな。君が心から楽しめてないんじゃ、彰良君だって頑張りようがないだろ？　それじゃ同時にはイけないよ」

「そう……ですね……」

問題点を指摘されてかあっと頬が火照る。思えば心からセックスを楽しんだことなどない気がする。いつも気を遣って、遣われて——そんな状態が続けばしたくなくなるのも無理はない。まぁまぁと言わんばかりに右肩をさすられて、涼乃はぎこちなく微笑む。しかし次の刹那、タブレットPCの映像が二画面に切り替わる。右半分に自分の映像が、左半分には歩美が喘ぐ姿が映し出されたのだ。

「もらった映像をちょっと加工してみたんだ。この方が色々と説明し易いからね」

「やだ……っ」

歩美が他所の男と交わる映像は結合部を中心としたものへトリミングされている。背面座位で繋がっているために、ペニスが出入りする様子がくっきりと見えてしまう。なめらかに上下する肉茎は白い和合水で濡れまみれ、一往復毎にいやらしい糸を引いていた。

「この客の腰遣いは中々のものでね。ただ単にズコズコしてるだけじゃないのが分かるかな？　浅くしたり深くしたり、歩美の状態に合わせて変えてるんだよ」

「そ、そうなんですか」

言われて初めて、男性客の腰の動きが一定でないことに気がつく。この時は様々な感情で脳裏がパンクしていて冷静に見ている余裕がなかった。ついしげしげと画面を見詰めてしまい、我に返った涼乃は耳を真っ赤にして目を逸らす。すると夫の上司がすかさず叱責してくる。

「ほらほら、目を逸らしちゃダメだぞ。歩美だって息を合わせて腰を遣ってるだろ？　これを良く見て覚えなくっちゃ。お互いに気持ち好くさせ合ってこそセックスと言えるんじゃないかな。彰良君だってきっと喜ぶと思うよ」

「はい……」

涼乃は素直に頷いて再び画面を見詰める。男性客が膣の浅瀬を掻き混ぜる際には、歩美が腰を浮かせてじっとしているのが分かる。深く挿入される際にはおしりを落として迎えに行っている様子も見て取れる。その動きには頬を叩かれる思いがする。常に自分は受け身で、夫にすべてを任せきっていたからだ。

「ところで、涼乃くんはオマ×コの中とクリちゃんの、どっちでイク派なの？　これも大事なことだから教えてくれるかい。彰良君にそれとなく伝えておくから」

「そ……っ、ええと……、知りません、そんなの」

どちらかといえばクリトリスを責められた方が果て易いのだが、やはり赤の他人に秘密を打ち明けるのは恥ずかしい。俯いて赤面する人妻の様子を眺めて中年男がスラックスの前を膨らませているのに、涼乃には気付く余裕がない。

「う〜ん、それは困ったな。自分の身体のことを良く理解しておくのも大切なんだがねぇ。まぁいいか、それじゃ取り敢えず歩美の腰遣いだけでも覚えちゃおうか」

「え、それは、どういう……」

森坂の顔には好色さが滲み出ている。まさか——若妻は思わず身を竦ませる。しかし耳に届いたのはまともな講釈だった。

「なに、簡単だよ。チ×ポを出し入れされてると、なんだか腰を回したくなってくるだろ？　我慢しないでその通りにするだけでいいんだ」

「ええと……。すみません、良く分からないです」

涼乃は素直な胸の内を明かす。夫との営みでそんな欲求を覚えたことがないのだ。中年男は一瞬にやつくもすぐに真面目な顔を作る。

「そうか……、じゃあ別のをやろうか。オマ×コでチ×ポを締め付けるテクニックでね。これをされれば誰だって虜になるよ」

「そ、そうなんですか」

女性器の卑猥な愛称を繰り返し聞かされる内に、なんだか身体が火照ってくる。目元をほんのりと上気させて若妻は男の話に耳を傾ける。恥ずかしくて仕方がないが、彼が話す内容は知らなかったことばかりだ。覚えておいて損はないだろう。

「やり方はシンプルでね。チ×ポが入る時と引かれる時に、おしりの穴をきゅっとすぼめるんだ。そうするとオマ×コの筋肉が刺激されて締まるんだよ。ほら、やってごらん」

「は、はい。ん……っ」

森坂はタブレットPCの画面を左人差し指で指し示し、大股開きで貫かれている歩美の股間を見るよう促してくる。そしてはい、はいとリズムを取ってみせる。涼乃は耳を真っ赤に燃え上がらせながらリズムに従い、スカートの奥できゅっ、きゅっと清楚なアヌスを引き締める。

「どうだい、これならいつでも練習できるだろ？　子供を産んでオマ×コが緩くなった時にも役立つから、頑張って会得しておくと良いよ。ほら、休んでないで。しばらく繰り返して感覚を摑まないと」

「はい……」

太い腕でしっかりと右肩を抱かれたまま、可憐な人妻は肛門の収縮と弛緩を続ける。肉の割れ目に意識を向けてみると、男の言葉通りに膣肉がうねるのが分かってくる。だが困ったことがある。歩美の映像を見ながら練習していると、まるで自分が貫かれているような錯覚に囚われるのだ。

（やだ……。なんだか、変な感じ……）

液晶画面の左半分に映る友人の股間がアップになり、男性客のペニスが出入りする様がよりはっきりと見えてしまう。そんな中で次第に森坂のリズムなしでも締めるタイミングが摑めてくる。彼女はいつもこんな努力をしていたのかと感心する一方で、この状態の膣を掻き混ぜられたらどんな気分になるのかと好奇心が湧き上がる。するとすかさず中年男が左耳に囁く。

「歩美が男を喜ばせるためだけにこの締め方をやってると思うかい？　これはね、女性の方も最高に気持ち好いらしいんだよ。歩美が言うには世界が変わるってさ」

（そ、そうなんだ……）

涼乃は健気に肛門をすぼめながら、返事も忘れて液晶画面を見詰める。カメラが引かれると、友人の紅潮しきった美貌が映る。切なそうに眉を寄せて目を閉じ、せわしなく嬌声を響かせていることから、相当に感じているのだと分かる。ショーツの中であそこがじわっと濡れてしまい、涼乃はどきどきと心音を加速させる。

「はぁ……、はぁ……」

膣がはしたない果汁で濡れてきたせいか、引き締め練習をしているだけなのにお腹の奥が妖しく疼き始める。若妻はいつしか肩で息を継ぎ、瞳をとろんと潤ませてゆく。無意識の内におしりがもじもじと揺れてしまうのだが、それすら気付けない。

「歩美の奴、ほんとに気持ち好さそうにしてたよなぁ。ダンナが目の前にいたってのにさ。ほら、またビクビクしてる。この客が出すまでに六回くらいイったらしいよ」

「……え……、あ……っ」

右肩を抱いていた森坂の右手がするりと首を回って降り、右の乳房をサマーニットの上から優しく鷲摑みにしてくる。はっと我に返った涼乃は慌ててその手を引き剝がそうとする。

「なっ、なにするんですっ、やめてッ」

夫を裏切るような真似はもう二度としたくなかった。それに森坂の愛撫は巧みだ。悔しいが身を任せてしまえばまた浅ましい姿を晒すことになる。

しかし次の刹那、若妻は愕然と睫毛を跳ね上げる。酒もそれほど呑んでいないのに腕が気怠く、まるで力が入らないではないか。ならばと立ち上がろうとすると更なるショックが襲いくる。腰にも力が入らない。甘ったるい痺れが充満していて、ソファの座面からおしりを浮かすことすら叶わないのだ。

「なにって、こないだと同じだよ。涼乃くんに足りないのは知識よりも経験と見たんだ、俺は。まぁ知識は歩美に任せて、俺は身体を使って色々教えてあげるよ」

「嫌ですッ、もうあなたには……っ、んあ……ッ」

胸元に気を取られている隙を突かれ、左の首筋へ鼻先をうずめられる。フンフンと匂いを嗅がれただけで強烈な寒気が背筋に走って息が詰まる。二十六歳の女体は淫らな映像鑑賞とトレーニングによってすっかり昂ぶっていた。

「あ～、たまんねえ。前から涼乃くんはイイ匂いがするなぁって思ってたんだ。これは身体の相性が良い証拠だな。さ、ダダこねてないで次の練習に行こうか。オマ×コの締め方は分かっただろうけど、実際にチ×ポ入れてないと感覚が摑めないだろ」

「やめ……っ、ん……っ、はぁっ、はぁっ、そんなのいやぁッ」

若妻は力を振り絞って中年男の右腕から逃れ、悩ましく上気したままの美貌できっと睨み付ける。膣へペニスを挿入しての練習など、ただのセックスではないか。絶対嫌に受け入れられない。すると森坂は意外にも引き下がる。

「ふぅん、そりゃあ残念だなぁ。声も出ないくらい気持ち好くなれるんだけどな。ならら仕方ない、ここまでにしとこうか」

(……え…………)

その台詞を聞いた瞬間、有り得ない感情が胸に渦巻く。淫らな時間が終わることに寂しさのようなものを感じたのだ。いやらしい驚きの連続で理性が麻痺してしまったのだろうか。

(なに考えてるの、わたし……。いいじゃない、これで……)

自分は彰良の妻なのだから、他の男性との性的接触は禁忌だ。その信念に揺らぎはない。なのに身体は真逆の反応をしてみせる。森坂が帰り支度を始めると益々寂しさが募り、スカートの奥が切ない疼きに包まれてゆく。

「おやぁ？　すごく寂しそうな顔してるねぇ。ひとつ聞くけど、涼乃くんは気持ち好いことが嫌いな超真面目人間なのかな？」

「そ……っ、それとこれとは話が違います。わたしだって……」

快感を嫌う者などこの世にいない。ただ愛する人を裏切りたくないだけだ。それが森坂には分からないらしい。俯いていると夫の上司が左に腰掛けてきて再度右肩を抱き寄せてくる。思いがけずにどきんと心臓が跳ね、若妻ははっと男を見遣る。

「浮気になるんじゃないかって思ってるんならそれは考え過ぎだよ。俺は歩美を愛してるし、君と恋仲になろうなんて気持ちはこれっぽっちもない。彰良君と上手く行って欲しいだけだよ。それには涼乃くんが一皮剝けなくっちゃ。それにさ……」

中年男の双眸が妖しく輝く。涼乃は小さく喉を鳴らしてその目を見詰める。

「最初に店へ行った時さ、俺のチ×ポ突っ込まれて歩美が腰抜かしたの覚えてるかい。あれと同じ快感を体験してみたくないか？　きっとなにか摑めると思うけどな」

「………っ」

若妻はぼっと耳を燃え上がらせて美貌を背ける。初めて森坂夫婦のセックスを観賞した時の興奮が思い出され、胸の先とあそこがじんじんと疼き出す。

「最高の快感を知ることがステップアップの近道だよ。同じ快感を得ようとして自然と努力するようになるからね。そしたら理想の夜はすぐそこじゃないか。それに、もちろんコンドームは使うしさ。それならなにも問題ないだろ、ん？」

「……っ、う………」

左耳に囁かれながらふうっと熱い吐息を吹き込まれ、鼻先に虹色の星がいくつも飛び散る。予想以上に身体が昂ぶり、感覚が鋭敏になっているようだ。こんな状態になってはひとりで静めるのは難しい。オナニーしたところで不完全燃焼に終わり、余計に悶々とすることになるのは目に見えている。

（仕方ない……わよね……。勉強にもなるんだし……）

いま自分は禁忌を犯そうとしている――猛然と心臓が跳ねて息が詰まる。若妻はおどおどと辺りに視線を彷徨わせてから、とうとうこくんと頷いてしまう。その瞬間に襲いきたのは妙な清々しさだった。そして胸の先と股間の疼きが一気に強まり、浅ましい性欲で喉がひりつき始める。

「うんうん、それで良いと思うよ。ちょっと待ってなさい」

夫の上司は喜色満面に立ち上がり、庭に面した窓のカーテンを素早く閉める。薄暗くなると益々心音が加速する。若妻はソファから腰を上げることもできずに半ば呆然と男の行動を眺めていた。

森坂はベルトを弛めてスラックスを脱ぎ、グレーのブリーフを露わにする。中心部がもっこりと膨れ上がっており、いやらしい染みができているのが見える。ここへきて罪悪感が騒ぐも既に手遅れだ。通勤鞄を漁った男の手が避妊具のパッケージを一枚つまみ出し、ガラステーブルへ置く。

「な、きっちりこれ着けるからね」

「あ……っ」

ソファへ戻ってきた夫の上司に座面へ押し倒され、一瞬心臓が止まる。身体中に甘ったるい寒気が満ちて上手く声が出せない。本当にこれで良かったのかと後悔の念も沸き起こるのだが、卑しい性的好奇心がそんな思いを呆気なく覆い隠す。理性を頭の隅へ追いやられた人妻ははぁはぁと大きく胸を波打たせ、潤んだ瞳で他所の男を見詰めた。

「んむぅ………っ」

脂ぎった中年男の顔が視界を埋め尽くした次の刹那、口元にいやらしい熱さが広がる。キスされた——予想していなかった愛撫をされて脳裏が白一色になる。キスは神聖な行為であり、誰にでも許せるものではないのに。力の抜けた両腕で懸命に男の胸板を押し返して逃れると、そこには有無を言わせぬ威圧感の籠もった双眸があった。

「こらこら、これも練習のひとつだぞ。良い女はキスひとつで男を骨抜きにできるもんだ。はっきり言うけど、涼乃くんはキスが下手だね。歩美の足元にも及ばんよ」

(……そんな……)

夫だけに捧げると決めていた唇を穢され、若妻は涙目になって震える。しかも仲の良い友人と比較されるのだから受けるショックは大きい。森坂はニマニマと目を細めて人妻の吐息を吸い、舌舐めずりして再度のキスを要求する。

「さ、やり直しだ。口を半開きにして、舌が入ってきたら絡めるんだぞ。いいな」

「……はい……」

穢されてしまった事実はもう覆らない。それにこれはただの練習なのだ。人妻は何度も自分に言い聞かせ、長い睫毛を伏せて少しおとがいを上向ける。艶やかで瑞々しい朱唇がおずおずと白い歯を覗かせると、中年男は鼻息を噴き出してむしゃぶりついてきた。

（いやあ………ッ）

森坂のキスは彰良のするものとまるで違う。暴風の如くに鼻息を噴き出し、なによりしつこい。唇全体をすっぽりと口で覆われる度に、涼乃はびくっと震えて悩ましい悲鳴を漏らす。猛烈な不潔感で脳裏はもうぐちゃぐちゃだ。だが時が経つにつれてあることが分かってくる。森坂は息遣いが荒いだけで、接触はとても繊細なのだ。

（え……。やだ、こんな……）

吐息を楽しまれながら、上唇と下唇を舌先でじっくりとなぞられる。むず痒くてつい顔を背けてしまうと、ごつい右手でおとがいを捕らえられて正面へ戻される。不思議とその強引さは悪くないように思える。森坂のことは好きでもなんでもないのに、妙に胸がどきどきしてくる。

「んん……、ン……！」

隙間なくぴったりと唇を重ねられてから、口腔へ悠々と舌を差し入れられる。身体中がぞわっと粟立つ一方で頬はぼっと燃え上がる。襲いくる反応が滅茶苦茶でどうしたらいいのか分からない。そんな中で森坂の言葉を思い出してそろそろと舌を伸ばすと、瞬く間に熱っぽく絡め取られる。

「ん……ふ、んン……」

森坂の舌はまるで生きているかのように蠢く。にゅるにゅると絡まってきたかと思えばしごくように前後し、頬の内側や上顎の裏まで舐めてくる。涼乃はびくびくと総身を震わせながら、口の中に幾つも性感帯があることを知る。

「むふふ、涼乃くんのツバは美味しいねぇ。ほんのり甘くてさ。たっぷり飲ませてもらうからね」

「いや……っ、あ、んむ……、っいやっ、んんぅ……、んっ、ん……」

ディープキスの神髄は唾液交換だとは分かるが、夫以外の男に楽しまれるのはやっぱり恥ずかしい。必死に口を振りもぎるのに、中年男は許してくれない。拒否の声もろともに口を覆い尽くされ、異様に熱い舌でぬちゃぬちゃと口腔を掻き混ぜられる。

そして頬がへこむほど情熱的に吸い上げられ、じっくりと唾液を飲まれてしまう。

（うそ……）

強い吸引で舌がぴりっと痺れ、少し遅れてごくりと大きな嚥下音が響く。こんなにはっきりと唾液を飲まれるのは初めてだ。頬はおろか耳まで燃え上がり、身体中に羞恥の汗が噴き出す。舌一面に感じられる夫以外の味や、鼻腔へ抜ける中年の口臭にも吐息を弾まされる。急激に意識が朦朧としてきて、顔を振ってキスから逃れることもできなくなる。

森坂は美味しそうに涼乃の口を吸いながら、サマーニットの裾をじりじりと捲り上げ始める。人妻ははっと睫毛を跳ね上げるも粘つくキスを振りもぎれない。無駄な肉のない白いお腹が覗き、清楚なベージュ色のブラに包まれた大きな膨らみも暴き出される。そこでやっと中年男が口を離し、涼乃は全力で荒く息を継ぐ。

「おお、やっぱナマで見るとでかいねぇ。確かFカップだっけ、ボリュームたっぷりで美味そうだ」

「やぁあッ」

じろじろと胸元を覗き込まれ、また頬が燃え上がる。夫婦の夜を良くするための練習と言っていたはずなのに、森坂の言動からは別の意志が感じられる。身体だけが目的なのでは——ぞっと背筋が冷えるも抗う力は既にない。中年男の両手がお腹を撫でて滑り上がり、ブラごと乳房を包み込む。すると思いがけずに甘い痺れが走って浅ましく息が詰まる。

「こないだも思ったけど、涼乃くんは感度が良いよな。こんなに感じ易いカラダしてるのに、彰良君にも困ったもんだ」

「やめてくださいっ、あの人のことは……っ」

涼乃はやっとのことで両腕を胸元へ向かわせて男の手を掴み、涙目ながらきっと睨む。この状況で夫の話をされるのは辛い。森坂はおどけて肩を竦めると、ブラの下端へ両の親指を差し入れてぐいっと喉元へたくし上げてきた。

「ああ……ッ」

汗ばんでいた乳肉に外気がひんやりとまとわりつき、妖しい興奮を伴う開放感に苛まれる。トップ八十九センチの膨らみは瑞々しさそのままにぷるんと弾み、少しだけ左右へ流れて止まる。ほとんど形が崩れないのは、しっかりと中身が詰まって張りがある証拠だ。中年男は目を剝いて生唾を飲み、純白に輝く媚乳を凝視する。

「こ、こりゃあすごい。形も白さも歩美以上だよ。チクビなんか真っピンクでちっちゃくてカワイイねぇ」

「いやあ……ッ」

両手で必死に胸元を隠そうとするのに、その都度強い力で手首を摑まれて身体の脇へ戻される。そんな攻防が繰り返されるにつれ、人妻の細腕はくたりと投げ出されたまま動かなくなる。見られる羞恥と抵抗が叶わぬ絶望感とで腕が諦めてしまったのだ。太った中年男は邪魔がなくなった他人妻の乳房を喜色満面に観賞する。そして汗ばんだ胸の谷間へ鼻先をうずめ、恍惚の表情で深呼吸を始める。

「んん………ッ」

熱風の如き鼻息が乳肉を撫で、その直後に身の毛もよだつひんやり感が襲いくる。まさか肌の匂いを嗅がれるとは思ってもいなかった。入浴したのは昨夜であり、家事と緊張で身体中に汗をかいている。夫にも嗅がせたことのない本来の匂いを暴かれ、人妻は力なく黒髪を振り乱す。

「甘くてイイ匂いがしてるよ。それに肌のキメが細かくてしっとりしてる。これで夢中にならないのは男じゃないな」

涼乃の膨らみは染みひとつない白に輝き、うっすらと血管を透けさせて雄の嗜虐心を刺激せずにはおかない。下乳の完璧な丸みもいじらしく、相対したなら手を伸ばさずにはいられないだろう。乳頭部は儚げに小さく、透明感のある桜色をしている。普段は小指の先ほどもない乳首がぷっくりと膨れ、健気に背伸びしている様に中年男が喉を鳴らす。

「チクビが勃ってるね。エロ動画とトレーニングで興奮しちゃったんだな」

「そっ、そんなこと……っ」

真っ赤になって否定しかけるも、人妻の唇は最後まで言葉を出し切れない。歩美の乱れる姿や自分が愛撫される姿を見て興奮し、切ない疼きまで起こしていたのは事実なのだから。それに眼前の勃起した乳首が動かぬ証拠だ。そこは益々甘ったるい疼きに包まれ、男の鼻息が吹きかかるだけでぞくっと背筋が燃えてしまう。

「なにもからかってるワケじゃないよ。当然のことなんだし素直に受け入れればいいんだ。大事なのは気持ち好いのを我慢しないことだよ、いいね」

下品な笑みを浮かべる男が両手を乳房に伸ばしてくる。思わず身を固くした人妻は次の刹那に息を呑んで背を弓なりに反らせた。

「あぅ……っ」

劣情で汗ばんだ毛深い両手が膨らみの丸みに沿ってぺっとりと張り付く。夫のいる身でありながら、とうとう性的な部分を直に触らせてしまった。目の前が暗くなるほどの罪悪感に襲われるのに、胸元から走った感覚はやけに甘ったるい。信じられないことに、ただ触れられているだけなのに震えがくるほど感じてしまうではないか。

「おほっ、柔らかい。手の平に吸い付く感触がたまらないよ。どれ、弾力はどうかな」

太った野獣は双眸を血走らせ、部下の妻の乳房に夢中だ。張り付かせていただけの両手に力を込め、だらしなく頬をたるませてゆったりと揉み立て始める。胸元に渦を巻いていた心地好さが一気に強まり、涼乃は歯を食い縛って耐える。

「ほら、また我慢してる。それがダメなんだってさっきも教えただろ。気持ちを楽にして受け入れるんだよ。そうしないといつまで経っても彰良君の気を引けないぞ」

（そんなこと言われても……っ）

森坂の愛撫は店で経験した時と変わらずいやらしく弱めだ。もにゅもにゅと乳肉に十指をめり込ませるものの、決して痛みを感じさせない。若妻は必死に朱唇を噛んで、大きく喘ぎたい衝動を抑え込む。夫にされているならまだしも、他所の男の愛撫で快感を享受する訳にはいかない。受け入れてしまったら歩美と同じ世界に足を踏み入れることになる。

「いや……あ、はぁ、はぁ、んく……っ」

「うむぅ、最高の揉み心地だ。こんなに柔らかいのにしっかり指を跳ね返してくる。やっぱ直に触ると違うねぇ。ずっと揉んでいたくなるよ」

ねっとりとしつこい揉み立てが続く。男の手はずっしりと重い乳房をそっと掬い上げては優しく揉み潰し、時折膨らみの裾野を絞ってふるふると揺らしてくる。夫にもされたことのない揉み方だけに、どこでどう息を詰めたら良いのか分からない。それになによりむず痒さが異常だ。とても口を閉じていられず、人妻ははぁはぁと吐息を弾ませてゆく。

（やだ……っ、そこは……っ）

男の十指はきめ細やかな乳肉を螺旋の動きでじりじりとよじ登り、頂を彩る可憐な突起に迫る。そこを触られたらどうなってしまうのかはハプニングバーで経験済みだ。不潔なむず痒さが最高潮に達して勝手に身体が仰け反り、なにもかも忘れて身を任せたくなる。触られまいと身を捩るのだが、太った巨軀に覆い被さられているせいもあってほとんど動けない。

人差し指と中指の先が乳頭部に最接近して、浅ましい期待感が膨れ上がる。しかし指の群れは乳肉と乳輪の境目をそっとなぞっただけで下山してゆく。肩透かしを食らった形となった人妻はくたりと緊張を解き、浅く速く息を継ぐ。

「んん？　どうしたんだ。なにかして欲しいことがあるのかな」

「く……っあ、やめ……っ」

夫の上司は陰湿な笑みを湛えてゆったりと乳房をこね回してくる。店では遠慮なく触ってきたくせに――悔しくてかっかと頬が火照る。再度指の群れが膨らみを登ってきて、涼乃は息を詰める。だが今度もまた寸前で指先は止まり、肝心な部分には触ってもらえない。不満を込めた溜め息を漏らすと、男の囁きが耳に届く。

「ほら、そういうとこなんだよな。触って欲しいなら言葉にしないと伝わらないぞ？　折角の機会なんだし言ってごらん。言われた方はすごく嬉しいし興奮するんだからさ。それに俺とはこれっきりなんだし、なんでも練習すると良いよ」

「…………っ」

ぬめぬめと乳房を揉まれたまま人妻は美貌を背ける。よりによって森坂におねだりをする羽目になるとは思ってもいなかった。だが相手に特別な感情を抱いていないお陰で、普段夫に言えないことでも言えそうな気がする。こんなことはこの一度だけと聞かされて安心したせいもあり、涼乃はちらと男を見遣って欲望を口にする。

「……さ、触ってください、胸の先も……」

言ってしまうと一気に体温が上がって身体中に汗が滲む。しかしその一方で経験したことのない爽快感も覚える。恐れていた恥ずかしさもそれほど強くはなかった。森坂はと言えば満足そうに目を細め、興奮に小鼻を膨らませている。おねだりされたことがよほど嬉しいらしい。

「よしよし、良く頑張ったね。じゃあご希望通りにじっくりいじめてやろう」

指毛が見苦しい中年男の十指が、指先だけを触れさせて乳房をよじ登ってくる。それぞれに内から外へ螺旋を描くいやらしい動きだ。猛烈なむず痒さで独りでに背中が反り返ってしまい、仕草でもおねだりするような格好になる。かあっと頬を燃え上がらせて胸元を見遣った刹那、硬く背伸びしている両の乳首に人差し指の先がそっと触れてきた。

「ひゃう……ッ」

ごく軽く撫でられただけなのに鼻先にいくつも火花が弾け、鮮烈で甘い快感電流が迸る。他所の男の人差し指は乳輪に先端を触れさせ、指先の側面を掠めるようにしてくるくると円を描く。夫にはされたことのない淫猥な責めだった。人妻は白い喉元を晒して仰け反り、浅ましい悲鳴を漏らしてびくつく。

（なにこれ……っ、強過ぎる……っ）

胸の先を弄られるのはこれで二度目だが、服越しだった前回とは比較にならない強烈さだ。おぞましくも甘美な搔痒感が胸元に渦を巻き、切なくて唇が震えてくる。

「どうかな？　気持ち悪いかい」

「……っあ、やぁあ……」

森坂はにやつきながら親指を責めに加え、両の乳首を優しく摘まんできた。尖りの形が変わることのない微弱な揉み立てなのだが、やはり鮮烈な快感電流が止め処なく湧き上がってくる。なぜこれほど感じてしまうのか自分でも分からない。夫を裏切っているという罪悪感のせいなのだろうか。

中年男は右手を乳肉の揉みほぐしに戻し、厚い唇を右乳房の頂上へ寄せてくる。吸われる——涼乃はばくばくと心臓を弾ませてその様子を見詰める。軽く触られただけでもこの有様なのに、しゃぶられたら一体どんな感覚に見舞われるのだろう。彰良に申し訳なく思う一方で、ふしだらな好奇心が抑えきれない。

「んんぅッ、あ……！」

とうとう乳首にも口を付けられてしまった。右胸の先が灼熱感に包まれた瞬間、不潔感と快感とで心地好く意識が霞む。当然のことながら夫とはまるで吸い方が違う。その最たるものが吸引力だろうか。とにかく微弱でむず痒くて仕方がない。

舌の遣い方も繊細で、蛇のようにちろちろと良く動く。面積の小さい乳首の頂上部分を重点的に舐めくすぐられ、涼乃は仰け反ったままぱくぱくと宙を噛む。いままでに味わったことのない、切なさ混じりの快感だ。脳裏が真っ白になって身体が浮き上がる錯覚に囚われる。

「あ……、は………」

吸い上げを止められ、口腔でじっくりと乳頭部を熱せられるのも好い。森坂のいやらしい熱気がじわじわと染み込んできて、自分でも驚くような感じ入った溜め息が勝手に漏れてくる。胸の先が火傷しそうで怖いのに、そのままずっと熱せられていたいとすら思えてしまう。

「むふふ、甘くて美味しいよ、涼乃くんのチクビ」

「いや……あ、んくぅ……ッ」

ちゅぽん、と恥ずかしい音を立てられて右の乳首を解放され、かあっと体温が上がる。そして左の尖りもねっとりと吸い取られ、ちゅくちゅくと丹念に味わわれる。右の尖りも放ってはおかれず、すぐさま左人差し指と親指がまとわりついてくる。絶妙に味わいの異なる二種類の快感電流が胸元で競い合うように渦を巻く。人妻はいつしか汗みずくになってくなくなと首を振りたくり、身体の求めに応じて吐息を弾ませる。

男は左の乳房に吸い付いたまま右手を下方へ伸ばし、スカートを捲り上げ始める。不潔な快感に夢中の涼乃は白い生足が剝き出しにされてゆくことにも気付けない。むっちりと脂の乗った太腿が露わにされ、ベージュ色の清楚なタンガショーツが覗く。

大切な割れ目を守る部分には大きな舟形の染みが浮かび、ムンムンと熱気を発してしまっていた。

「あっ⁉ だめェッ」

生温かい右手の平が内腿に割り込んできて、若妻はようやく危機に気付く。しかし両腕には既に力が入らず、両足も気怠さが充満している。為す術もなく太腿を撫で回されてから腰を割り入れられ、どきどきと心臓が跳ね回る。

「大丈夫だよ、痛くなんかしないから。ほら目を瞑って集中だよ、もっともっと気持ち好くなっちゃおう」

「やだあっ、ちがうんですっ、やっぱり、わたし……っ、あ!」

力の抜けた身体を捩って拒むのに、男の好色な右手がクロッチにそっと触れる。じっとりと濡れたそこを右中指で軽くなぞり上げられた瞬間、またしても強烈な快感電流が迸って脳裏が真っ白になる。

夫の上司はニマニマと頬をたるませ、人妻の朱唇を熱っぽく奪う。不意を突かれた涼乃はびくっと身を震わせ、思わず抵抗を止める。その隙に毛深い右手は若妻の白いお腹へ滑り上がり、ショーツの中へ潜り込んできた。

「んぅう……っ、ン～～～～～～!!」

小さめの逆三角形に剃り整えた恥毛をしゃりしゃりと掻き混ぜられる。それだけであそこがじぃんと疼くのが信じられない。下着の中が浅ましい有様になっていることは自分が一番良く分かる。そんな状態でもし触られてしまったら——恥毛の感触を楽しみ終えた右指が更に這い進み、心拍数が最高潮に達する。そして次の刹那、足の付け根が甘ったるく痺れた。

「んああ…………ッ！」

粘つくキスを振りもぎり、可憐な人妻はしなやかな背を弓なりに反り返らせる。夫以外の男に直接性器を弄られる、そのショックは目の前が真っ暗になるほど大きい。なのに男の指が蠢く度に、鮮烈な快感電流が脳天まで突き抜ける。悲しいことに、森坂の指遣いは彰良を遙かに凌いでいた。

「すっごく濡れてるね。ほら、聞こえるかな。クチュクチュ鳴っちゃってるよ」

「……っ、あ、やぁあ………」

右中指を左右へ振られる度に、はしたない水音がはっきりと聞こえてしまう。恥ずかしさのあまりふうっと意識が遠のくのだが、男の指が生み出す強烈な快感によってすぐに現実へ引き戻される。絶え絶えに漏れる吐息を胸一杯に吸われてから口を重ねられ、益々恥辱感が募る。

（どうして……、こんな……に……）

肉の割れ目を弄り回される度に全身が甘く痺れ、秘めやかな膣口から新たな愛液が湧き出してくるのが分かる。夫とする時も充分に濡れている自覚はあるが、いま感じられる水気はそれ以上だ。どうやら身体は森坂を〝男〟として受け入れ始めているらしい。

「ん……あ、はぁっ、はぁっ、んむぅ……、っはぁっ、いや……んん、ふぅ……」

右の乳房と口、そして性器を同時に責め立てられる。どの部分からも絶え間なく甘美な痺れが迸り、どこに意識を向けたら良いのか分からなくなる。ちゅるちゅると唾液を飲まれて耳を燃え上がらせながら、涼乃は懸命に夫を想う。彼はいまなにをしているのだろう。上司が自宅へ上がり込んで妻を抱いていると知ったら、どんな顔をするのだろう。

ひとしきり肉花を掻き回して、野獣の毛深い右手がショーツから出てゆく。胸元と唇への愛撫も止まり、人妻はぐったりと弛緩する。

「ほら、見てみな。指がこんなになっちゃったよ」

「……いや……っ」

低い声で囁かれて薄目を開けると、森坂が右手を眼前に突きつけてくる。人差し指と中指が半透明の粘液で濡れ光っているのが見える。その二指がVサインをするように開閉する度に、甘酸っぱい匂いがしてにちゃっと幾筋もの糸が引く。とても見ていられず、涼乃はソファの背側に美貌を背けて肩を震わせる。

夫の上司は濡れた指を美味しそうに舐めながら一旦ソファを降りると、人妻のおしりからベージュ色のショーツを引き下ろしにかかる。力の限りに抗わなくてはいけないのに、涼乃は呆然と天井を見詰めたまま男の好きにさせる。力の抜けきった状態ではもう逃げられそうにない。ならば一秒でも早くこの過ちを終わらせたかった。

濡れて重みを増したショーツがおしりから太腿へ滑り、難なく爪先から引き抜かれる。中年野獣がクロッチの部分をしげしげと見詰めて匂いを嗅いでいる様が覗けて、羞恥で顔から火を噴きそうになる。だが本当の恥辱はこれから襲ってくるのだ。再びソファへ上がった森坂に両足を折り畳まれ、どきんと大きく心臓が跳ねる。

「や……っ、あ…………」

両の膝を摑まれ、ゆっくりと開脚されてゆく。すると熱気が籠もっていたあそこにどっと外気がなだれ込んでくる。顔を真っ赤にして力むのに、足はまったく言うことを聞いてくれなかった。恥辱極まりないMの字に両足を固められ、その中心部へ脂顔を寄せられてしまう。

「おお……！　これが涼乃くんのオマ×コか、キレイな色してるねぇ。ウチのなんて黒ずんじゃってるのに、どこもかしこもピンク色じゃないか。ほほう……」

「…………っ」

森坂の視線は熱過ぎて、どこをどう見られているのか手に取るように分かる。ふっくらと育った肉土手を撫でて割れ目に移り、肉びらのあわいに覗く膣前庭に至るまで貪欲に観察してくる。既に満開に近かった肉花を両の親指でぱっくりとくつろげられ、涼乃は首筋まで朱に染まる。

（やだ……っ、そんなにみるなんて……）

若妻のそこは野獣の言葉通り黒ずみとは無縁だ。小陰唇の縁が僅かにセピア色をしているだけで、その他の部分は健康的な薄桃色に輝いている。肉びらが大振りだった歩美に対して、涼乃は愛らしく小振りだ。しかしその柔らかさは引けを取らず、雄の鼻息が吹きかかるだけでふるふると揺れて見せる。

割れ目の上端に位置する肉の芽も可憐で、ふっくらと充血してはいるがまだ包皮を脱ぎ去ってはいない。いかにもうぶな姿が男の征服欲を刺激する。そして尿道孔も膣口も清楚に小さい。しかし女の穴は男性器に貫かれる悦びを知っており、いまは半透明の恥蜜をとろとろと溢れさせている。肉体が性的な興奮状態にある証だ。

「っはぁっ、はぁっ、はぁ……っ」

見られているだけなのに若妻の呼吸は加速してゆく。それはかりか胸の先は益々硬度を増し、膣口はふしだらにひくつき始める。新たに湧いた果汁が会陰を伝い、それを追って雄の熱い視線も下へ流れる。夫にも見せたくない肛門を見詰められていると分かり、恥ずかしさで意識が一瞬途切れる。

「ケツの穴もキレイなもんだ。ここから汚い物が出てくるなんてウソみたいだよ」

「やめ……、みな……で、そんな……」

どうにか言葉を絞り出したものの、切れ切れでは意味を成さない。却って相手を喜ばせるだけだ。案の定森坂は目を見開き、脂でてかる鼻先を肉の割れ目に寄せてくる。なにをするつもりなのかと訝しむ間もなく、肉びらのあわいがひんやりと冷える。

(うそ……ッ)

匂いを嗅がれているのだと理解した瞬間、身体中に大粒の汗がどっと噴き出す。思えば事前のシャワーを浴びられていない。夫とする時でも欠かさないマナーなのだが、森坂には無用のようだ。うっとりと目を細めて胸一杯に秘香を楽しみ、お返しに灼熱の鼻息を媚肉へ吹き付けてくる。

「うん、匂いも良いね。少しオシッコ臭さが混じってるけど、健康的な酸っぱい匂いがしてる。たまんないよ」

　聞きたくもない感想を述べられて耳が燃え上がる。恥ずかしさのあまり悲鳴すら上げられず、涼乃は力なく首を振る。男はどさくさ紛れに肛門までクンクンと嗅いでにやつく。夫の上司は変態だった。身を任せたことが悔やまれるも後の祭りだ。

「んぅ……っ、く………」

　膣口に鼻を寄せられ、浅ましく湯気を上げる果汁も嗅がれる。腕が動かせたら不躾な脂顔を引っ掻いてやれるのに——現実は非情だ。自身の激しい心音を耳元に聞きながら、恥辱の時間が過ぎてゆく。

　涼乃の匂いを執拗に楽しんでから、森坂は僅かに顔を上げて生唾を飲む。そして分厚い唇が大きく開かれ、ぶちゅうっと淫裂を覆い尽くしてきた。

「はひぃ……ッ」

　散々胸の先を焦がした熱さが繊細な媚肉に染み渡る。夫の温度がぬるま湯だとすれば、森坂のそれは熱湯だ。可憐な人妻はあられもない声を上げて大きく仰け反り、びくびくと総身を震わせる。あそこが火傷しそうで怖い。しかし込み上げてきたのは意識もとろける快感だった。

「美味しいよ、涼乃くん。塩味も酸味もちょうど良い。ヨーグルトみたいな風味っていうのかな、後からほんのり甘みがくるのが最高だよ。それにオシッコの味が良いアクセントになってるね」

「い……やぁあ………っ」

またしても淫猥な感想を聞かされ、脳裏が滅茶苦茶に掻き乱される。これまであそこの味を言葉にされたことなどないだけに、そんな味がしていたのかと思うととても平静を保てない。更に意識のぼやけが進んで、人妻は抗う機会をまたひとつ失う。

(やだ……あっ、むずむず……して……)

猛烈に熱い舌が大切な部分でうねうねとのたうつ。乳首で感じた通り、相変わらず舐める力は弱い。だが動きには卑しい意思がはっきりと滲み出ている。肉びらを一枚ずつ、表も裏も丹念に舐め上げられてしまう。まるでナメクジにでも這われているかのようにむず痒くて、腰が独りでに跳ねる。

森坂は夫がしない責めばかりを繰り出してくる。熱い舌先が小陰唇と膣前庭との境目をしきりになぞるのが分かって、涼乃ははっと息を呑む。その部分にはどうしても恥ずかしい汚れが溜まる。それを舐め取られているのだ。

「なに……してっ、そん……、だめェッ」

脱力しきった身体に鞭を打って身を捩るものの、男の顔を追い払うには程遠い。無駄だとばかりにしっかりと両の太腿を抱え込まれてしまい、妖しい寒気がぞくりと背中に満ちる。人妻の清らかな恥垢を丹念に舐め取ると、好色な中年男は陰湿な笑みを満面に湛える。そして猫が水を飲むような音を立てて膣口を舐め始めた。

「ああ……ッ」

ぴちゃぴちゃ、ちゅるちゅる……。聞くだけで体温の上がる水音が盛大に響き渡る。音を立てて舐めるなど、この男はどこまで下品なのだろう。だがその舌遣いは巧みで、ひと舐めされる毎に腰全体が甘ったるく痺れてくる。若妻は部屋のあちこちに濡れた視線を投げながらせわしなく喘ぐ。夫以外の男を相手に浅ましいとは思うのだが、呼吸を弾ませていないと頭がどうにかなってしまいそうだ。

（うそ……。のんでる、わたしの……）

森坂は時折ねっとりと膣口に唇を被せ、長く長く吸い上げてくる。はしたないとろみを奥から吸い出される心地好さで息が詰まり、ごくりと大きく喉を鳴らされる羞恥でふうっと意識が溶ける。他所の男に秘密の味を知られるのは嫌なはずなのに、なぜか胸の高鳴りを抑えられない。

「はぁ………っ」

湯気立つ舌が膣口の縁をなぞり舐めてから、ゆっくりと中へ潜り込んでくる。森坂の舌がいやらしく長いことはディープキスで体験済みだ。夫の二倍以上も深く入られて、膣壁を美味しそうに舐め回される。胎内で感じる舌の熱さは思いがけずに心地好い。つい淫らな溜め息を漏らしてはっと口をつぐむも、男には聞かれた後だった。

「入れられる快感は分かるようだね。まぁ人妻だもんな、当然か。けど中の感じだとやっぱほとんど開発されてないみたいだな。まったくしょうがないな彰良君も。仕事はできても奥さんをほったらかしじゃあな。ここは上司としてきっちり責任を取って〝教育〟してあげるよ」

「……いや……っ」

うぶな膣からぬるんと舌を抜き、太った野獣はにやつく。こんな男から性の手ほどきを受けるのは屈辱だが、未知の感覚への好奇心が見る見る膨れ上がってくる。歩美を腰砕けにしたのと同じ快感を味わえる、そう考えるとはしたなくあそこが疼く。

(やぁあ……、そんな、おくまで……)

太腿を抱え直した森坂が再び膣へ舌を埋め込み、にゅるにゅると前後させる。いやらしく熱いそれは秘奥の手前まで楽に届き、しきりに身をうねらせてくる。指やペニスでされるのとは違った、潜り込まれる興奮で息が上がる。

人妻が羞恥に喘ぐ様子を観賞してから、男は舌を戻して割れ目の上端を狙う。敏感な芽を肉鞘ごと舐められて、涼乃はびくんと腰を浮かせる。そこは自分でも弄ることのある快感に慣れた部分だ。責められたらきっとおかしくなってしまう。

「やだ……っ、そこ……」

「なんだ、遠慮なんかしなくていいんだぞ。いま剝いてあげるからね」

好色な舌先が甘い痺れを生み出しながら肉芽に纏わり付く。鼻先が眩い火花で埋まるほどの快感に見舞われ、人妻は必死に宙を噛む。自分で包皮を剝くことには耐えられても、他人にされたらどうなってしまうだろうか。猛然と心臓を弾ませていると、足の付け根に得も言われぬ開放感が広がった。

「はぅ………………」

ほとんど力を加えられることなく、若妻のクリトリスはつるんと剝き上げられる。甘美な痺れが腰に満ちて、身体に残っていた最後の力がふんわりと抜けてゆく。自分でも驚くようないやらしい吐息が勝手に漏れて、切なさ混じりの浮遊感に包まれる。

「ほぅら、丸出しだ。ぷっくり膨れちゃってカワイイねぇ。お、恥垢は溜まってないようだな。良い心掛けだ」

股間から聞こえる声にぼうっとエコーがかかり、不明瞭になる。だがそれは救いだろう。呆然と天井を見詰めていると、息も詰まる鮮烈な快感電流が襲いかかってくる。

熱い舌先は剝き上げたパウダーピンクの芽を愛おしそうに舐め回す。つかず離れずの絶妙な接触で、夫のように勢い良く舐め弾いたりはしない。なのに生み出される心地好さは雲泥の差だ。とにかくむず痒くて、甘ったるくて——瞼が急激に重みを増して、独りでにすとんと落ちる。

「ああッ、や……、はぁ、はぁ、う……ッ、やぁあっ、あっ、あっ、んんッ」

可憐な人妻はとうとう淫らな声を響かせ始める。いけないことだとは分かっている。でも我慢ができない。森坂の舌先が蠢くと勝手に口が開くのだ。

(なに……これっ、こんなの、はじめて……)

肉の芽にへばりついた舌先は微弱に震えるばかりでほとんど動いていない。それなのに脳裏が真っ白になるくらいに感じてしまう。時折完全に動きを止めて肉芽の頂上へ触れたままになるのだが、その責めも強烈だ。舌の熱さがじわじわ染み込んでくるにつれ、身体の浮遊感が強まる。込み上げる感覚のほとんどが未知のものであり、しかも異様に甘美だった。

「どれ、一度イかせてやろう。いいか涼乃くん、我慢せずに受け入れるんだぞ」

「んあ……っ、あ！」

中年男の右中指が腹を天へ向け、膣内へゆっくりと押し入ってきた。硬い異物を入れられると汚辱感が強まって心音が一気に加速する。だが充分過ぎるほど濡れているせいか不快感はない。それどころか身震いを伴う快感に襲われて息が詰まる。

森坂はニマニマと目を細めながら右中指をそうっと押し進め、根元までぴっちりと埋め込んでしまう。そして右に左に優しく回転させて人妻の膣壁を探る。

「ほう、これは……。良いオマ×コしてるねぇ、ヒダヒダが深くてねっちょり絡んでくるよ。それにこの感じは……おっ、二段締めか！　ふむぅ……」

「やだッ、なに、す……、んぁあッ」

神聖な胎内を好き勝手にまさぐられてかあっと頬が火照る。性知識の乏しい涼乃には男の言う意味が理解できない。力なく身を捩る間にも不躾な右中指は探索を続け、膣口からほど近い膣天井を重点的になぞり出す。おぞましさの混じった快感電流が途切れることなく背筋へ抜けて、若妻は汗みずくになって喘ぐ。

「どこかな……おっ、あったあった。ほら涼乃くん、ここが何だか分かるかな？」

鼻息荒く指を遣っていた野獣が喜色満面となり、恥毛越しにはしゃぐ。膣の浅瀬の天井部分を指腹でそっと押し込められた刹那、おしっこが漏れそうな切迫感と共に鮮烈な快感電流が迸る。なにが起きたのか分からない涼乃はうっと呻いて仰け反ることしかできない。

「な……に、はぁはぁ、やめ……、あうッ」

「やっぱ分からないか。ここはGスポットって言ってな、女の泣き所のひとつだよ。じっくり開発すればチ×ポ入れられた時の快感が大きくなるんだ。不出来な部下に代わって、上司の俺が完璧に開発してあげるからね」

「そん……なっ、いいです……からぁっ、んく……っ、ひぁ……っ」

　小さな粒々の寄り集まった小丘を中指の腹で丹念に押し込まれ、腰に妖しい切迫感が充満してゆく。自分の身体なのに、そんな性感帯が隠されているとは夢にも思わなかった。夫に申し訳なさを覚える一方で、このまま責め続けられたらどうなるのかと卑しい好奇心も湧いてくる。相変わらず身体に力が戻る気配はない。それなら——理性が好奇心に負け、人妻ははたりと瞼を閉じる。

「はぁはぁ、はぁはぁ、あっ、ン！　はぁっ、はぁあッ」

　熱い舌先が肉の芽に戻ってきて、瞼の裏が火花で埋まる。膣の外と中を同時に責め立てられては経験の浅い涼乃に為す術はなかった。味わってはならない快感の極みに向けて身体が痙攣を始め、脳裏が白く霞んでくる。

（だめ……っ、こんなの……。いっちゃう……）

　堪えなければと頭では分かっているのに身体は勝手に昂ぶってゆく。うぶな若妻にできるのは夢中で喘ぐことだけだ。顔から火を噴きそうな恥ずかしさは股間から広がる甘い快感が消し飛ばしてくれる。脳裏に最愛の人を思い浮かべる余裕すらなく、涼乃はびくびくとはしたない痙攣を始める。そして熱い舌先がそっと肉芽を舐め弾き、膣内の右中指がくっと小丘を押し込めた瞬間、腰から脳天へ向けて強烈な快感電流が駆け上がった。

「だめェ！　っあ、はぁあ………………ッ!!」

一瞬にして身体が重みを失い、ふわりと宙へ投げ出される錯覚に囚われる。甲高い耳鳴りを聞きながら、人妻は背中を弓なりに反らせて浅ましい嬌声を響かせる。夫以外の男にまた果てさせられてしまった。二度、三度としなやかな肉体を波打たせてから、涼乃はやっと一息継いでぐったりと身を沈ませた。

一方で森坂は双眸をギラギラと輝かせ、清楚な他人妻が見せた神々しい果て姿に生唾を飲む。そして右中指を根元まで膣へ埋め込み、下劣な笑みを浮かべる。

「イけたようだね。うひひ、オマ×コがキュンキュン締まってるぞ。指が痛いくらいだよ。こりゃあチ×ポ入れるのが楽しみだ」

ゆっくりと右中指が引き抜かれ、若妻はあっと小さな声を上げてびくつく。抜かれる刺激にも鮮烈な快感を覚えたのだ。しかもその直後に涙がこぼれそうな寂しさに苛まれてしまう。クリトリスを優しくいじめていた舌も離れて、寂しさは見る見る膨れ上がる。

（どうしよう……。このままじゃ……）

夫の上司がブリーフを脱ぎ捨て、ガラステーブルに置かれていたコンドームのパッケージを破る。その様子を人妻はぼんやりと眺める。性器同士を繋げてしまえば完全に不貞行為だ、どんな言い訳も通じない。だが大声を上げて拒めばまだ引き返せる気がする。今日のことは過ちとして誰にも打ち明けず、全身全霊で夫に尽くすことで贖いとするのだ。きっと生涯苦しむだろうが、それは一時の快楽に負けた自分への罰として受け入れるしかない。

でも――涼乃は汗に濡れた豊乳を波打たせて身を捩る。あそこに渦を巻く寂しさは一向に弱まる気配がない。なにより深刻なのは喉がひりつくほどに強い性欲が込み上げてくることだ。自分を戒めて目を逸らすのに、気付けば森坂のペニスを見詰めている。歩美がいつも味わっている感覚はどんなものなのかと、穢らわしい好奇心が止め処なく湧き上がってくる。

ぼうっと見詰めている間に、先走り液を滲ませた亀頭冠へ赤い薄膜が被せられる。特大サイズ用のそれは瞬く間に幹も覆い、結合の準備が整ってしまう。ソファへ戻った他所の男に改めて両足を割り開かれ、猛然と心臓が跳ねる。嫌だと叫ぶならいましかない。しかし唇からは雄を誘うような熱い吐息が漏れるばかりだった。

「さ、入れるぞ。いいよな?」

「…………っ」

自分の心音を大音量で耳元に聞きながら、人妻は美貌を背けて目を閉じる。拒否の言葉はなく、承諾の頷きもない。しかし無言で無抵抗であれば答はおのずとイエスだ。森坂は嬉しそうに生唾を飲み、涼乃のしなやかな太腿を両脇へ抱え込む。そして右手に避妊具付きのペニスを握ると、巨大な肉傘で甘酸っぱい果汁に濡れた肉花を下から上へとなぞり上げる。それだけでゾクゾクと全身が痺れて、脳裏が真っ白になる。

(ゆるして、彰良さん……、もう、がまんできない……)

脳裏で夫に詫び、改めて森坂のものを見てみる。長さ二十センチのそれはまさに凶器だ。こんなに大きくて長い物体が自分の中に入るのかと不安で冷や汗が止まらない。若妻は懸命に心臓をなだめてゆっくり長く息を吐き、身体からすべての力を抜ききる。夫婦の営みではしたことのない呼吸法だけに、より罪悪感が募って胸が詰まった。

「ん…………っ」

薄膜に包まれた亀頭冠がとうとう膣口に触れる。その人間離れした熱さで思わず身が固くなる。もう一度脱力し直して息を吐ききった刹那、太い杭で身体を串刺しにされるような錯覚が襲いきた。

「んぁあ……っ、あ…………！」

おんなの穴が丸く押し拡げられ、ぬぷんと肉キノコが埋まる。逞しいえらが膣口を通過する瞬間に、口を「あ」の形に開かせる甘い痺れが走る。滾々と恥蜜を湧かせていたせいか挿入はなめらかだった。これまで味わったことのない怒濤の圧迫感と共に内臓が押し上げられ、肺から空気が追い出されてゆく。だが不快ではない。総身が粟立つほどの快美感だった。

「きついぃっ、あ、まってっ、んんッ、あ、はぅ……ッ」

かっかと燃え盛る亀頭冠は貞淑な膣肉を悠々と掻き分け、夫だけが到達できる秘奥を目指す。涼乃は汗みずくで背中を弓なりに反らせ、ひたすらに宙を嚙む。そして女壺の行き止まりに灼熱の肉塊がぬちゃっと密着してきて、脳裏が白一色に染まった。

「お……、お……。すげえなこりゃあ、吸い込まれちまう。あ〜、あったかくって気持ち好いぜ。具合の良いオマ×コだなぁ、ええ？　入り口と奥でキュウッと締まるよ」

男はと言えば口角に泡を立てて興奮しきりだ。可憐な他人妻と繫がっている部分を覗き込んでは生唾を飲み、益々汚根の温度を上げる。人妻はやっとひと呼吸継いで薄目を開け、恐る恐る下腹部に視線を向ける。森坂のものはまだ膣外に三分の一程度幹を残しているものの、膣を最奥までみっしりと埋め尽くしていた。

(……はいっちゃった……)

ぼうっと霞む意識の下で、涼乃はどきどきと胸を高鳴らせる。夫への罪悪感を覚える一方で、他人のペニスを受け入れてしまった背徳感が妖しい興奮を呼ぶ。亀頭冠が膣口を抜ける瞬間に多少の苦しさは感じたが、膣肉の軋みや痛みはない。内臓が押し上げられている感覚もそれほど悪くなく、なにより膣を満たされた充足感が夫とは桁違いに強かった。

中年男は鼻息荒く上体を倒し、肩で息を継ぐ人妻をしっかりと抱きすくめる。両脇から背中へ腕を回されて右の首筋へ鼻先をうずめられ、涼乃は耳を真っ赤に染める。これではまるで夫婦の営みではないか。首筋を嗅がれる恥ずかしさは意外にも甘美ではあるが、できることなら密着されていたくはない。これはあくまで夫婦の夜を良くするための練習であり、心を通わせたセックスではないのだから。

「や……っあ、んむぅっ」

右の首筋をじっくりと嗅いだ鼻先が口元へ忍び寄り、ねっとりと口を重ねてくる。

はぁはぁと喘いでいただけに舌の侵入を防げず、好き勝手に口腔を舐めまわされてしまう。すると繋がっている部分がじわあっと溶けて、他所の男との一体感が不意に甘くなる。はっと睫毛を跳ね上げていやらしいキスから逃れると、下劣な欲望で燃えた脂顔と目が合う。

「いまオマ×コがとろっと溶けたね。涼乃くんはキスに弱いんだ。それならじっくりツバ飲んであげるよ、ほら……」

「……いや……っ、そん……な、はむっ、っはぁ、やだ……んん、っは、んんぅ……」

夫とは異なる味と匂いが口元を占拠する。幸いにも嫌な口臭はしないが、やはり唇を奪われるのは辛い。心を無にしてなにも考えないように努めても、舌を絡め取られて美味しそうに喉を鳴らされると呆気なく心音が加速してしまう。

（だめ……、また……）

舌や上顎の裏といった弱い部分を責められるにつれ、下腹部の緊張が見る見る解れてゆくのが分かる。男の唇が離れる僅かな隙を縫って懸命に息を継ぎながら、若妻は自分を叱咤する。これは練習なのだから、すべてを忘れて快楽に浸る訳にはいかない。なのに腰がムズムズと疼いてくる。それはいやらしいピストン運動を欲しがる〝おんな〟の欲望に他ならない。

「んはぁ……っ、くぅ………………っ」

膣を奥まで埋めていたペニスがゆっくりと引かれてゆく。押し上げられていた内臓が今度は引っ張られ、自然と深く息を吸わされる。同時に襲いきたのは全身に鳥肌を呼ぶほどに甘い快感だ。入り口近くまで引いてから腰を止められ、人妻ははっ、はっと荒く息を弾ませる。

「んんぅ………………っ」

じりじりと時間を掛けて、再び奥まで一杯に埋められる。またしても内臓が移動する錯覚に囚われ、身体中に大粒の汗がどっとしぶく。悔しいことに、頭の中が真っ白になるくらいに感じてしまう。挿入した直後からせっせと腰を振る夫とはまるで違う腰遣いだった。

「あ~すげえ、ぬっちょり感が半端ないなこりゃあ。ほら涼乃くん、なにか忘れてるんじゃないか？　入れられる時と抜かれる時に、なにかすることがあっただろ」

（あ……。そうだ……、しめないと……）

卑しいにやけ顔で覗き込まれ、人妻は気怠そうに薄目を開けて頷く。ぼうっとしたまま股間へ意識を向かわせ、中年男の動きを伺う。抜かれてゆく際に肛門をすぼませ、押し入られる際にもすぼませて――すると込み上げる快感電流がより鮮烈になり、異様な興奮に苛まれる。

「ああ……ッ、あ！　やぁあ……ッ」

アヌスの引き締めによって膣肉が収縮して、掻き分けられる感覚も一層強まる。他所の男に貫かれている現実を突きつけられるのが怖くて、人妻ははしたない協力を中断する。しかし数秒と経たない内に、さっき味わった快感と興奮をまた味わってみたくなる。いけないと思いつつもきゅっと肛門をすぼめてみると、瞬く間に瞼の裏が火花で埋め尽くされる。

「お……、いいぞ、その調子だ。最高に気持ちが好いよ、えらいぞ」

「はぅ………」

右耳に低い声で囁かれると、思いがけずに嬉しさが込み上げてくる。そのまま右耳をねろねろと舐め回され、人妻はびくびくと総身を震わせる。耳にも性感帯があるとは知らなかった。最初こそぬちゃぬちゃと響く水音が煩わしかったものの、すぐにずっと聞いていたくなって吐息に熱が籠もる。

（だめ……なのにっ、こんな……）

にゅるり、にゅるりと長大なペニスが前後する内に、締め付けるタイミングが摑めてくる。意識も霞む快感の中で、涼乃は男に息を合わせるいやらしさに吐息を荒らげる。自らも協力することで興奮と快感が増すなど思いも寄らなかった。教えてくれた者が夫でないのが悔しい。

コツを摑んで少し気が緩んだせいか、自分の中に入っている物体に意識を向ける余裕も出てくる。それはがっしりと硬くて逞しく太い。なにより野性味を覚える部分はやはり亀頭冠だ。えらの張りだしといいぷりぷりとした弾力といい、膣を掻き回す能力は彰良の遙か上を行く。膣壁を刮がれる感触も膣奥を押し上げられる感触も力強く、征服されている感覚が桁違いだ。

「はぁ……っ、ふぅ……っ、あっ、あっ、やぁあッ」

男は時折ずぶうっと深突きして前後運動を止め、奥で「の」の字を描くように腰を回してくる。秘めやかな子宮口を熱い亀頭冠で存分に抉られる格好になり、涼乃は激しく首を左右へ振りたくる。膣奥を責め立てられる感覚には慣れていない。どうしても違和感を覚えて怖くなる。

「大丈夫だよ、ほら……、痛くはないだろ？　大きく息を吐いて楽にしててみな、すぐ好くなってくるからさ」

「そん……な、はぁはぁ、いや……あっ、んんッ」

森坂の言葉通り、痛みはまったくない。初めての経験だけに、人妻には指示に従う以外の方法はなかった。仕方なく目を閉じて大きく息を吸い、深く長く吐いてみる。そんな様子を間近で覗き込まれる羞恥に耐えながら深呼吸を繰り返していると、お腹の奥深くに重みのある甘い疼きが感じられてくる。

（え……、なに……？）

もっと良く感じ取ろうとするも、薄膜を纏った亀頭冠はぬるぬると引かれてしまう。そしてゆったりとスローなピストン運動が再開され、浅ましい苛立ちが残る。

「まぁそう焦らずにさ。んじゃもう一回いくぞ、ほら……」

「んあっ、あ、んんぅ……ッ」

再び肉傘が秘奥にめり込み、ソフトな円運動を始める。慌てて意識を膣奥へ向けてリラックスに努めると、肉傘に密着された部分が再び甘く疼き出す。なんと心地好い感覚なのだろう。口が「あ」の形に開いたまま固まってしまう。

「オマ×コは奥の方にも感じるポイントがあるんだよ。まぁこれは慣れが必要だから、これからもこうやって練習しような」

夫の上司がなにかおぞましいことを口走っているのだが、お腹の奥に渦巻く痺れが甘過ぎて反応できない。声も出せずに開けていた唇をねっとりと吸い取られ、人妻は悩ましく呻いて総身をびくつかせる。

（す……ご……、おかしくなりそう……）

ぬるり、ぬるりとペニスをゆっくり前後されては、深く埋められて奥で円を描かれる。繰り返される内に違和感も薄れ、収縮と脱力のタイミングも合ってくる。気負いが抜ければその分快楽に集中できるようになる。快感電流が引っ切りなしに背筋を駆け抜け、いまにも意識が飛んでしまいそうだ。

自宅のリビングで他所の男に身を任せていることも忘れ、人妻は夢中になって嬌声を上げる。きつかったはずの膣はいまやしっかりと森坂を咥え込んでいる。浅ましい興奮と快感とで逆立った恥毛が、男のそれと混じり合ってしゃりしゃりと音を立てる。休みなく出入りする長大なペニスはいつしか白い愛液に濡れまみれ、ぬらぬらと粘液の糸を引く。会陰を伝い落ちた恥蜜が肛門まで濡らす有様だった。

（いや……あ……、きちゃう……）

背筋が痺れる間隔が次第に狭まり、ふっ、ふっと意識が明滅を始める。それは夫婦の営みでも味わったことのある絶頂の予兆だ。しかしその強さと切迫感がまるで違う。全力で喘がないとどうにかなりそうで怖い。涼乃はくなくなと首を振りたくりながら汗みずくで息を継ぐ。とても他所の男に見せられるような姿ではないのだが、恥ずかしさを覚える余裕すらなかった。

「そろそろ出すよ。ほら、我慢してちゃダメだろ。イクのも練習なんだから、遠慮なくやりなさい。いいね？」

「っはぁっ、はぁあっ、ん……っ、ん、はぁ……っ」

しっかりと抱き締め直されて熱烈に口を吸われ、人妻はつい頷いてしまう。夫以外の男の前で果てるなど本来は許されないのだが、このセックスはあくまで練習に過ぎない。森坂に貫かれているいまでも大好きなのは彰良だけだ。そう自分に言い聞かせると胸のつかえが取れて一気に快感が甘くなる。甲高い耳鳴りも聞こえ始めて、自身の呼吸音が掻き消されてゆく。

「ああっいやッ、いっちゃう、いっちゃう！　っあひぃっ、あっ、あ……！」

他所の男には聞かせてはならない言葉を口走り、可憐な人妻はびくびくと痙攣を始める。もう膣肉の収縮と弛緩を気にしていられず、長大なペニスをきゅうっと締め付けたままになる。だがそれこそ雄が喜ぶ淫技なのだ。うぶな膣が見せる健気な食い締めを心地好さそうに掻き分け、中年男の肉柱が深々と押し入る。そして秘めやかな行き止まりをぐっと押し上げられた瞬間、涼乃の意識は閃光に呑み込まれた。

「だめっ、いく、イク……ッ、はぁあ〜〜〜〜〜〜〜〜〜ッ!!」

自分の状態を思い切って告げてしまうと、清々しい開放感に包まれる。他所の男から与えられたオーガズムは切なくて甘美だった。背筋を焦がすほどに強い快感電流が後から後から込み上げてきては脳天まで突き抜ける。身体が宙に浮く錯覚といい意識が消し飛ぶ心地好さといい、夫から与えられたものと比べてなにもかもが鮮烈で桁違いだ。

コンドームを破りそうに張り詰めた亀頭冠は、白い愛液でとろけた子宮口にはまり込んで猛然とびくつく。薄膜越しでも精液の熱さがはっきりと分かって、涼乃はいけない背徳感に泡を噛む。太くて長いペニスは根元から先端へ向けて何度も何度も膨れ上がり、狂ったように吐精を続ける。そんな荒々しさも夫にはないものだった。

「……………っはぁっ、ふぅ………………っ」

にやついた雄の口元に火の点きそうな吐息を漏らし、若妻は快感の極みに酔い痴れる。収まりかけたオーガズムは肉柱のびくつきによって再燃し、より甘さを増して襲いかかってくる。これほど激しく昇り詰めたことがいままでにあっただろうか。無意識の内に両腕を森坂の背に回し、涼乃は恍惚と意識を霞ませていった。

第四章　衆人環視の交尾に濡れる身体

いつもと変わらぬ慌ただしい平日の朝。涼乃は眩い笑顔で彰良を送り出し、がっくりと肩を落とす。作り物の笑顔で平静を装える自分は薄汚い女だ。なにも知らない夫の胸中を思うと暗鬱な気持ちになる。

森坂と過ちを犯してそろそろ一週間が経つ。しかしあの時の異様な興奮と快感は未だ脳裏にくっきりと焼き付いている。悔しくて仕方がないが、森坂が膣からペニスを抜いた後も起き上がることすらできなかった。身体中が心地好い気怠さに包まれ、腰が抜けている有様だったのだ。お陰で去り際にディープキスも許し、じっくりと唾液を飲まれて更に呆けてしまった。

その日の夜は罪悪感から夫の顔を直視できなかった。ふとした言動から不貞行為がばれるのではないかと冷や汗が止まらず、眠りに就けたのは明け方近くになってからだった。

幸か不幸か夫はなにも気付かず、翌日の夜に身体を求めてきた。ぎくりと身が竦んだものの、求めに応じることにした。

森坂に抱かれてから何度も何度もシャワーを浴び、ボディソープのボトルが空になるくらいに身体を洗い清めはした。だがそれでも不潔感は拭えず、そんな状態で夫に身を任せるのは酷い裏切りに思えてならなかった。

心が乱れ切っているのだから行為に集中できるはずもない。気が付けば感じる演技をしている自分がいた。当然果てることなど叶わず、新たな罪悪感と中途半端な快感を得るのみで終わった。

（どうしたらいいの……。こんなはずじゃ……）

昨夜も身体を求められ、また演技で押し通した。キスの時点で森坂との比較が始まり、愛撫からペニスの挿入に至るまで森坂の影がちらついた。夫との夜を燃え上がらせるための練習だったはずなのに、これではまるで意味がない。なんとかあの男を脳裏から追い出さなくては明るい未来は摑めないだろう。

「はぁあ………」

夫婦の悩みを歩美に打ち明けてからというもの、暇さえあれば溜め息を吐いている気がする。頼れる友人と思って相談したのだが間違っていたのだろうか。ふと後悔の念に苛まれ、涼乃は頭を左右へ振る。いや、一概にそうとも言い切れない。性の知識が増えたのは事実だし、膣へペニスを受け入れた際の締め付け方も学べた。以前の自分であれば生涯知り得なかった事柄だ。後はそれらをどう生かすかに懸かっている。

「あら……？」

リビングの壁掛けインターフォンが来客を告げる。どきりと心臓を弾ませ、若妻は玄関カメラが捉えた人物像を液晶画面で確認する。

『やぁ涼乃くん、おはよう。ちょっといいかい』

（やっ、やだ……っ）

映し出されているのは憎い中年男だった。急激に心拍数を上げる心臓を右手で押さえながら人妻は後ずさりする。この男のせいでどれだけの心労を負うことになったか分かっているのだろうか。モニターに映る脂顔は喜色満面で、反省の色は一切見られなかった。

二度、三度とインターフォンが鳴らされ、ドアを叩かれる。涼乃はおろおろと辺りを見回す。時計の針はまだ午前九時半を回ったばかりだ。あまり玄関先で騒がれると近所の主婦たちに見られてしまうかも知れない。仕方なしに玄関へ急いで鍵とチェーンを外すと、森坂はドアを開けて太った巨軀を素早く滑り込ませてきた。

「なんだ、いるんじゃないか。いないのかと思って焦ったぞ」

「……なにしにいらしたんです。今日は気分が優れないので帰って頂けますか」

清楚な人妻は四肢の先を冷たく冷やしながら懸命に言い放つ。心臓が跳ねすぎて口から飛び出してきそうだ。もうこの男とふたりきりで会ってはならない。身体を許したことが足枷となるに決まっているからだ。

「まぁまぁ、すぐ済むから。上がらせてもらうよ」

男はまるで聞く耳を持たず、ずかずかと上がり込んでリビングへ入る。若妻はひとまず玄関ドアをロックしてチェーンを掛け、森坂の後を追う。

「御用はなんですか。困ります、こんなの」

俯きたくなる気持ちを堪えて真っ直ぐに見詰めると、夫の上司は眩しそうに目を細めてにやつく。そして不意に距離を詰めてきたかと思うと、荒々しく口を重ねてきた。

「んぅッ!? っぷあっ、なにす……んんッ、ん………」

慌てて口を振りもぎるのだが、背中に両腕を回されてしっかりと抱き締められてしまう。中年とは思えない俊敏さと怪力だ。懸命にもがくも抱擁は微塵も弛まず、改めて唇を奪われてしまう。目の前が真っ暗になるのと同時に、身体が見る見る淫らな記憶を取り戻してゆく。独りでに唇が開いてゆくのを止められない。

（いや……あ………）

熱くてぬめった舌が悠々と口腔へ押し入ってきて激しくうねり出す。舌を絡め取られてきつく長く吸い上げられた刹那、人妻の両腕は男の胸板からくたりと垂れ落ちた。

「あれからどうなったか気になっててね。でも彰良君は相変わらず沈んだ顔してるし、こりゃあまずいと思ってさ。今日も〝練習〟しようじゃないか、涼乃くん。彼のためにも早く良いオンナにならないとな」

「やめ……っ、いいです……からあッ、離してッ」

キスだけで腰が抜けてしまうとは夢にも思わなかった。這って逃げることもできず、人妻は横抱きにされて廊下の奥へ連行されてゆく。男の向かう先はバスルームだ。なにをするつもりなのかと問い質す間もなく、涼乃は清楚なサマーニットとフレアスカートを脱がされる。

「いやですッ、もうあなたとは……」

「しないってのか？　そりゃ無理な話だな。君がしっかりしてくれないと、彰良君の仕事に支障が出るんだよ。今朝もぼんやりしてたし、上司としては放っておけないだろう？　涼乃くんはもっと奥さんの務めを果たすべきじゃないかね。その点歩美は最高だぞ、家事もセックスも完璧だ。お陰で家に帰るのが楽しみでね」

「……………っ」

妻としての責務に言及されては返す言葉がない。頑張って夫を支えているつもりだが、彼が会社で精彩を欠いているとなれば原因はこちらにある。考えたくはないが、恐らく彰良はセックスの際の演技に気付いたのだろう。それで落ち込んでいたに違いない。

「というワケだからさ。ほら立って、全部脱いじゃおうね」

「……っ、や………」

太い腕で脱衣所に立たされ、ブラのホックを外される。あっと声を上げて両腕で胸元を覆う間に、おしりを包んでいたタンガショーツを脱がされる。結局抵抗らしい抵抗もできないままに全裸に剝かれ、人妻は右手で胸元を、左手で股間を隠して頰を朱に染め上げる。

森坂も手早く背広を脱ぎ捨て、贅肉と無駄毛が目立つ裸身が露わとなる。毛深い両太腿の間にどす黒い肉柱が半勃ちで垂れ下がっているのがおぞましい。即座に目を背けるも、なぜか胸がどきどきと高鳴る。

「さ、一緒にフロ入ろう。どうせいつも寝室でしかエッチしてないんだろ？　こういう場所でするのも新鮮で興奮するぞ」

「……ひどいです、こんなの……」

他所の男に白い背を押され、人妻はバスルームへ美脚を踏み入れる。磨りガラスの天窓から午前中の光が差し込み、一糸纏わぬ純白の女体を眩しく輝かせた。

若妻を追って風呂場へ踏み込んだ中年男は目を丸くして室内を見回す。

「おう、こりゃすごい。流石に新築は違うな、まだピカピカだ。床も壁も新素材で、浴槽は……ジェットバス付きかい。これだけ広けりゃ大人ふたりでも余裕だな。彰良君とは良く一緒に入ってるのかな、んん？」

「………っ」

卑しい好奇心をぶつけられ、涼乃は恨めしそうに男を一瞥してぷいと美貌を背ける。夫とは実のところほとんど一緒には入浴できていない。なんだか気恥ずかしいし、彼にはのんびりお風呂に浸かって一日の疲れを癒して欲しいからだ。もちろん、一緒に入ろうと誘ってもらえるなら拒みはしない。しかし彼も気を遣っているらしく、声を掛けられることは稀だった。

森坂は浴槽の頭側へ歩を進め、壁面に備わっている操作パネルを勝手に弄る。すると蛇口からお湯が勢い良く湯船へ注がれ始める。立ちのぼる湯気に人妻の溜め息が混じる。いまが休日の日中で夫と一緒だったならどれだけ嬉しかったことだろう。きっと恥ずかしくて目も合わせられず、彼の手で甘い快感を得て――はしたない妄想はそこで止まってしまう。

かれこれもう一ヶ月ほど、夫からはオーガズムを与えられていない。一緒に入浴したところで果たして昇り詰められるのだろうか。目新しい場所での興奮に助けられたとしても、夫の前で絶頂を得る光景がどうしても想像できない。

森坂をちらと見遣った涼乃は、男の右手に小さなスポーツバッグが提げられていることに気付く。中には一体なにが入っているのか。心臓がばくばくと跳ねて思わず背筋が冷える。

「さぁてと……。ああそうだ、さっき良い物見つけたんだっけ」

太鼓腹の中年男はいそいそとバスルームのドアを開け、半身を乗り出して左手でなにかを摑む。その手に握られているのはバスローブの帯だった。まったく意図が読めず、人妻は訝しげに眉を寄せる。

「今日は変わったプレイで実習といこうや。ほら、背中向けて両腕を後ろに回して。縛ってあげるよ」

「な……っ、嫌です、そんなの」

ハプニングバーでの光景が瞬時に蘇ってきて体温が急上昇する。拘束プレイ——多少の興味はあるが、森坂を相手に体験しようとは思わない。大切な部分を隠したまま後ずさりするも、浴室の出入り口は男の背後だ。逃げ出す前に捕まって縛られてしまうだろう。

「まったく、君は本当に頭が固いな。そんなんじゃいずれ彰良君に愛想を尽かされちまうぞ？　第一これは練習じゃないか。なにをそんなに身構えてるんだ」

「だ、だって、こんなこと普通は……。おかしいです、やっぱり」

いくら理由を付けられてもそう簡単には割り切れない。様々な性の知識を得られるのは良いが、その都度夫を裏切ることになるのだから。でもその一方で浅ましい好奇心がざわめき始める。縛られて抱かれたらどんな気持ちになるのだろう。夫にされる前に体験しておけば慌てずに済むかも知れない。

「ほら早く早く。今日も一杯気持ち好くしてあげるから。この前だって好かっただろ？　腰抜かすくらい感じてたじゃないか」

「……やめてください。……しますから、早く終わらせて」

共に昇り詰めたことを引き合いに出されてはもう拒みきれない。この男の淫技で思い切り果てたのは紛れもない事実なのだ。涼乃は男に目を合わせることなく背を向け、華奢な両腕をそろそろと後ろへ回す。心臓が滅茶苦茶に跳ねるせいで浴室内が暑く感じられてくる。浴槽に溜まりつつあるお湯のせいもあるだろうか。

中年男は喜色満面に生唾を飲み、人妻の白い背中に流れる艶やかな黒髪に鼻先をうずめる。クンクンと匂いを嗅がれる間にも心音は加速を続け、身体のあちこちにうっすらと汗が滲み出す。

「じゃあ縛るぞ。なに、形式的なものだし緩めにしとくから心配ないよ。跡は残らないからさ」

「……っ、く………」

バスローブの帯は起毛タイプで幅五センチ、長さは一メートル以上ある。両の手首をひとまとめにして縛り上げられ、若妻は恥辱で耳を真っ赤に燃え上がらせる。両腕の自由を奪われるのは想像以上に心細かった。なにより惨めで思わず視界が滲む。言われた通りにそれほど拘束はきつくなく、力を入れて暴れれば解けそうだ。だがそうすればきっと叱られるだろう。暫しの間耐えるしかない。

「さ、こっちを向いて。その美味そうなカラダを良く見せなさい」

「……はい……」

興奮に上ずった声で命令された瞬間、思いがけずにぞくりと背筋が燃える。そればかりか妙に息苦しくなった気もする。自分でも気付かない内にはぁはぁと吐息を弾ませ、涼乃はのろのろと森坂に向き直る。もう胸も股間も隠せない。野獣の熱くて粘った視線が真っ先に胸の先に絡みついてくるのが分かった。

「や……っ」

ただ見詰められているだけなのに、両の乳首がじんじんと痺れ出す。この感覚は一体なんなのか。男はスポーツバッグを洗い場へ置いてにやつく。毛深い股間から生えたどす黒い肉茎が見る見る鎌首をもたげてくるのがおぞましい。

「ホントにキレイなカラダをしてるね、涼乃くんは。おっぱいは張りがあって全然垂れてないし、腰なんかキュッとくびれてるし、足が長くておしりも上向きだしな。色白で餅肌なのが最高に良いよ。歩美より上だな、カラダ〝だけ〟は」

(な………っ)

誰でも他の同性と比べられるのは屈辱を覚えるものだ。若妻も思わずかあっと頭に血をのぼらせて男を睨む。〝だけ〟とは失礼ではないか。家事だって頑張っているし、夜だってこんなに悩んで良くしようとしているのに。歩美は姉のような良き友人ではあるが、こんな状況で比較されると面白くはない。

「じゃ、湯船に腰掛けて。そんで大きく股を開いてオマ×コ見せてもらおうか」

「…………はい」

聞き捨てならない恥辱の台詞が胸に突き刺さるも、若妻は頷いてバスタブに向かう。歩美への対抗心で冷静さを失っていることに気付けない。いざ腰掛けてから急に恥ずかしくなってきて、ぴったり閉じた膝がかくかくと震えてしまう。

(なにしてるの、わたし……)

またしても流されるままに裸身を晒し、不潔な快楽を得ようとしている。こんな愚行を続けていて本当に夫婦の夜が良くなるのだろうか。不安と罪悪感に駆られるも、こんな状況となってはもう遅い。森坂が真正面にやってきて洗い場に胡座を掻き、小鼻を膨らませて身を乗り出してくる。その醜い脂顔を見ないように右へ顔を背け、人妻はそろそろと美脚を開いた。

「おっ、見えてきた。むふふ、良い眺めだねぇ」

「いや……っ」

恥ずかしくてたまらず、開きかけの足が途中で止まる。だが人妻は自分を叱咤して開脚を再開させる。中断したら怒られるという恐れもあってのことだが、その一方でなぜか開きたい衝動に駆られるのだ。

「はぁ、はぁ……」

呼吸も加速の一途を辿る。この男を相手にするとなぜ身体がおかしくなるのだろう。華奢な肩を上下させながら一息に足を開ききると、いけない開放感が股間に満ちて背筋がゾクゾクと痺れた。

「うんうん、良いコだ。どれ、異常がないかチェックしてあげるよ」

「あっ、やめ……んんッ」

中年男が一層身を乗り出し、肉の割れ目をクンクンと嗅ぎ始める。羞恥にぼうっとしていた若妻ははっと我に返って美脚を閉じかける。しかし足が思うように動かない。それどころか、開脚を維持しようとする逆の意思すら働くではないか。

（え、なに……？　なんだか、変な感じ……）

羞恥を我慢して開脚を維持すると、妖しい胸の高鳴りを覚える。吐息を弾ませながら股間を覗くと、中年男が恍惚の表情で舌を伸ばしてくる。事前のシャワーも浴びないまま舐められてしまう——またしても胸が高鳴り、独りでに喉が鳴る。

「はぁん……っ」

森坂の熱い口がねっとりと割れ目を覆い尽くし、ちゅくちゅくと美味しそうに吸い上げてきた。目も眩む快感電流が迸ってはしたなく総身が跳ねる。素直に悦びの声を漏らしてしまった自分が信じられない。他所の男にはもう身を任せたくないのに、なぜこんな反応をしてしまうのか。

「美味しいぞ涼乃くん。彰良君にも本当の匂いと味を堪能させてやったのかい」

「やぁあ……、そんな……ことぉ……っ」

綺麗な身体で臨むのがセックスのマナーだ。最愛の人を相手にそんな失礼な真似ができるはずがない。くなくなと首を振る間にも男の舌先は蠢き、小陰唇の付け根を丹念になぞり始める。またしても恥垢を舐め取られ、恥ずかしさで意識がぼやける。

「はぁ、う……、はぁ、はぁ、んく……っ、はぁ、はぁ……」

森坂の舌遣いは相変わらず丁寧でしつこい。蟻が這うような繊細なタッチに、緩急自在の速度——やはり夫を軽く凌駕している。昨夜の営みでも、彰良はただがむしゃらにクリトリスを舐め弾くだけだった。森坂のように割れ目全体を口で覆って熱してくれたりもせず、肉びらの付け根を舐めくすぐってもくれなかった。もう少し変態的に責めてくれたらもっと乱れることができるのに、残念で仕方がない。

(わたしったら、なにを……)

良からぬ思いに囚われていたことに気付き、人妻は愕然とする。いつから自分はそんな穢らわしい考え方をするようになったのだろう。原因は間違いなく森坂夫妻だ。特に森坂との〝練習〟が悪い気がしてならない。なぜならこの男はいつでも甘美な快感を与えにくるからだ。不潔な快感でも、与えられ続ければいずれ嫌悪感は薄れてゆく。その状態にあるのがいまの自分なのではないか。

太った野獣は清楚な若妻の汚れを綺麗に舐め尽くし、やっと口を離す。そして持ち込んだスポーツバッグを漁り、原色のピンク色をしたいかがわしい棒を取り出す。

「今日はこいつで可愛がってやるよ。こういうの使ったことあるかな」

「な……っ、ないです、そんなの」

男が手にしたのはバイブレーターだった。グリップ部が電池ボックスとスイッチを兼ねており、幹の長さは十五センチ程度だろうか。亀頭冠に不気味な顔が彫られているのが特徴的だ。そして幹の中間部分は透明の軟質素材でできているらしく、内部には真珠サイズのメタリックな球体がぎっしりと詰め込まれているのが分かる。

更に、人造の幹はグリップ部分から少し上の辺りで二股に分かれている。短い幹は長さ五～六センチといったところで、亀頭冠の代わりに舌状の突起を備える。柔らかなシリコン素材でできているらしく、男が軽く淫具を揺するだけでぷるぷると跳ねる。

その部分でどこを責めるのかは恥ずかしくて考えられない。

「またまたぁ、ホントは彰良君にも内緒で使ってるくせに。けど俺はそういうコ大好きだよ。普段はお澄ましてるけど実はエロいなんて最高の嫁じゃないか」

「やめてっ、使ってないって言ってるでしょう」

性玩具を使ったことがないのは真実で、辛うじて存在を知っている程度だ。顔を真っ赤にして食い下がるも、却って野獣を喜ばせる結果となる。うぶであるほど雄の征服欲を掻き立ててしまうことを涼乃は知らない。

「そうかそうか、使ったことないならそれでいいよ。すごく気持ちが好い物だって覚えるのを今日の課題としようか」

「いや……ッ、変な物使わないでっ」

未経験の物体を目の当たりにすると流石に不安が勝り、開き切っていた足が自然に閉じる。しかし好色な中年男がそれを許さない。毛深くて太い腕で荒々しく足を開き直され、穢らわしい興奮を含んだ寒気がぞくりと背中に広がる。

「いきなりは入らないだろうから、まずはじっくり舐めて感じさせてやるよ」

「や……っ、あ………」

分厚い唇の間から湯気立つ舌が伸び、ゆっくりと膣内に潜り込んでくる。妖しく甘い不潔感と異物感に苛まれ、可憐な人妻はくっと仰け反って豊かな乳房をたぷんと弾ませた。

「んぅ……、はぁはぁ、あ……っ、はぁ、はぁ」

なみなみと湯が張られたバスタブの縁に腰掛け、きめ細やかな純白の女体が切なそうにびくつく。しなやかに長い美脚の間に陣取った肥満男はしきりに喉を上下させ、薄桃色の肉花を貪り舐める。小さかったはずの肉芽はふっくらと膨らんで自ら包皮を脱ぎ捨ててしまっている。胸の先も硬く背伸びして、誰の目にも性的興奮状態にあると分かる。

「ああん……」

男が両手を太腿から離し、上へ伸ばして乳房を鷲掴みにしてくる。手の平で乳首を潰される形となり、鼻先に火花を呼ぶ快感が胸元を席巻する。涼乃は思わず仰け反ってびくついてから、前屈みになってはぁはぁと吐息を弾ませる。

「だいぶマン汁が白くなってきたな。味も変わってきて益々美味しいよ」

「やぁあッ、そんな……んんぅ、はぁ、はぁ、すっちゃだめっ、あ……！」

どんなに嫌がっても雄の口は肉の割れ目から離れてくれない。肉びらを一枚ずつ口に含まれて優しくしゃぶられ、尿道孔を執拗に舌先で抉られ――どの愛撫も夫にされたことのないものばかりだ。最も喘がされるのは膣の奥深くまで舌を埋められる責めだ。膣壁を隅々まで舐め回されては膣口を長く長く吸い上げられ、瞼がずしりと重くなる。

「あう……っ」

やっと膣内から抜け出た舌が肉の芽に絡みつき、じっくりと熱してくる。この責めにも浅ましく喘がされる。歯を食い縛って耐えるのに、いつの間にか口が「あ」の形に開いて全身がぶるぶると震えているのだ。

「どれ、そろそろいいかな。さぁて、これからが本番だ。最初は変な感じがするかもだけど、すぐ慣れるから。この前みたいにケツの穴をすぼめて頑張るんだぞ。イクまでやめないからな」

「いや……あっ、はぁはぁ、いれないでっ、だめ……！」

重たくて仕方がない瞼を薄く持ち上げ、若妻はいやいやをする。しかしそんないじらしい仕草が更に男の劣情を煽ってしまう。森坂は舌舐めずりしながら右手にバイブレーターを握り、左の人差し指と中指とで清楚な肉花をぱっくりとくつろげる。サーモンピンクの膣前庭が午前の光に煌めく。散々舌を入れられた膣口がはしたなくひくつき、白く濁った愛液をとろとろと溢れさせる。

「んんッ」

シリコン製の亀頭冠が女穴に触れてきて、心地好いひんやり感が渦を巻く。涼乃は背中の両手を握り締め、仕方なく目を閉じて挿入に備える。どう抗ってもこの野獣からは逃れられない。拘束されている自分を思うとムラムラと性欲が込み上げてきて、また一滴恥蜜が溢れた。

「あ……っ、はぁあ………っ」

ゆっくりと優しく異物が押し入ってくる。弾力のある素材でできているせいか、痛みはまったく感じない。シリコンの冷たさが一瞬気になったものの、不潔な舌で熱せられた膣内には却って心地が好かった。

恥知らずな深い吐息を漏らしながら、人妻は好色な人造ペニスを受け入れてゆく。長さ十五センチの性玩具は清らかな果汁を纏ってぬるぬると押し進み、グリップを残してぬっぷりと埋まり切った。

「ほぅら、全部入ったぞ。嫌がってた割にはすんなりだったな。実は期待してたんだろ？」

「………っ」

涼乃は美貌を朱に染めたまま、憎たらしいにやけ顔の男を睨む。挿入がスムーズだったのは執拗にあそこを愛撫されたからだ。悔しさにまみれて肩で息を継いでいると、森坂がそろそろとバイブレーターを引き始める。全身が痺れるような快感に見舞われて、人妻は思わずバランスを崩しかける。

「おっとっと、こりゃあ刺激が強過ぎるか。じゃあ涼乃くん、こっちにきなさい」

太った野獣は洗い場の中央へバスチェアーを置いて座り、膝に乗るように指示してくる。その顔からは好色な笑みが消えていない。どうあっても淫具で責めるつもりのようだ。

（くやしい……、こんな……）

人妻はきゅっと朱唇を噛んで小さく頷く。脱力の進んだ足でよろよろと立ち上がると、男は右手の性玩具が抜けないようにしながら左手で移動をサポートする。足を踏み出した瞬間に膣肉がうねって異物を食い締め、思いがけずに甘い疼きが生まれたのが悔しかった。

熱い視線を浴びながら男に背を向け、毛深い太腿の上へそろそろとおしりを下ろしてゆく。淫具を落とさないようにして座り終えると、硬い膝ですかさず両足を大股に割られる。眼前の壁に備わった防曇鏡にあられもない姿が映り込み、猛烈な羞恥に襲われて目眩がする。はしたなく人造ペニスを呑んだあそこが丸見えだ。

「やぁあ……っ」

慌てて鏡から視線を逸らすと、今度は腰の辺りにいやらしい熱さが密着していることに気付く。森坂のものが隆々といきり立ち、その裏側がおしりの谷間から腰にかけて張り付いているのだ。硬く逞しいそれは燃えているかのような熱気を放っていて、触れている部分が火傷してしまいそうだ。

「背中を預けるようにしてな、後ろで支えてるから。よしよし、それじゃあいくぞ。こないだの引き締めを忘れんようにな」

男は満足そうに生唾を飲み、自分の左肩へ人妻の頭を誘導してもたれさせる。そして右手に握った淫具のグリップをゆったりと前後に揺らし始める。この体勢では恥ずかしい表情を間近で観賞されてしまう。涼乃は耳まで真っ赤にして左に顔を背ける。快感は我慢できなくても、せめて顔だけは見られたくなかった。

「むふっ、カワイイなぁ。いっぱい好くしてやるからな」

中年野獣は人妻の右頬へちゅっとキスを注ぎ、左手を回して左の乳房をそうっと掬い上げる。重さを楽しむようにゆさゆさと弾まされてからやわやわと揉み立てられ、寒気にも似た快感が胸元から全身へと広がってゆく。

「はぁ、はぁ……」

眉間に深い皺を刻んで耐えるも、おぞましい心地好さは消える気配を見せない。仕方なしに他所の男からの快感を受け入れ、涼乃はおずおずと肛門の引き締めと脱力を始める。穢らわしいバイブレーターが入ってくる時にきゅっと排泄孔をすぼめ、抜かれてゆく時にも息んで──前回コツを摑んでしまったせいですぐにタイミングが合う。するとあそこが見る見るとろけてゆくのが分かった。

「良い感じだ、余計な抵抗がなくなったよ。自分でも分かるだろ、オマ×コがトロトロになってきてるのがさ。ほら、エッチな匂いがしてるよ」

「いやあッ、そんな……、うそッ」

男が右耳に唇を寄せ、熱い吐息もろともに囁く。ゾクゾクと背筋が燃えるばかりか、目を開けて鏡を見たくなる。必死に我慢していると、好色な舌先がくちゅりと耳穴へ潜り込んでくる。思わずあっと声を上げた人妻は瞼も持ち上げてしまう。

（やだぁ……っ）

鏡には大股開きの自分が映っている。足の付け根では男の毛深い右手が淫具を握り、せっせと前後に動かしている。原色のピンク色だったはずの幹は白い粘液で濡れ光っており、浅ましい湯気も確認できる。夫にも使われたことのない性玩具を埋められているのに、あそこが悦んでいるのだ。

「うそ……、ちがうの、んんぅ……っ、っはぁっ、ちが……んむぅ、んん……」

鏡を見詰めていた隙を突かれ、右から唇を奪われる。すぐに卑しい口を振りもぎるのだが、左の乳首を優しく摘まれて抵抗を封じられる。悠々と口を重ね直されて深々と舌を差し入れられると、瞼がずっしりと重くなってすとんと落ちる。ちゅるちゅると唾液を啜られる水音が直接脳裏に響くのが心地好い。

「さ、スイッチを入れるからね。ちょっとオマ×コを緩めておきな」

(すいっち……？　なんの……？)

ぬめぬめと舌をしゃぶられながら、涼乃はぼんやりと脳裏を探る。言われた意味は良く分からないが、取り敢えず肛門を脱力させて膣肉の緊張を解いてみる。すると次の刹那、股間から低いモーター音が響き出す。はっと睫毛を跳ね上げるのと同時に、膣内に呑んでいるバイブレーターがゆったりと円運動を開始した。

「んあ……ッ、なに、これ……っ、あっ、あっ、やだッ、こわいッ」

「大丈夫だよ、ほら……。痛くないだろ？」

「いやあッ、だって……っ、あ！　かきまわしちゃだめェ！」

男の言葉通り、痛くはない。しかし舌や指で掻き回されるのとは明らかに違う感触が膣内に渦を巻いている。初めて味わう感覚だけに怖くてたまらない。なのに腰は妖しい痺れに冒され、身を捩ることも叶わなかった。

人妻は仕方なく森坂に身を委ね、はぁはぁと大きく息を継いで落ち着こうとする。口元で深呼吸されてじっくりと吐息を吸われてしまうのだが、いまは恥ずかしさに構っている余裕はない。時折唇を奪われながらも耐えていると、ようやく下腹部の違和感が収まってくる。

「ん……、あ………」

モーター音を響かせてくねる人造の亀頭冠が膣壁を休みなく刮ぐ。本物のえらが引っ掛かる甘い感触には及ばないが、それほど悪くはない。シリコンでコーティングされているお陰もあって、冷たさはもう感じない。淫具が膣温を吸ったことにより一体感が増してきて、代わりに不安な気持ちが掻き消えてゆく。

「な、大丈夫だろ。どんな感じだい、嫌か？」

「そん……な、わからな……んんっ、はぁっ、はぁっ、やぁんッ」

男がゆったりと右手を前後させると、バイブレーターのいやらしいくねりも前後する。性経験の浅い涼乃には、入り口付近を掻き回される責めが心地好く思える。人造の亀頭冠が膣の浅瀬にくる度に、つい腰を浮かせて快感を享受してしまう。

夫の上司は抜け目なく人妻の様子を観察して、くねる亀頭冠が膣の浅瀬に留まるようにして右手を止める。生真面目に回転するバイブレーターは、膣天井に隠されたうぶな快楽の小丘を執拗に狙う。ぬるん、ぬるんとそこを押し込められる度に鼻先へ眩い火花が弾け、涼乃は見る見る汗みずくとなる。

「うん、Gスポの開発は順調だな。奥もしっかり開発してやらんとな」

「……え……、ああ……ッ」

他人妻の悩ましいよがり顔を堪能した男が、引いていた右手を優しく進めてバイブレーターを根元まで埋め切る。子宮口の辺りを重点的に掻き回される形となり、涼乃は再度息を呑む。違和感はあるが、入れられた直後に比べれば苦というほどでもない。安心して森坂に背を預け直すと、卑しい笑みを浮かべた口でねっとりと唇を奪われる。舌を差し入れられると妖しく背筋が燃えるのが悔しい。

「じゃあ次だ。もうひとつスイッチを入れるからな。そしたら締め付けも再開だぞ、いいな」

「や……っ、まってェッ、あう……ッ!」

まだ幹のくねりすら慣れ切っていないのに、別の責めを追加されたらどうなってしまうだろうか。右へ顔を向けて必死に脂顔へ懇願するのに、股間で響くモーター音に変化が現れる。幹の中腹に備わった透明部分で、中に収められた幾つものボールが回転を始めたのだ。亀頭冠で抉られるのとは一味違う快感が膣の中間辺りに広がり、自然と呼吸が加速する。

森坂は双眸を血走らせて右肩越しに股間を覗き、バイブレーターの二股部分が上になるようにグリップを回してくる。柔らかな人工の舌が肉の芽に触れてきて、人妻は声もなく仰け反って宙を噛んだ。

（なに、これ……っ、こんなの、むりぃ……ッ）

子宮口と膣の中間、そしてクリトリスの三ヶ所から目も眩む快感電流が迸る。女性を喘がせるためだけに作られた玩具から快感を与えられるのは相当な恥辱だ。なのにはきと悲鳴を上げることもできず、甘ったるく意識を削られてしまう。膣壁から新たな愛液が滾々と湧き出してくるのが自分でも分かった。

「ちょっと涼乃くんにはきついかな？　でもこれも勉強だよ、頑張って」

「やめ……っ、あ、くぅう……っ、はぁはぁ、ああ……っ、あ！　ひぃ……ッ」

股間からの刺激だけでも意識が消し飛びそうなのに、中年男は左の乳房もソフトに揉み立ててくる。そっと掬い上げては念入りに揉み潰し、すっかり硬くなってしまった乳首も人差し指と親指でしつこく摘まむのだ。仰け反って喘いでいると、喉元に鼻先をうずめられてねろねろと舌を這わされる。男が責めるすべての部分から快感が生み出され、脳裏が白一色に染まる。

(だめ……、かんじ、ちゃう……っ)

おとがいを舐め上がってきた口に唇を覆い尽くされ、涼乃はくぐもった嬌声を漏らす。もう瞼は重くて持ち上げられない。でも耳に届く粘り気たっぷりの水音から股間の崩壊具合が分かる。きっと恥毛も浅ましく逆立っていることだろう。

「んあっ、あ……っ、あ……っ、はぁはぁっ、あっ、あっ」

心地好く霞んでゆく意識の下で、人妻は他所の男に背を預け切って喘ぐ。もうなにも考えられない。鮮烈な痺れが背筋を駆け抜ける間隔が見る間に狭まり、身体が宙に浮き始める。懸命におしりの穴をすぼめて淫具を食い締めていた次の瞬間、涼乃の脳裏はとうとう閃光に呑み込まれた。

「いやあ！　あっいく、いくぅ………ッ!!」

またしても他所の男に絶頂を告げ、若妻はびくびくと総身を痙攣させる。おぞましい玩具に果てさせられた悔しさも、怒濤の如くに押し寄せる快感の波によって呆気なく掻き消される。明るいバスルームで迎えたオーガズムは妖しい背徳感を帯びて、どこまでも甘ったるかった。

「よしよし、ちゃんとイけたな。それじゃご褒美をあげよう」

麗しい人妻の絶頂を見届け、太った野獣は鼻息を荒らげる。ふしだらにひくつく女壺からぬるんとバイブレーターを引き抜かれ、涼乃は目を閉じたままびくんと美脚を震わせた。

(ごほう……び……?)

はぁはぁと呼吸を弾ませながら薄目を開けると、男はバイブレーターを洗い場へ置いてスポーツバッグを漁っている最中だった。毛深い右手が避妊具のパッケージを一枚摘まみ出すのが分かり、どきどきと胸が高鳴る。どうやらまたペニスを埋められてしまいそうだが、コンドームを使ってくれるのならとつい気が緩む。絶頂の余韻で頭がぼやけていては、もはや正常な判断は望めない。

膝の上から洗い場へ降ろされ、涼乃は横座りでうなだれる。果てたというのに卑しい性欲が治まらない。嬉しそうに避妊具を着け終えた中年男は腰を上げ、バスチェアーを隅へ押し退ける。今度はどうするつもりなのかとぼんやり待っていると、背中で両手首を縛っていたバスローブの帯が解かれる。

「そこへ四つん這いになれよ。バックで突っ込んでやるぜ」

「…………っ」

拘束から逃れられて安堵するも束の間。傲慢な口調で命じられ、どきりと心臓が跳ねる。だが屈辱のはずなのになぜか悪い気がしない。言われるままに従ってみたくなって、気怠く重い身体が独りでに動き出す。

(だめ……よ、こんな……)

涼乃は脳裏に彰良の姿を呼び起こし、必死に自分を戒める。このまま森坂のものを受け入れてしまったら、これまでよりも能動的に裏切りの罪を犯すことになる。ではここで〝練習〟を打ち切れるのだろうか――身体の隅々まで意識を走らせてみる。結果は確かめるまでもなく、惨憺たる有様だった。

胸の先はじんじんと疼いたままで、肉の割れ目は本物のペニスを欲してひくついていた。いくら深呼吸を繰り返しても性欲が治まらず、苛立ちさえ沸き起こる。桜色に染まった女体はのろのろと膝立ちになり、他所の男に桃尻を差し出してしまう。

(ゆるして、彰良さん……。これきりにするから……)

犬の姿勢を取ってみると、妖しい背徳感に見舞われて益々興奮が強まる。後背位は夫婦の営みでも滅多に許さない。恥ずかしいし、獣じみていて嫌だったからだ。そんな人妻を背後から見詰め、中年男は下品に喉を鳴らす。

「こりゃあ絶景だな。すべすべの背中に、丸くて真っ白なケツ……涎が止まらんよ。

いいのか涼乃くん、オマ×コも肛門も丸見えだぞ」

「やぁあッ」

からかわれると猛烈に恥ずかしくなって、思わずへたり込みそうになる。それでも涼乃は細い腕を震わせ、懸命に四つん這いの姿勢を維持する。早くペニスで身体を静めてもらわないと頭がどうにかなりそうだ。この不潔な状況を終わらせるにはもう一度激しく昇り詰める以外に方法はない。

夫の上司はわざとらしくゆっくり腰を落とし、生温かい両手でおしりを揉み立ててきた。むきっ、むきっと尻肉を左右へ割られる度に、浅ましい期待感で淫裂がひくつく。しかし望んだ感触は中々襲ってこない。なにをしているのかと右肩越しに振り返った次の刹那、秘めやかな排泄孔に好色な鼻先が寄せられる。

「え……、うそ……っ、いやああああああッ」

尻肉を両手でしっかりと鷲摑みにされ、肛門の匂いをクンクンと嗅がれる。これまでにもどさくさ紛れに舐められたりはされたが、こうして堂々といたずらされるとどうしたら良いのか分からなくなる。驚きのあまり数拍の空白時間を挟んでから、涼乃はようやくおしりを揺すって逃げようとする。

「こら、動くんじゃないよ。俺さ、涼乃くんの肛門嗅ぐの楽しみにしてたんだから。

あ〜たまんねえ、甘酸っぱく蒸れてる。ちょっと変な匂いが混じってるのが最高に興奮しちゃうよ」

「やだっ、や……んんっ、かいじゃだめッ、へんたいッ」

全力を振り絞っているはずなのに、胸がどきどきするばかりでまったく動けない。その間にもおしりの谷間でじっくりと深呼吸されて、人妻は真っ赤になって喘ぐ。そして最大級の辱めが襲いくる。胸や性器で散々猛威を振るってきた熱い口が、羞恥におののく可憐な排泄孔を熱っぽく包み込む。

(う……そ………)

異様なむず痒さがおしりの穴に渦を巻く。なにが起きているのか——頭が理解を拒む。夫なら自分が嫌がることは絶対にしないのに。性欲に負けて森坂の指示に従ったことが悔やまれてならない。

「いやあっ、あ……、はぁはぁ、なめ……ちゃ、あう！　だめ……なのぉっ」

脳裏を真っ白にさせるいやらしい吸引が途切れるも、間髪入れずに熱い舌先が肛門の皺をなぞり始める。吸われる以上の掻痒感に襲われ、若妻は身体中に大粒の汗をしぶかせる。だがなにか身体がおかしい。舌が蠢く時間が増えるにつれ、アヌスを舐め回される感触がやけに心地好く思えてくるではないか。

「少し苦いけど美味しいよ、涼乃くん。こんなにヒクヒクさせて、君も嬉しいんだね」

「ちが……、はぁ、んん……っ、うそっ、やぁあッ」

信じられないことに、砲弾型となっている胸の先が甘ったるく疼き出す。はっと息を呑んで肉の割れ目にも意識を向けてみる。案の定そこにも異変は起きていて、熱い果蜜が膣口からとろとろと溢れてくる。あまりのショックで身体が壊れてしまったのだろうか。不安になって首を左右に振ってみると、問題なく意思が伝達できる。どうやら壊れているのは身体ではなく理性のようだ。

「あ……っ、いやあ………」

ほっと安堵したその時、熱い舌先がすぼまりの中心を捉え、ゆっくりと押し入ってきた。匂いを嗅がれただけでも気が遠くなりそうだったのに、中へ潜り込まれてはもう耐え切れない。ふうっと意識が途切れ、人妻の細腕はかくんと折れる。しかしその反応も恥辱を甘くさせる切っ掛けとなる。両肘を着いたことで犬の姿勢は屈服の姿勢へと変化してしまう。

(や……だ、なに……?)

ぬるり、ぬるりとアヌスを舌で貫かれる度にゾクゾクと背筋が痺れる。一方通行の穴だけに違和感と異物感が酷いが、森坂の責めは陰湿なまでに優しい。最も気が萎える痛みを感じないせいか、次第に抵抗心が薄れてくる。恥ずかしさだけは燃え上がる一方で、とにかく思い切り喘ぎたくて仕方がない。

「どうだい、それほど悪くないだろ？　肛門だって立派な性感帯なんだよ。慣れればオマ×コと同じくらい感じられる部分になるぞ。歩美もベロ入れられるのが大好きでね、良くせがまれるんだ」

「なに……を、はぁ、はぁ、いや……っ、はぁ、はぁ……」

振り返って睨んでやりたいのだが、不浄の穴を責められる恥辱で男の目を見られない。そんな人妻を嘲笑うかのように深く深く直腸へ舌を埋められ、背中一面に妖しい寒気が広がる。意識がふわふわするのは気のせいなのだろうか。くなくなと首を振って意識の回復に努めるも、妙なぼやけは一向に晴れない。

ようやく野獣の口が肛門から離れ、脱力感が一気に襲いくる。人妻は頭を垂れてはぁはぁと吐息を弾ませる。森坂は見苦しいにやけ顔で膝立ちに戻り、涼乃の丸い桃尻をしっかりと抱え込む。

「んじゃ入れるぞ。ちゃんとオマ×コ締めてろよな」

「……っ、く………」

白く濡れた肉花に避妊具を纏った亀頭冠が触れてきて、いけない心地好さが背筋を伝う。頭のぼやけも取れないままに、涼乃は睫毛を伏せて清楚な肛門をきゅっとすぼめる。舌を埋められていたからなのか、その瞬間に甘い痺れを感じたのが悔しい。膣肉を引き締めながら待っていると、いやらしい弾力感を誇る肉傘がぬるぬると膣口を貫いてきた。

「んはぁ…………っ」

しっかりと女壺を締めていたのに、易々と掻き分けられて奥へ進まれてしまう。滞ることなく子宮口まで押し入られ、瞼の裏に無数の火花が飛び散る。若妻は思わず仰け反って宙を噛み、ぶるぶると震える。

「お……、良いねぇ、すごく締まってる。あ〜気持ち好ぃ、チ×ポが溶かされそうだ。こないだよりずっと具合が良いじゃないか、ええ？　涼乃はバックが好きだったのか」

「いや……あっ、はぁっ、はぁっ、だれが……、そんな……」

男は馴れ馴れしく名前を呼び捨てにし、太鼓腹の巨軀で背中に覆い被さってくる。悔しくて耳が燃え上がるのに、はきと声を張ることができない。屈服の体位が為せる業なのか、犯されている感覚が強くて身体中がゾクゾクする。夫に隠れていけないセックスに没頭している、そんな背徳感も強調されて浅ましく興奮してしまう。

「ああ……っ、や……め……」

密着されたことで全身に森坂の体温を感じる。重くて辛いはずなのに悪い気はしない。生温かい野獣の両手が脇から胸元へ忍び寄り、重力に引かれて砲弾型になった乳房を掬い上げる。餅をこねるかのように優しくしつこく揉みほぐされ、時折根元を絞られる。なんと淫らな愛撫なのだろう。夫にされるよりも鮮烈な快感に襲われる。

「チクビが勃起しちゃってるね。スケベだな涼乃は」

「ふぁ……っ、あ、だめ……っ、そこ……いやぁッ」

右耳に吐息を吹き込まれ、耳穴に舌を差し込まれる。同時に両の乳首を人差し指と中指の先で挟まれて潰される。親指と人差し指とで摘まむよりも力の入りにくいやり方だ。そのために生まれる刺激ももどかしいものになり、自然と呼吸が加速する。

押し入ったまま静止していたペニスがゆるゆると前後運動を始める。人妻ははっと息を呑んでおしりの穴をすぼめ、他所の男に極上の密着感を捧げる。森坂が大事だから奉仕するのではない、これは夫婦の営みを良くするために必要な練習なのだ――そう自分に言い聞かせると気が楽になって快感に集中できるようになる。

「んぅ……っ、く……、んぁあ……っ、はぁ……っ」

森坂のものに慣れてきたせいか、腰遣いにも多彩な動きが混じっているのだと分かる。引く時はぬるっと素早く、押し入る時はじりじりと時間を掛けられる。抜き差しのペースは基本的には一定で、こちらの反応に合わせて円運動も交えてくる。注意深く相手を観察していなくてはできない淫技だ。そのくせ自分も鼻息を荒らげ、ちゃっかり楽しんでいるのだから感心せずにはいられない。

「やぁっすご……、あっ、あっ、かたいぃっ、ああッ」

森坂のものが子宮口を突き上げる度に、涼乃はぶんぶんと首を振って嬌声を上げる。頑張って膣肉を締めると、長く太いペニスの逞しさがはっきりと感じられる。締め付けに怯むことなく易々と媚肉を掻き分け、丹念に秘奥を抉って——許されないことなのに、淫らな感想が独りでに漏れてしまう。

「うひひ、そうだろう。俺のは硬いよな。けどこんなもんじゃないぞ、ほぅら……」

「ああッ!? いやあ………ッ」

ずぶうっと奥まで潜り込んだ亀頭冠が子宮口にはまり込み、ゆったりと円を描き出す。その刹那に脳裏が閃光に呑み込まれ、ふわっと身体が浮く。軽く昇り詰めたのだ。数拍宙を噛んでからくたりと頭を垂れ、人妻は再度切なそうに喘ぎ始める。膣の奥に甘い痺れが渦を巻いて、勝手におしりがくねってしまう。バイブレーターで執拗に子宮口をいじめられたせいなのだろうか。こんな反応が起こるのは初めてだった。

「そうそう、その調子だぞ。奥でも感じられるようになれば一人前だ。な、気持ち好いだろう？　もっと締めてみな、まだまだ好くなるぞ」

「ふあ……っ、はい……っ」

右耳を舐め回されながら囁かれ、若妻はこくんと頷く。乳房を揉み立てられる快感にも酔い痴れつつ、懸命に肛門をすぼめて他所の男のペニスを食い締めてみる。その効果は覿面で、きゅっと締める度に腰が甘ったるく痺れる。その状態で子宮口を抉られると、あまりの心地好さで頭の中が真っ白になる。

「ほれ、イっていいぞ。フロ入ったらまた突っ込んでやるからさ」

「いやあ……ッ、はぁはぁ、んん……、はっ、はっ、そん……なの、だめェッ」

不潔な快感にまみれていても、貞淑な人妻としての心が間男とのセックスを拒絶する。だが身体は既に性欲が支配している。薄目を開けてくなくなと首を振るのに、結合部から湧き上がる快感電流は途切れない。膣奥をぐりぐり抉られるのがたまらなくて、恥ずかしい声が止め処なく漏れてくる。

「いやっ、あ、いく、イク……、だめッあ、いっちゃう、いくゥッ」

自分自身の言葉ではしたなく興奮しながら涼乃は高まってゆく。野獣の如き男に征服されている、そう思うだけで背筋が切なく痺れる。甲高い耳鳴りが聞こえ出し、人妻ははっと息を呑む。そして子宮口にはまり込んだ亀頭冠が薄膜越しにびゅるっと汚液を噴き出した瞬間、鼻先で巨大な火花が弾けた。

（な……に、これ……。うそ…………）

後背位で迎えた絶頂は狂おしく甘くて強烈だった。後背位という淫らな体位がもたらす興奮と背徳感のせいもあっただろうか。膣から湧き上がる快感は一息に背筋を抜けて脳天まで届き、意識を細切れに打ち砕く。だが不安や恐怖はない。身体が浮き上がる錯覚も甲高い耳鳴りも心地好く、いつまでも浸っていたくなる。

膣を埋め尽くしたペニスの息遣いにも恍惚とさせられる。逞しい肉幹は何度も膨れ上がっては爆ぜ、射精していることを雄弁に告げてくる。避妊具越しだという安心感が人妻のオーガズムをより深いものにする。

若妻は声もなく宙を噛み、汗みずくの裸身をがくがくと痙攣させては果て続ける。耳元に聞こえる獣の呻きもいつしか聞こえなくなって、白一色の世界に放り出される。射精を終えた中年男が膣奥で円運動を再開し、涼乃は新たなオーガズムの波に呑まれてはらはらと涙を噴きこぼす。この日、清楚な人妻は夫以外の男によって初めての絶頂失神を体験してしまった。

＊

森坂の運転する車が夜の街を抜けてゆく。後部座席に乗り込んだ涼乃は溜め息混じりに車窓を眺める。車が走り出してから十五分近くは経つのに、心音は未だ速いままで落ち着かない。

「そろそろだぞ。まぁこれも勉強だと思って楽しもうや」

「え、ええ……」

中年男の隣に愛妻の姿はない。ふたりきりでの外出だ。まさかこんなことになるとは――罪悪感と背徳感の狭間で若妻はきゅっと朱唇を噛む。

『ねえ、彰良さん。明日の夜、なんだけど……。歩美さんとお出掛けしても良い？』

夕食後のゆったりとした時間が流れるリビングで、洗い物を終えた妻は夫の顔色を伺う。出掛けるのは本当だが歩美と一緒というのは嘘だ。平静を装ってはいるものの、心臓が跳ねすぎて手の平にまで汗が滲んでくる。

『ん？　ああ、女性同士で呑み会？』

『ううん、お酒も多少入るかもだけど、メインは映画。終わった後に俳優さんたちのトークショーがあるの。ほんとは夫婦で行く予定だったみたいだけど、森坂さんが行けなくなったから一緒にどうかって……』

『あ〜、そう言えば森坂さん、会社でもそんな話してたなぁ。分かった、行っといで。夕飯はどこかで済ませるから』

『わ、ありがとう。遅くなりそうなら電話するね』

夫の目を盗んで他所の男と会うための、生まれて初めて吐いた嘘だった。キッチンへ戻ると目眩に襲われて思わずへたり込みそうになる。嘘を吐くよう命じたのは森坂だ。ハプニングバーへふたりきりで出掛ける——そう聞かされた時は背筋に冷たいものが流れた。

『そんな……。歩美さんは？』

『もちろん、あいつも抜きでだ。ちょうど映画見に行くって言ってたからな』

気怠い午後にかかってきた電話は衝撃的な内容だった。ハプニングバーへふたりで行ってなにをしようというのか。真意は定かでないが、いやらしい展開になることだけは確実と言える。

『駄目ですよ、そんなの。歩美さんが可哀想じゃないですか。わたしだって、主人を裏切りたくないですし……』

涼乃はすぐに断った。夫だけに捧げた身体を何度も他所の男に任せ、遂には失神まで経験してしまったのだ。これ以上罪を重ねたくない。

『大丈夫だよ、それは。バレなきゃどうとでもなるんだし。それになにも駆け落ちしようってんじゃないんだぞ？　あくまで涼乃くんの勉強が目的だよ。俺は歩美を愛してるからな』

『それなら、きちんとそう歩美さんに断っておいたらいいじゃないですか。どうして隠す必要があるんです』

男の言うことには所々不審な点がある。正論をぶつけて反応を伺うと、自分には理解できない世界の答が返ってきた。

『ああ、それはね。背徳的、っていうの分かるかな。そのスリルを味わうためだよ。結末が分かってる推理小説読んだってつまらないだろ？　それと同じっていうかさ。もちろん、こんなのは今回だけだ。嘘を吐いて味わうスリルがどんなものか、それも知っておいて欲しくてさ』

『は、はぁ……』

森坂の言わんとすることが良く分からなくて、人妻は生返事をする。どうにもすっきりしない。やはり断るべきだろうと口を開き掛けたその時、身体の芯を熱くさせる台詞が耳に飛び込んできた。

『後はね、見られながらするセックスを経験して欲しいんだよ。他の客が見てる前で俺とハメるんだ。ものすごい快感と興奮が楽しめるぞ？　歩美がどんだけ感じまくったか思い出してみなよ。あれと同じ快感を君だって経験してみたいだろう？』

『…………っ』

すぐさまきっぱりと拒むべきだったのに、なぜか言葉に詰まってなにも返せなかった。失神するほど強烈なオーガズムを与えられてしまったからなのか、未知の世界への好奇心が邪魔をしたのか。

『よし、決まりだ。彼には上手く誤魔化すんだぞ。歩美と映画に行くとでも言っておけばいいから』

こうして禁忌の逢瀬が決定してしまった。店が近付くにつれて若妻の心音は大きくなる。今回は見学者ではなく一般客としての入店となる。以前訪れた時以上の恥態を晒すことになるだろう。果たして羞恥に耐えられるのかと不安が隠せない。

やがて車はハプニングバーの入ったビルへ到着する。頭を切り替えるしかない——地下駐車場に降り立つと、緊張と期待が入り混じって足が震えた。

ハプニングバー〝リーブラ〟は相変わらず盛況だった。ピンク色の光に満ちた店内には甘い香が焚かれ、そこかしこに肌色の物体が絡まり合って蠢いている。見学者バッジなしで受付を通り、紺のスカートスーツを纏った人妻はそわそわと辺りに視線を走らせる。

「ははは、やっぱ緊張しちゃうかな。とりあえず座って一杯やろう、エッチするのはその後だ」

「はい……」

いつの間にか森坂と肌を重ねるのが当然のような空気になってきている。誘われるままにコの字席へ向かい、ふたり並んで腰を下ろす。目敏い男性常連客が森坂の姿を認め、挨拶をしにやってくる。

「どうも、森坂さん。今日は美人の人妻さんとふたりですか。あれ、見学者バッジは」

「や、ご無沙汰。今日は彼女とハメハメするためにきたんだよ。うんと濃厚なの見せるから楽しみにしといて」

「まっ、マジですか。うひょう、オレ奥さんがハメられるとこずっと見たかったんですよ。ダチも連れてバッチリ見学させてもらいますわ。奥さんもよろしくね」

「え、ええ」

男性客は軽い足取りで自席へ戻り、連れの女性や男性になにやら話しかける。すると彼等は一斉に好奇の視線をこちらへ向けてにやつく。若妻は赤くなって視線を逸らし、艶めかしいウエイトレスが運んできたカクテルグラスを手にする。

「じゃあ乾杯だ。っと、ちょっと待って。折角だし口移しで飲ませてやるよ」

「え、いいですそんな、あっんむ、ん………」

あっと思う間もなく右肩を抱かれて引き寄せられ、飲もうとしていたカクテルを奪われる。そしてねっとりと口を重ねられ、冷たくて甘いお酒をとろとろと流し入れられる。他所の男の唾液が混じった液体を仕方なしに飲み下すと、胃の辺りが妖しく熱を孕む。二口、三口と飲まされてグラスは空になる。

「むふふ、涼乃のツバは美味しいなぁ。ほら、もっと飲ませろって」

「いや……っ、ん……、っはぁ、ちょ……んんぅ、森坂さ……んむ、んん……」

飲ませるものがなくなっても男はキスを止めてくれない。懸命に抗うも腕に力が入らず、良いように口内を舐め回されてじっくりと唾液を啜られてしまう。唇を奪われている間にウエイトレスがお代わりを運んできて、濃密なディープキスを見られる。妖艶な笑みを湛えた彼女と目が合ってしまい、涼乃は口を吸われたままぼっと耳を火照らせる。

「なぁ涼乃、俺のことも名前で呼んでくれよ。公一さんって、ほら」

「そん……んむぅ、っはぁ、だめですっ、んん……、はぁはぁ、んぅ……」

舌をしゃぶられては吐息を吸われ、ちゅっ、ちゅっとついばむキスを繰り出される。人妻は真っ赤になって男の申し出を拒む。名前で呼び合ったらそれはもう浅い関係ではなくなる。既に何度も唇を許し操も穢されてはいるが、森坂に特別な感情を抱いている訳ではない。こうして身を任せているのは夫婦の未来のためであり、ただの練習なのだから。

「ちぇ、分かったよ。じゃあハメてる間に呼べるようなら呼んでくれよな。それで我慢するからさ」

一際長く舌をしゃぶり上げてから、森坂はやっと口を離す。涼乃は口元を濡らす唾液ミックスを右手の甲で拭い、新しいグラスを取り上げて一気に飲み干す。はぁはぁと荒く息を吐きながらきっと睨むと、中年男は楽しそうに肩を揺すって笑う。

(もう、なんなのよ、この人は……)

歩美には悪いが、どうしても森坂を好きになれない。世渡り上手でセックスも巧みだが、人間的には彰良の方がずっと魅力的だ。早く性のなんたるかを会得して夫の下に帰らなければならない。

「さ、もう一杯だ。目を瞑って」

「……っ、ふ……、んんぅ、ん……」

三杯目の酒が届き、またしても口移しを迫られる。仕方なく睫毛を伏せて朱唇を差し出し、人妻は細い喉を何度も鳴らす。アルコール度数の高いカクテルのせいで頭がぼうっとぼやけてくる。森坂の巧みな舌遣いにも吐息を弾ませられ、胸が妖しく高鳴ってくる。

「ん………」

熱っぽく舌を吸われながら、ジャケット越しに左の乳房を鷲掴みにされる。いやらしく弱めの揉み立てにももう慣れてきている。不快感なく受け入れてびくつく自分は淫らな女なのだろうか。ふと薄目を開けて辺りを伺うと、向かいの席に客たちが集まり始めていた。

「おっ、集まってきたな。んじゃそろそろ始めるとするか」

「え……、まってっ、あ……！」

口内から男の舌がぬるんと抜かれ、左乳房を揉んでいた左手でジャケットのボタンを次々に外される。まだ心の準備ができておらず、涼乃は耳を真っ赤に染めて慌てる。

対岸の席には男女合わせて六人が座って、指笛を吹いたりして囃し立ててくる。その誰もがバスローブ姿で、下着は纏っていないようだ。行為の後なのかこれからするのか、どちらにせよ普通の出で立ちではない。ここは性欲の渦巻く特別な店なのだと改めて思い知らされる。

「ほらほら、みんな待ってるだろ。早く涼乃の美味しそうなカラダを見せてあげなくちゃ」

「そんな……、やっぱり、わたし……っ」

いざその時が訪れると羞恥心が騒いで指先が震えてくる。ごく普通の性生活を送ってきた者には当然の反応だろう。しかし酒と香の力に助けられ、人妻の震えは次第に治まってゆく。勇気付けるように森坂が口を重ねてくると、腕から力が抜けてくたりと垂れ下がる。ジャケットが脱がされ、続けてスカートがしなやかな美脚から引き抜かれる。

「うおお、色白だなぁ。スベスベじゃん」

「足長いよな、あの奥さん。それにすっげえ美人だし。でもダンナが構ってくれないんだとさ。あの若さでセックスレスらしいぜ」

「マジかよ、だらしねえダンナだな。そんな奴とはとっとと離婚してオレの女になれば良いのに。毎晩腰が抜けるまで可愛がってやるのによ」

(やめてっ、そんな……)

どこから流れた噂なのか、観客が好き勝手なことを囁き合う。黙らせようにもねっとりと口を吸われていては呻くのが精一杯だ。そして最後の一枚——白のブラウスも荒っぽく脱がされてしまう。下着だけの姿となった若妻に好色な視線が一斉に群がる。

「ほぅら、みんな見てるぞ。良かったなぁ、余所行きのエロい下着着けてきてさ」

「いや……ッ」

今夜纏ってきたのは純白のハーフカップブラとTバックショーツのセットだ。出掛ける際にいつものベージュ色の下着にするか迷い、思い切って派手なデザインのものを選んだ。森坂とふたりきりならまだしも、他の目があるのでは不細工なものは着られない。恥を掻かないようにとの思いで選んだだけなのに、客たちには別の意味で捉えられてしまう。

「おお、エロ下着だぞ。見ろよ、オッパイがこぼれちゃいそうだぜ。おまけにTバックとはやる気マンマンだな」

「あの奥さん、大人しそうな顔してるけど実はエロかったんだな。見学バッジ着けてた頃も、実はエロいの着けてムラムラしてたんじゃねえの」

(ちがうのに……っ)

涼乃は恨めしそうな視線を対岸へ向け、自らを掻き抱いて前屈みになる。その間に森坂も着衣を脱ぎ捨て、毛深くて太った体軀を露わにする。剛毛の股間からにょっきりと生えた汚根を見て女性客がどよめく。

「あれ、いつ見てもすごいわよね。今夜はあのコが突っ込まれちゃうんだ」

「いいなぁ、あたしも一度突っ込まれてみたいんだけど。今度おねだりしてみよっかなぁ」

黄色い声を聞いた中年男は得意満面に腰を突き出してからどっかとソファへ座り直す。そして縮こまっている人妻を抱き寄せて毛深い太腿の上へ座らせる。客たちの視線が一層集まり易くなって、涼乃は胸元を隠して益々頬を赤らめる。

「大丈夫だって、みんな見るだけだからさ。俺に寄りかかって足を開きな」

「そんな……、はずかしいです……」

「やれやれ、手間のかかる奥さんだ。でもそんなところに興奮するんだけどな」

人妻は膝に乗せられても前に屈んでしまう。森坂は肩を竦めて笑うと、ウエイトレスからカクテルグラスを受け取って口に含む。そして涼乃を右へ振り向かせ、震える朱唇を奪う。またしても口移しに酒を呑まされ、涼乃は懸命に喉を鳴らして飲み干す。森坂の唾液混じりの酒を呑むのは嫌だったが、我慢した甲斐あって心地好く意識がぼやける。

「さ、これでできるな？　皆さんに向けて足を開きなさい。腰を突き出すようにするんだぞ」

「……はい……」

右耳に囁かれてぞくっとうなじが燃える。可憐な若妻はとろんと美貌をとろけさせ、男の上でゆっくりと美脚を開いてゆく。Tバックショーツの細いクロッチが食い込む秘めやかな部分がさらけ出され、観衆の間に溜め息と鼻息が吹き荒れる。

（やだ……、みんなみてる……）

森坂と一対一で股間を観賞されても死にそうなほど恥ずかしいのに、ぎらつく目が幾つもあっては一気に脳裏が真っ白になる。はぁはぁと吐息を弾ませながら足を開き切ると、得体の知れない達成感と開放感に襲われる。

「良いコだ。おっぱいも見せるからな」

「あ………っ」

男の両手が胸元に回され、ブラのカップを上から下へぺろりと剝かれる。トップ八十九センチでFカップの媚乳がたゆんとこぼれ出て、男性客が一斉に生唾を飲む。

「すっすげえ、でかいなぁ」

「チクビが真っピンクだ。美味そう」

「なによ、あたしの方が形が良いし」

「でも全然垂れてないし、すっごく綺麗なおっぱいよ、あれ。羨ましいなぁ」

男女入り混じった感想が耳に届く。ほとんどが絶賛の台詞だ。なんだか嬉しくなって、涼乃はほうっと溜め息を漏らして森坂に背を預ける。

夫の上司はニマニマと頬をたるませ、左肩に頭を預けてきた人妻の唇を奪う。そして両手でFカップの乳房を掬い上げ、ねっとりと優しく揉みほぐし始める。

「あっ、ん……、はぁっ、んむ……、んっ、んっ、ふぅ……っ」

全身がゾクゾクと痺れるような心地好さを覚え、涼乃は思わずキスを振りもぎってしまう。しかしすぐに朱唇を半開きにして目を閉じ、キスの続きをねだってみせる。

唇を覆い尽くすようにして口を重ねられ、熱く燃える舌でぬちゃぬちゃと口腔を掻き混ぜられる。客たちに見られているのは恥ずかしいが、舌をしゃぶられる感触も上顎の裏を舐められるくすぐったさも鮮烈だ。つい上ずった声が漏れて羞恥が強まる。

「どうした、随分積極的じゃないか。彰良君にもそうやっておねだりしてるのか」

「やぁあっ、だって……んんぅ、っはぁっ、いやぁ……んん……」

周囲に聞こえるような大声でからかわれると胸がきゅんと痛む。今頃彰良はなにをしているだろうか。ちゃんと夕飯を摂っただろうか、好きな物ばかり食べて野菜抜きで済ませてはいないだろうか——人妻はぼんやりと考えながら他所の男の唾液を飲み干し、お返しに熱っぽく舌を絡ませる。

「ひゃう……ッ」

両の乳首を人差し指の腹でそっと転がされ、甘い痺れが背筋に走る。はっと我に返って口をつぐむも、はしたない声は既に聞かれた後だ。指笛や嘲笑で迎えられ、耳がかっかと燃え上がる。だが悪い気はしない。感じると彼等は喜んでくれる。まるで応援されているかのようで心強い。

「奥さん、そろそろオマ×コ見せてよ。指で開いて、パックリとさぁ」

「……え……？」

目を閉じて乳首を弄らせていると、対岸の席から下衆な声が飛んでくる。すると背後の中年男が楽しそうに肩を揺すって笑う。

「ご要望が出たぞ。ほら、言う通りにしろ。自分でしっかり開いて奥まで見せるんだ」

（そんな………っ）

くりくりと胸の尖りを摘まれてびくつきながら、若妻は客たちを見渡す。自らの指で性器を開いて見せつけるなどできる訳がない。そんな恥知らずな真似をしたら自分が自分でなくなってしまう気がする。

しかしここは非日常の空間だ。知り合いは森坂だけで、他の客とは一期一会となるだろう。それなら恥ずかしい目に遭ってもこの場限りで済ませられる。いままで挑戦したことのない淫技を試すにはもってこいの機会ではないか。大体、この店にきたのは性知識の獲得と実技練習のためだ。ここで尻込みしていたら夫婦の夜も変わらない。涼乃は覚悟を決める。

「みないで……、おねがい……」

貞淑な心がふと発露して朱唇に言葉を紡がせる。だがそんな台詞こそが見る者の興奮を煽るのだと気付けない。長い黒髪が可憐な人妻ははぁはぁと吐息を弾ませて両手を股間へ伸ばしてゆく。

「そうそう、それで良い。みんな見たがってるだろ？　それなら見せてあげなきゃ」

乳房を揉み立てながら背後の男が囁く。涼乃はこくんと頷き、右手で細いクロッチを摘まむ。心臓がばくばくと踊り狂って全身に大粒の汗が噴き出してくる。思い切って股布を右足の付け根に寄せると、いけない開放感があそこに広がる。

（彰良さん、ごめんなさい……）

脳裏で最愛の人に詫び、細い右人差し指と左人差し指とでそっと肉びらに触れる。そこはまだぴっちりと閉じていて清楚な媚肉は見えていない。誰もいない左へ顔を背けて目を閉じ、ゆっくりと花弁を押し開いてゆくと、焼けるように熱い視線がどっと群がってくるのが分かった。

「おおお……。すっげえ、キレイなピンク色だぁ」

「美味そうなオマ×コしてんなぁ。やべえ、涎止まんねえや」

「奥さん、こんなオマ×コしてたのか。滅茶苦茶に舐め回してやりたいぜ」

（やぁあ……ッ、みられてるぅっ、ぜんぶ……）

予想を遥かに越える恥ずかしさでふうっと意識が途切れかける。でもその一方で胸が妖しく高鳴る。大切な部分を見詰められることに浅ましく興奮を覚えるのだ。森坂が乳房を熱っぽく握り締めたお陰で息を吹き返し、若妻はくなくなと首を振る。はぁっと吐息を漏らした刹那、秘めやかな膣口からじわりと恥蜜が滲む。

「さ、どうして欲しいんだ？　言えよ涼乃」

「はぁ、はぁ……、そん……な、いえないッ」

森坂はどこまでも意地悪だ。恨めしそうに右へ振り返るも、美味しそうに口を吸い取られて抗議をさせてもらえない。ちゅるちゅると唾液を飲まれてからやっとキスを振りもぎり、涼乃は濡れた瞳で客たちを見遣る。どの顔にも卑しい好奇心と性欲がありありと浮かんでいる。言葉はなくとも、早く淫らな本性を見せろという意思がはっきりと感じられた。

（みたいの？　わたしの……。でも……）

自分の指で開いたままの肉花が疼き出し、弄り回したい衝動に駆られる。これまでに経験したことのない感覚だ。しかし黙って行動に移せば罵声を浴びかねない。機嫌を損ねた客たちに犯されでもしたら大変なことになる。ここは森坂の指示に従うしかなかった。

「お……、……て」

「んん？　なんだって、良く聞こえないぞ。こうか？」

背後の野獣が陰湿な笑みを浮かべ、両の乳房を手の平で掬ってたぷたぷと揺らす。感じるのだがそれではない。聞こえているくせに——ちらと右後方を睨んでから大きく息を吐き、若妻は思い切って朱唇を開く。

「……オマ×コ、いじって……っ」

数拍の静寂が辺りを包んだ直後、けたたましく歓声が沸き起こる。涼乃は首筋まで朱に染まりながら、はしゃぐ客たちを眺める。いやらしい自分を拒絶する顔はどこにも見られない。得も言われぬ安心感に包まれて身体の力が一息に抜け、開いて見せている肉花から指が離れそうになる。

「そうかそうか、オマ×コ弄って欲しいんだな。任せとけ、じっくり弄り回してやる」

　森坂の声も嬉しそうだ。つい表情が緩んだ次の刹那、両の乳房をこねていた手が離れて股間へ向かう。優しく両手をどけられ、代わりに毛深い指たちが嬉々として肉びらを摘まんできた。

「はぁ………っ」

　くいくいと小陰唇を引き延ばされ、玩具にされる。だが悔しくはない。もっと辱めて欲しくて更に足が開く。

「おや？　随分ヌルヌルしてるな。みんなに見られて興奮しちゃったのか。スケベだな涼乃は」

「いやあッ、うそ……っ、はぁ、あ！　ちがうの……ッ」

　男の左中指が花弁を離し、膣前庭をそうっと撫で回す。尿道孔や膣口の縁といった感じるポイントに触れられ、甘い痺れが腰に走る。若妻は観衆の視線を全身に浴びながらくなくなと首を振り、快感の反射で閉じそうになる太腿を懸命に維持する。

「涼乃はここも感じちゃうんだよな、ほぅれ……」

　両中指の先が肉びらの付け根をソフトになぞる。そこはこの男に開発された部分だ。寒気にも似た心地好さともどかしさに襲われ、思わず腰が持ち上がる。森坂の愛撫は甘ったるいのだがいつも焦れったい。もっと激しくしてくれてもいいのにと不潔な欲望を覚えてしまう。

「はぁはぁ、う……ッ、やぁんッ、そこ……っ」

「うひひ、嫌なのか？　ならやめるけど」

「…………っ、く…………」

指先の動きは遅く優しいままで激しくなる気配を見せない。意地の悪い台詞を耳にした涼乃は言葉を詰まらせて肩で息を継ぐ。いまやめられたらきっと自分の指であそこを掻き混ぜてしまうだろう。無数の目に見詰められている中でそんな恥態だけは晒したくない。

「はぁ、はぁ……、んん、はぁ、はぁ……」

できることなら膣へ指を入れ、クリトリスも弄ってもらいたい。これも言わなくてはいけないのだろうか。薄目を開けて右背後を見遣ると、卑しい笑みを湛えた脂顔が頷く。憎たらしくて耳が火照るが、止め処なく湧き上がる性欲を発散させる手立てが他に見つからない。

「ゆび、いれてッ、はぁはぁ、クリも、さわって……っ」

信じられないことに、淫らな欲望を口にする度にあそこが濡れて意識がとろける。

その快美感にぼうっとしていると、良くやったとばかりに口を重ねられる。

「よしよし、待ってなさい。いましてあげるからね」

「あ……………」

右耳に囁かれた途端に体温が急上昇する。込み上げるのは切なさ混じりの嬉しさだ。まさかこの男に対してそんな感情を抱くとは夢にも思わなかった。口腔へ流し込まれた唾液を飲んでみると、いままでになく甘さを感じる。自分はどうしてしまったのだろう。なにが起こっているのか分からないままに、膣内へ左中指が埋め込まれる。

「はぁあ……っ」

熱く疼いていた部分に硬い異物を呑まされるのは身震いするほどに心地好い。男の左肩に頭を預けてくっと仰け反ると、すかさず口を吸い取られる。そして右中指もぬるりと膣前庭を撫で上がり、秘めやかな肉の芽をくすぐり始める。指の腹を微かに触れさせるフェザータッチだ。その時を待ち望んでいたクリトリスは煩わしそうに包皮を脱ぎ捨て、つやつやと健康的なパウダーピンクに輝いてみせる。

（すご……、きもち、いい……）

膣へ押し入った左中指は第二関節を曲げてくいくいと蠢き、浅瀬に潜む快楽の小丘をしきりに押し込めてくる。同時に肉芽を右中指の腹でそっと押し潰されると、瞼の裏が眩い火花で埋まって甘ったるく意識が霞む。しつこく唾液を飲まれてしまうのも好い。飲んでも飲んでも口を離さない貪欲さに背筋がゾクゾクと燃え上がる。

「あ〜あ〜、見ろよ。奥さんのオマ×コ、もう白いおつゆでぐっしょりじゃん」

「淫乱だな、あの奥さん。これじゃダンナに満足できなくって当然だよな。ダンナは良く頑張ったと思うよ、うん。まぁ後はオレたちに任せてくれ、ってか?」

「んんぅ………っ」

客たちの好き勝手な台詞でぼっと頰が火を噴くも、つまらない反論で快感を途切れさせたくない。涼乃は持ち上げた睫毛をはたと伏せ、中年の熱い舌を口腔深くまで受け入れる。足も懸命に開いて、森坂が秘処を責め易いように協力する。すると嫌な雑音は聞こえなくなって、甘い痺れだけが身体に満ちてくる。

「すごく濡れてるね、もうトロトロだよ。おマメもぷっくり膨れてる。カワイイよ」

「やぁあ……ッ、うそ……っ、はぁっ、はぁっ、あっそこ、そこいやッ」

他所の男の言葉なのに、まるで夫に褒められているかのような錯覚に囚われる。彰良に甘えるように声を上げてみると、甘美な目眩と共に数瞬脳裏が真っ白になる。果ててしまった——せわしなく吐息を弾ませながら薄目を開けると、男性客のすべてがバスローブの股間をもっこりと膨らませているのが分かった。浅ましく乱れる自分を見て興奮しているのだ。

「な、涼乃。今夜はゴムなしで良いか？　お前の中にたっぷり出したいんだ」

「……はぁはぁ、はぁはぁ、……え……」

思いも寄らない台詞が脳裏に響いて、人妻は気怠そうに薄目を開けて中年男を見詰める。それは絶対に犯してはならない罪だ。首を左右へ振って拒むと、熱い吐息混じりの声が右耳に吹き込まれる。

「なぁ、頼むよ。一度でいいからさ。それに歩美のこと思い出してみなよ。イク瞬間にドピュッと出されると、気が狂いそうに気持ち好いらしいぞ。同じ女のお前なら分かるんじゃないかな、その感覚。経験してみたいだろ、ん？」

「そん……な、あっん、まってぇっ、だめ……」

膣を掻き混ぜる指が左中指と薬指の二本に増やされ、思わずペニスを連想してしまう。ぬちゅぐちゅと恥ずかしい水音を立てられながら抜き差しされると、口が「あ」の形に開いたまま閉じられなくなる。必死に漏らす吐息を胸一杯に嗅がれながら、涼乃は迷う。

どうしたらいいのだろう。こんなに頼んでいるのに突き放すのも悪い気がする。それに歩美が感じていた快感を自分も味わってみたい。一度だけと言っているのだし、アフターピルを飲めば過ちの妊娠も回避できる。とうとう性欲が理性を打ち負かし、人妻は小さく頷いてしまう。

「ありがとうな、涼乃。お返しにドクドク中に出して、思い切りイかせてやるからな」

「……っ、あ………」

ピューピューと指笛が吹き鳴らされる中で、肉花を弄り回していた指が一斉に離れる。いけない寂しさに襲われている間にブラのホックを外され、Tバックショーツも荒々しく脱がされる。見知らぬ客たちの前で一糸纏わぬ姿に剝かれたのに、どきどきと胸が高鳴るばかりで不安は感じない。毛深い太腿の上で幼女におしっこをさせるような格好で持ち上げられ、腰の後ろに隠れていたどす黒い肉柱がぶるんと現れる。

「はぅ……」

そろそろとおしりを下ろされ、白い愛液で濡れた膣口にくちゅりと亀頭冠が触れる。粘膜で直に味わう他人のペニスは猛烈に熱くて硬い。びくっと震えてから大きく長く息を吐き、若妻は挿入に備えて目を閉じた。

「んん……っ、あ、はぁ………っ」

無数の目に見詰められながら貫かれる、その感覚は狂おしく甘美だった。結合部も丸見えの背面座位でぬるぬると生の男性器を受け入れ、涼乃は喉元を晒して宙を噛む。

目も眩む快感の中で森坂の分身は膣肉を掻き分け、不潔な先走り液を滲ませた鈴口でねっとりと子宮口を突き上げてきた。

「んはぁ……っ、あ………!」

その瞬間にもふっと意識が途切れる。入れられただけで果てるのは初めてだ。視界も音もぼうっとぼやけてとにかく心地が好い。夫と生で繋がったのはいつだっただろうか——記憶にない。初めて味わう抜き身のペニスは猛烈に熱かった。

「あ〜、やっぱナマは違うな、ぬっちょり感が半端ねえぜ。どうだい涼乃、お前も感じちゃうだろ？　さっきこっそりイってたもんな」

「……やぁあ………」

男の両手が太腿を離し、両の乳房を熱っぽく包み込む。人妻はくなくなと首を振って自ら手を男のそれに重ねる。心の底からセックスを楽しみたい、そんな欲望の為せる無意識の行動だ。ぬめぬめと胸を揉まれながら、おぞましくストロークの長い抜き差しが始まる。

「んん……っ、はぁ……っ、くぅう……っ、ああん……」

太い血管を幾筋も浮き立たせた肉茎が、清楚な薄桃色に輝く肉花にずぶずぶと出入りする。一往復毎に黒い幹は白く色を変えてゆく。甘酸っぱい愛液の匂いがつんと鼻につく。恥ずかしくてたまらず、若妻は長い黒髪を振り乱して喘ぐ。

「うわ～、丸見え。あんなにでかいチ×ポがズッポリじゃん」

「ショックだなぁ。奥さんのこと清純派だと思ってたのに。本気汁一杯出ちゃってるよ。マジで淫乱だなぁ」

「いやあッ、うそ……、はぁはぁ、みな……で、おねが……ああッ」

客たちの視線と嘲笑もいまや心地好い。他所の男と直に繋がっている部分を見詰められていると、訳の分からない興奮に苛まれて呼吸が加速する。背後の雄が右肩越しににやけ顔を寄せてきて囁く。

「な？　見られながらするのって最高だろ。ほら、見てみな。俺のデカチンが全部入っちゃうぞ」

（……そんな……。うそ………）

ゆっくりと引かれた長大な汚根は雁首を膣内に残して一旦静止し、力強くゆっくりと押し入ってくる。無意識の内に肛門をすぼめて膣肉を引き締めながら、涼乃は呆然と股間を見遣る。裏筋が逞しい森坂のものがじわじわと幹を消してゆく。その侵入はぬるぬるとなめらかだ。そして荒い鼻息と共にぐっと突き上げられた瞬間、人妻の視界は火花に占拠されてなにも見えなくなる。襲いきたのは泣きたくなるほどに切ない一体感だった。

(こん……な……。はいってるぅ……っ)

懸命に息を継いで視界を回復させるのだが、いつも膣外に余っていたはずの肉幹がまったく見えない。結合部から溢れた愛液が漆黒の陰嚢まで白く染める。これまでになく内臓を押し上げられる圧倒的な圧迫感からも、森坂の分身を根元まで受け入れていることを思い知らされる。

なぜこの長大なペニスが全部埋まってしまったのか。それは女壷がとろけ切って秘奥を膨らませ、完璧な受け入れ態勢を整えたからに他ならない。つまりは受精態勢が整ったということだ。この状態で精液を注ぎ込まれたら——妖しい緊迫感にも見舞われて益々心音が加速する。

「これでやっとひとつになれたな。最高に気持ち好いよ、涼乃」

「んあ……っ、あ……」

奥までみっしりと埋められたまま身体を揺すられ、鼻先にバチバチと火花が咲き乱れる。なにか言葉を発したいのに、快感が強過ぎていやらしい喘ぎしか出せない。

「ああッ、や、はぁっ、はぁっ、だめェ……ッ」

力強いピストン運動が再開される。いけないとは分かっているのに、アヌスをすぼめて密着度を増さずにはいられない。身体がもっともっとと快感を欲しがるのだ。いや、それだけではないだろう。お腹の奥がやけに甘く疼いている。逞しい〝男〟の精液を子宮が飲みたがっているに違いない。

「お……、すげえ締まってる。待ってな、もう少しで濃いのをたっぷり出してやるから。一緒にイこうな」

「いやあ！　だめなのっ、だしちゃいやッ、あっ！　あっ！　だめェ！」

ぷりぷりとした亀頭冠の弾力も、いやらしく張り出したえらの硬さもはっきりと感じられる。膣壁を刮がれる感触も鮮明だ。人妻は避妊具の効力を今更ながらに思い知る。極薄の膜でも、あるのとないのとでは快感に雲泥の差が出るということを。

「あっいやっ、いっちゃう……、みないでェッ、いっちゃうの、いやあッ」

白い果蜜の糸を引きながら、他所の男のものが丹念に膣奥を突いてくる。こんなに大勢の前で昇り詰めたくはない。なのに肛門は勝手にひくつき、膣肉は太く長いペニスをきゅんきゅんと食い締めてしまう。身体中を卑しい視線で炙られ、意識が朦朧と霞んでゆく。背筋をよじ登ってくる快感の波はいよいよ強まり、瞼の裏が真昼のように明るくなる。

（あ……。もう、だめ……）

一際深く汚根を突き込まれ、身体がふわりと宙に浮く。自身の限界を感じ取ったその時、かっかと熱い亀頭冠がぬっちょりと子宮口にはまり込む。そして泣きたくなるほどに熱い精液がびゅるっとしぶいた。

「あっいく、いく……！　あああ…………ッ!!　あ〜〜〜〜〜〜ッ!!」

夫にだけ捧げた膣を他所の男の精液で汚される、その感触はやけに甘美だった。脳裏が閃光に包まれて五感が失われてゆく中でも、子宮口が鈴口にちゅうっと吸い付くのが分かる。びゅくり、びゅくり……、痛いくらいの勢いで噴き上がる雄汁は中年とは思えないほどに量が多くて濃厚だ。うぶな秘穴は湯気立つ白濁液を懸命に飲んでは神聖な子宮へ溜めてゆく。

（こん……な……。しんじゃう…………ッ）

びくん、びくんと汗みずくの裸身を激しく痙攣させながら、涼乃は恍惚と泡を噛んで昇り詰める。これが歩美の味わっていた世界なのか——やっと同じラインに並べたことが素直に嬉しい。粘りつく客の視線を結合部に集め、人妻はもう一度果てる。恥ずかしい秘密をさらけ出す悦び、他所の男に膣内で射精させる背徳感、初めて経験するそれらの感覚はどこまでも穢らわしくて甘ったるかった。

「うへへ、たっぷり出たぜ。どうだった涼乃、最高に感じちゃっただろ?」

「……っはぁ、はぁ……、しらない……ッ」

にやけ顔で覗き込まれた若妻は、目元をぽうっと上気させたままぷいと顔を背ける。嫌だったのなら平手打ちの一発でも繰り出さねばならない場面だ。赤くなって顔を背けるだけでは誰の目にも恥じらっているようにしか見えない。

「中に出された感触はどうだった？　ほら、みんな聞きたがってるぞ」

下品な問い掛けを受けて涼乃はびくっと固まる。そうだった、自分は犯してはならない禁忌を破ったのだ。しかも大勢の他人が見ている前で。恐る恐る辺りを見回すと、観衆の数は更に増えていた。どの顔にも下劣な好奇心がありありと浮かんでいる。中にはバスローブの前をはだけ、見苦しいペニスを取り出してしごいている者までいるではないか。

「ねえ奥さん、どうだったの？　教えてよ」

「好かったんだよね？　身体ガクガクさせてイってたもんな」

「…………っ」

昇り詰めた瞬間は確実に観察されていた。涼乃は恥ずかしさのあまり顔を上げられない。すると焦れた森坂が周囲におぞましい宣告をする。

「う～ん、どうやら彼女はまだ出され足りないみたいだぞ。ってことでもう一回中出しショーを開催するとしよう。今度はもっと沢山の人に見てもらえるように舞台も変えるんでよろしく」

「な…………っ」

中年野獣は涼しい顔で言ってのけ、深く繋がったままだったペニスを人妻の膣からゆっくりと引き抜く。その瞬間に甘い痺れに襲われ、涼乃はうっと息を詰めてびくっく。そして両の太腿を抱えて持ち上げられ、性交直後の割れ目を客たちに晒される。浅ましくひくつく膣口から湯気立つ精液がどろっと溢れて床へ滴り、指笛と歓声が沸き起こる。

森坂は涼乃を傍らへ降ろしてから立ち上がり、コの字席中央にあるテーブルへ仰向けに寝そべる。重厚な造りのテーブルは太った巨軀が乗っても軋み音ひとつ上げない。なぜそんな場所に寝るのか、その疑問はすぐに晴らされる。

「ほら涼乃、跨がって自分で入れてみろ。お客さんたちに肛門まで見えるように背中を向けるんだぞ」

(そんな…………っ)

男が求めてきたのは騎乗位だった。うぶな涼乃にはまだその経験がない。どうしたらいいのかとおろおろしていると、仰向けの肥満男が背中を押す言葉を掛けてくる。

「大丈夫だって、ちゃんと俺がサポートするから。お前はただ俺の上に乗ってりゃいいよ。そうすればまたイかせてやるから、な?」

「……はい……」

若妻はほっと胸を撫で下ろし、汗で濡れたままの乳房を揺らして森坂の下へ向かう。自分が主導権を握らないのであればなにも困ることはない。また大勢の客に見られてしまうのは恥ずかしいが、本音を言えばもう一度見られる興奮を味わってみたい。

はぁはぁと吐息を弾ませながらテーブルへ上がり、夫の上司を見下ろしながら太鼓腹を跨ぐ。その動きでも膣口から白濁液が溢れ出し、屹立したままのペニスに降り注いでしまう。

「あ~あ~、もったいないじゃないか。こりゃあまたきっちり奥に出してあげないといかんな」

中年男が芝居がかった声を上げると観衆がどっと沸く。早くもおしりに熱い視線を感じて、人妻の呼吸は益々荒くなる。

(いやらしいわ、こんな……)

涼乃は震える足を折って膝立ちになり、左手を森坂の太鼓腹に着いて右手で汚根を摘まむ。男のものはあまりに長く、少し腰を落とすだけで肉花にめり込む。果てたばかりで脱力したままの身体に鞭を打ち、苦労して亀頭冠を膣口へと導く。すると次の刹那、森坂が腰を両手で摑んでぐっと下へ押し付けてきた。

「はぅう………っ」

充分過ぎるほどに愛液を湧かせている上に、一度精液を注がれているために挿入はなめらかだ。あっと思う間もなく膣奥まで潜り込まれ、更に腰を押さえられて根元までみっしりと埋められる。またしても甘い一体感に見舞われ、人妻は男の上で仰け反ってぱくぱくと宙を噛む。その光景を見詰めて観客が喜ぶ。

「すっげえ、また全部入ったぞ」

「繋がってるとこもアナルも丸見えだな。恥ずかしいねぇ、奥さん」

「いや……あっ、みないで……っ」

じりじりと焼け付くように熱い視線がおしりの谷間へ集中してくる。やっと一息継いで両手を森坂の胸板へ着き、若妻はぶるぶると震える。一杯に埋められた充足感もさることながら、身体中にまとわりついてくる視線に意識を削られる。

「動くからな。ほら、締め方覚えてるか？　息を合わせるんだぞ」

「っはぁ、はぁ、はい……っ、あ……！」

下から毛深い両手が伸ばされ、たゆたゆと揺れていたFカップの媚乳を掬い上げる。

そして贅肉の余った腰がぐん、ぐんと力強い突き上げを開始する。柄本までみっしりと埋まっていたペニスが結合部から姿を現し、ぬらぬらと濃厚な和合水の糸を引く。涼乃は森坂の手を支えに上体を倒し、背後の客たちにおしりの谷間が見えるように努める。恥ずかしくて嫌なはずなのに見て欲しくてたまらないのだ。

（やだ……あ、みられて……）

好色な視線の群れはおしりを舐め回すように蠢き、誰にも見せてはならない排泄孔をじりじりと焼く。その時森坂がぬるうっと深突きしてきて、涼乃は咄嗟に肛門をすぼめる。すると膣肉がきゅっと締まり、掻き分けられる快感がぐっと甘みを増す。抜かれてゆく際にも菊孔をすぼめて、膣口から肉傘のえらがちょっぴり覗いた瞬間にふっと弛める。見目麗しい美人妻が見せる淫猥な行為が観客の鼻息を荒くさせる。

「おお……、カワイイ肛門がヒクヒクしてる。舐め回してやりたいなぁ」

「綺麗だよな、奥さんのアナル。黒ずんでないし、きゅっと小さいしな」

「だめ……！　はぁはぁ、みな……で、おねが……」

猛烈な羞恥に耐えられず、人妻は右肩越しに振り返りながら懇願する。しかし眩い美貌が切なそうに眉を寄せ、瞳を熱っぽく潤ませていては逆効果にしかならない。ピューピューと指笛が吹き鳴らされ、益々排泄孔へ視線が集まってくる。そんな中でずぶうっと深くペニスを突き上げられ、ぐりぐりと膣奥をいじめられる。涼乃はぱくぱくと宙を噛み、貪欲にアヌスをすぼめてみせる。

「あ〜、すっげえ締まってる。上手いぞ涼乃、良いコだ」

「あ………………」

にやつく中年男に褒められ、人妻はほうっと熱い溜め息を漏らす。セックスの最中に嬉しくなるのは初めての経験だ。すうっと胸が晴れて、もっともっと褒めてもらいたくなる。

心が軽くなってしまうと、湧き上がる性欲を抑える手段もなくなる。涼乃は無意識の内に腰を押し付け、くいくいと前後に動かし始める。そうすると膣奥だけでなく、男の硬い陰毛で肉の芽が擦られて一層気持ちが好いのだ。

「おっ？　どうした、そんなに腰振って。スケベだな、誰に教わったんだ」

「いやあッ、んく……、はぁはぁ、だってェ……ッ、あっ、んんッ」

やっと自分が腰を揺り動かしていることに気付き、涼乃は首筋まで朱に染まる。しかし淫らな舞を止められない。いま止めてしまったら欲求不満できっとどうにかなってしまうだろう。

「あはぁ……っ、ん………………」

子宮口と肉の芽からの快感電流に酔い痴れていると、胸元からも援軍がくる。森坂が両の乳房を掬い上げながら、人差し指と中指の先で乳首を揉み潰し始めたのだ。そこをいじめられると切なくて泣きそうになる。そしてお腹の奥底が妖しく疼いてきて、熱い白濁液でとどめを刺されたくなる。

「はぁっ、ん、はぁ、はぁ、んんっ、あっ！　あっ！　いや……ッ」

涼乃は男の突き上げに合わせて清楚な肛門を引き締め、深く繋がっては腰を「の」の字にくねり回す。繋がっているところに集まる視線が熱過ぎて、身体中に大粒の汗が噴き出してくる。腋にしぶいた汗が腕を伝い落ち、甘酸っぱく匂い立ってしまうのが恥ずかしい。ふと薄目を開けて見れば胸の谷間まで汗びっしょりだ。夫婦の営みでもこれほど汗を掻いたことはない。

「なんかすげえイイ匂いするなぁ。ムラムラしちまう」

「こりゃああの奥さんの匂いだな。くそぅ、身体中舐め回してやりたいぜ」

（やぁあ……っ、そんな……）

時折耳に届く客たちの感想もいまや心地好い。夢中になって腰を振り、膣肉を締め上げていると、ぬるぬると上下していた森坂のものがびくびくと痙攣を始める。またあの熱いとろみを注ぎ込まれてしまう、そう思うだけで背筋がゾクゾクと痺れる。

「どうだ、欲しいだろ？　俺の精液をさ。どこに出して欲しいんだ、言えよ」

「そん……なっ、あっ、あっ、いえないぃっ」

森坂の亀頭冠が子宮口にはまり込み、不潔な先走り液をねっとりと塗り込めてくる。言ってしまいたい、でも言えない。精液を注いで欲しいのは夫だけに捧げた神聖な部分だからだ。でも既に一度汚されているのに、今更拒んだところでどうなるというのだろう。言ってしまえば必ず楽になれる、そんな悪魔の囁きが脳裏を支配する。

「はぅ………」

膣奥をコツコツと叩くように小刻みな突き上げを繰り出され、ふわっと意識が霞む。軽く果てたのだと分かると、卑しい欲求は益々強まる。欲しいのはこの程度の刺激ではない。もっと鮮烈で粘っこいものだ。歯を食い縛って腰を回していると、また亀頭冠が秘奥に密着してくる。熱い噴出を期待するも、汚い肉傘は呆気なく引かれてゆく。涼乃はくなくなと首を振りたくって啜り泣く。

「ほらほら、泣いてたって分からねえぞ。伝えたいことはちゃんと言葉にしないと。夫婦にだって言葉は必要なんだぞ」

中年男の台詞を耳にして若妻ははっと息を呑む。いまなにかとても重要なヒントを得た気がする。なのに膣奥の切ない疼きに思考の邪魔をされる。もう我慢できそうにない。涼乃は薄目を開けて辺りに視線を彷徨わせ、消え入りそうな声で眼下の雄におねだりをする。

「……かに、なかに、だしてェッ、はぁはぁ、はやくぅッ」

森坂にだけ聞こえるように言ったはずが、観客たちの耳にも届いてしまう。方々から生唾を飲む嚥下音が響き、下衆な嘲笑が沸き起こる。

「おい、聞いたか？　あの奥さん、中に出して欲しいってさ」

「あ～あ、ダンナさんが聞いたらぶっ倒れるぞ。でも良いねぇ、興奮しちまうな」

「いやあッ、いやああッ」

もう恥ずかしくて目も開けられない。上体を支える力も失われ、若妻は肥満男の胸板へ倒れ込む。森坂はそんな涼乃の細い腰に両腕をしっかりと巻き付け、幼児をあやすような声で囁く。

「よしよし、良く言えたな。ご褒美に全部オマ×コの奥に出してやるよ」

「っあ、はぁ……っ、あっだめ、なかにっ、だめェッ」

右耳に熱い吐息を吹き込まれ、人妻はびくびくと総身を痙攣させる。思いが伝わった安堵感と、膣内射精を拒む理性とが脳裏でせめぎ合う。しかし太い両腕をウエストに巻かれていてはもう逃げられない。覚悟を決めて身体の力を抜くと、理性はたちまち掻き消えて代わりに性欲が燃え上がる。ふっ、ふっと意識が明滅を始め、膣肉が独りでにきゅんきゅんとひくつき出す。

オーガズムの予兆が感じられると観衆の視線も益々熱くしつこくなる。甘ったるくぼやけゆく意識の下で、涼乃はおしりの谷間にいやらしいむず痒さを覚える。それはちりちりと肛門を焦がしてから白く泡立つ結合部に絡みついて最大の熱量となる。誰もが膣を汚される瞬間を見たがっているのだ。

「いっちゃう、あっあっ、いっちゃうのっ、ゆるしてっ、っあ、ひぃ……ッ!!」

好きでもない夫の上司と肌を密着させ、汗を混ぜ合わせて若妻は果てる。びくびく、びくびくと悩ましい絶頂痙攣が起こるのと同時に、ぬるぬるとゆっくり上下していた森坂のものが根元まで埋まり切る。恍惚とする甘美な一体感の中で、とろけきった子宮口に灼熱の精液がびゅくりとしぶいた。

「ああッ!!　ああッ!!　はぁあ～～～～～～～ッ!!」

ぱんぱんに張り詰めた亀頭冠から噴き出すとろみは、一度目となんら変わらずに量が多かった。淫らな注入感と共に脳裏が真っ白になって身体中に甘い鳥肌が立ち籠める。なんと切ないオーガズムなのだろう。中年男が真下から顔を覗き込み、口元でうっとりと吐息を吸っていることにすら気付けない。

太った巨軀にしがみついて啜り泣き、何度も何度も昇り詰めていると、めくるめく浮遊感がようやく収束し始める。好色なペニスに最後のひと噴きまで膣内での射精を許し、純白の女体はぐったりと脱力する。いつの間にか森坂の首へ腕を巻き付けていた涼乃は、気怠そうに薄目を開けるもすぐに閉じてしまう。まだおしりの谷間に熱い視線が感じられる。見たい者がいるなら大人しくしていなくてはならない。

「どうだい、好かっただろ？」

「……はい……」

麗しい人妻の細い腰をしっかりと抱き締めたまま中年男が囁く。涼乃は素直に頷いて唇を少し開けてキスをねだる。くちゅくちゅと音を立てて口腔を舐め回されると、収まりかけていたオーガズムの波が勢いを取り戻す。唇を溶け合わせる口元にまで観客の視線は集まってきて、もっとやれとばかりに這い回るのだった。

第五章　偽りの絶頂と罪悪感

どうにも妻の様子がおかしい――そう思い始めてから仕事が手に付かない。彰良は自分のデスクで溜め息を吐き、上座の部長席をちらと見遣る。そこに森坂の姿はない。壁のホワイトボードに記された部長の予定は〝午後挨拶回り　直帰〟となっていた。

（まさか、な。森坂さんがそんなことするはずないし）

ふと妻と上司が逢い引きしている光景を思い浮かべてしまい、青年は軽く頭を振って笑う。森坂には公私共に世話を焼かせてしまっている。夫婦の営みについても、自分が不甲斐ないばかりに未だ面倒を掛けている有様だ。歩美にも相談に乗ってもらっているし、上司夫妻には頭が上がらない。

涼乃への愛は変わっていないし、性欲もある。セックスを始めるまではなにも問題はないのだ。しかし事が始まると急激に気分が萎えてしまう。彼女は本当に悦んでくれているのか、本当は面倒臭いと思っているのではないのか――そんな思いが独りでに湧いてきて集中を妨げられる。

中折れだけはすまいと必死に腰を振り、どうにか射精までは辿り着ける。普段あまり使わない筋肉を酷使するため、事後は猛烈な眠気に囚われる。そのため二回戦など夢のまた夢であり、妻が眠るまで腕枕をしていてあげることも叶わない。

このところはウォーキングの効果も出始めて以前よりは筋力が付いた。だがセックスレスの根本的な解決には程遠い。性について話し合うことも考えてはみたが、森坂夫妻によるとそれは逆効果に終わる可能性が高いという。やはり行動や態度で互いを理解する他ないようだ。

(でもなぁ……。一体どうすれば……)

相手が性欲を催しているかどうかは、残念ながらいまの自分の力量では判断が付かない。歩美が言うには注意深く見るしかないとのことだが、森坂は時には強引さも必要だと言う。その見極めがとても難しい。妻がその気ではないのに襲いかかればレイプになりかねないからだ。

彰良は大きく伸びをして首を回す。悩みは尽きないがひとつひとつ乗り越えてゆくしかない。前回肌を重ねてからそろそろ一週間が経つ。今夜辺り声を掛けてみるのが良いだろう。愛妻が頬を染めてベッドに横たわる姿を想像すると、つい興奮してスラックスの前が膨れそうになる。青年は咳払いしてそっと辺りを伺い、仕事に戻った。

夕食を終えたリビングにのんびりとした時間が流れる。歯磨きをして戻ってきた彰良はソファへ腰を下ろし、キッチンで洗い物に勤しむ妻の後ろ姿を眺める。長い黒髪が艶やかで、流麗なボディラインも婚前と変わっていない。エクササイズや食事制限など、色々な努力をしてくれているのだろうと思うと感謝せずにはいられない。

（あれ……？）

ついにやけながら妻を観賞していた青年はふと違和感を覚える。涼乃は時折洗い物の手を止め、愁いを帯びた溜め息を漏らすのだ。その横顔を見た瞬間にどきりと心臓が跳ねる。長い睫毛を伏せがちにしている彼女は掛け値なしに綺麗だ。その場に押し倒して滅茶苦茶にしてやりたい衝動に駆られる。

（それができたら苦労はないんだよなぁ……）

彰良は小さく笑って溜め息を吐き、思い切って妻に声を掛ける。これが自分の精一杯だった。

「なぁ、涼乃」

「はい？　どうかした？」

眩い笑みに迎えられてまた心臓が跳ねる。頬が熱くなるのを抑えられないまま、青年は欲望を口にする。

「ああいや、そのさ……、今夜どうかなと思って……」

妻は一瞬嬉しそうに破顔するも、見る見る眉を下げて申し訳なさそうな表情になる。

「ご、ごめんなさい。実は、そのね……、何日か前からあそこが痒くって。お医者さんに行ったら、ナプキンでかぶれたんだって。だから少しエッチはお預けって言われちゃったの」

「そうかぁ、いやいいんだ、それじゃあ仕方ないよね。悪化したら困るし」

「うん、ごめんね。また誘ってね」

「あ、ああ」

涼乃が小走りに駆け寄ってきて、ちゅっと唇をついばんでくる。その清らかな甘さに胸をどきどきさせながら、夫は戻ってゆく妻の背中を見詰める。彼女がこんな行動に出るとは驚きだ。以前の妻ならここまではしなかった。これはもしや、森坂夫妻とハプニングバーへ見学に行った効果なのだろうか。

（いや、待てよ。なにかを誤魔化すためにすることもあるんじゃないのか）

舞い上がりかけた気持ちに理性がストップを掛ける。そんな疑念が持ち上がるのも森坂のせいだ。あれから彼は特になにも言ってこない。歩美も同じだ。それまではしつこいくらいに世話を焼きたがっていたのに、急にだんまりを決め込むのは不自然に思える。

（……やめよう。なに考えてるんだオレは）

胸のもやもやを吹き飛ばしたくなって、彰良は冷蔵庫へ向かって缶ビールを一本取り出す。プルタブを開けて何口か一気に流し込むと、ざわついていた胸がやっと落ち着く。誰彼構わず疑いの目を向けるなど、被害妄想にも程がある。きっと仕事で疲れているのだ。

「じゃあ、お風呂入るね」

「うん、ごゆっくりどうぞ」

洗い物を済ませた妻はいそいそとリビングを出てゆく。ふと気になって彼女のスマートフォンを探すと、ダイニングテーブルに置かれたままになっている。夫は胸を撫で下ろしてソファへ背を預ける。良く聞く話では、浮気に走った妻は携帯電話を肌身離さず持ち歩くようになるという。トイレや入浴時にも離さないとのことだったが、涼乃に至っては杞憂だったようだ。疑ってしまった自分に腹が立ち、罪悪感で胸がちくりと痛む。

(ああもう、忘れよう。それが良い)

気晴らしにテレビの電源を入れ、撮り溜めしてあったドラマを見始める。しかし気分は重苦しいままで中々ドラマに集中できなかった。


「あれ、部長は?」

「ああ、さっき出て行かれましたよ。得意先の……ええと、誰だったかな……、とにかく、約束があるとかで」

「あ、そうなの。ありがとう」

女性社員と言葉を交わし、彰良は自席へ着く。行動予定表の森坂の欄には、確かに〝会合 十五時頃帰社〟とある。だがまだ午前九時前だ。いくら会合とはいえ時間がかかり過ぎるのではないか。

(おかしいよ、やっぱり。前はこんなことなかったのに)

またしても疑念が湧き起こり、平静ではいられなくなる。暫し思案した結果、彰良は席を立って予定表に〝打ち合わせ 十二時頃帰社〟と書き入れる。もちろんそんな予定はない。自宅へ戻って涼乃の様子を確かめるのが目的だ。

「あら、二階堂さんも外ですか」

「うん、ごめん。書き込むの忘れちゃってた。昼前には戻れると思うから、後よろしくね」

向かい席の若い女子社員に頭を下げて、青年は鞄と背広を手に職場を出る。妻に何事もなければそれで良い。いまはとにかく動きたかった。

彰良は車を走らせて自宅への道を辿る。通い慣れた道なのだが、なにかいつもと違うような気がしてくる。心配性もここまでくれば病気だ——ふと笑いが込み上げる。でも心からは笑えない。もし疑念が真実に変わったらと思うと手が震えてくる。

十字路を曲がって少し走り、更に小道へ入る。もう自宅は目の前だ。マイホームの青屋根が見えてきて、青年はひとつ溜め息を吐く。ガレージは空いている。誰かが車で訪れている様子はない。

(まったく……。しょうがないな、オレも)

自宅前に到着した彰良は徐行運転でそのまま通過しようとする。なにもないなら自宅へ上がり込む必要もない。普段しない行動を取れば妻を心配させることになる。焼き餅を焼いて森坂との関係を疑っていたなどと知られたら、彼女を怒らせてしまうかも知れない。

（……んん……？）

自宅の庭と道路の境界には柵を立て、外からの視線が通らないようにしてある。だがガレージ寄りの方角からなら少しだけ庭越しのリビングが見える場所がある。車が駐めてあれば視線は通らないのだが、その車はいま自分が乗っている。徐行で通過しようとしたその瞬間、彰良は自宅リビングに人影を見出す。華奢な妻のものではなく、大柄な誰かのものだ。

慌てて車を数軒先の路肩に寄せ、極力静かにドアを閉める。小走りに道を戻って件のポイントから再度リビングを伺う。するとそこには驚愕の光景が待ち受けていた。

（おいおい……、マジかよ……!?）

リビングに見えた人影は男性、しかも森坂だった。彼はすぐに窓際から離れ、代わりに愛妻が現れる。彼女はなにか思い詰めた表情で庭を見渡し、なぜかカーテンを閉じる。ただの来客でカーテンを閉じる必要はない。人目を憚る行為に備えての行動だ。

（ど、どうする？　どうする……？）

心臓が滅茶苦茶な心拍を刻み、指先が冷えて足も震え出す。踏み込みたい衝動に駆られるのだが、それは得策とは言えない。浮気の現場を押さえたら妻との間に修復できない溝が生まれる。離婚するにしても夫婦生活を継続するにしても、感情任せの突撃をしたのでは余計な混乱を招くだけで良いことはひとつもない。

それにまだ浮気と決まった訳でもない。森坂は歩美を愛していると事ある毎に公言している。いま自宅へ上がり込んでいるのも、涼乃になにか恥ずかしい知識を教えるためかも知れないではないか。任せると頼んだ手前、騒ぎ立てるのは失礼に当たる。もし早とちりで彼を怒らせてしまったら頼れる人がいなくなってしまう。そうなれば夫婦の未来は暗いものになるだろう。

（ん……？　なんだ……？）

ぐるぐると脳裏で自問自答をしていると、不意に玄関ドアが開く。彰良は慌てて柵の陰に身を隠して様子を伺う。耳に届いたのは妻の怒声だった。

「帰ってください。もうあなたとは会いたくもないです」

「はいはい、分かったよ。ちぇ、良いことできると思ったのによ」

森坂がやれやれといった様相で門扉に向かう。彰良は慎重に身体をずらして死角に入り続ける。どうやら森坂は下心を持って涼乃を訪ねてきたようだ。しかし呆気なく拒まれ、すごすごと退散したという訳らしい。

上司はずんずんと歩を進め、やがて大通りへ姿を消す。青年は大きく息を吐き、恐る恐る自宅を伺う。既に玄関は閉じられており、リビングのカーテンが開け放たれるところだった。庭を見遣る妻の表情はまだ硬いが、心なしか安堵しているようにも見える。

（とりあえず戻らないと……）

彰良はそんな涼乃に胸中で手を振り、急ぎ足で車へ戻る。森坂より早く帰社しないと嘘の打ち合わせがばれてしまう。ここはなにも知らない振りをしておくのが良いだろう。妻に手を出そうとしたことには腹が立つが、その危機を招いた原因は自分にある。大事なことを人任せにした罰が当たったのだ。

会社へ戻ってみると、まだ部長席は空のままだった。女子社員によると森坂から電話があり、帰社時刻が早まるとのことだった。ひとまず安堵して席へ着いた彰良だったが、五分としない内にそわそわと貧乏揺すりを始める。

そもそも、部長が自宅を訪れたのは今回が初めてだったのだろうか。もしもっと前から訪れていたのだとしたら——心配し過ぎだとは思うが、どうしてもその疑いを捨て切れない。

（そうだ、歩美さんに話をしてみよう。なにか分かるかも知れない）

歩美と森坂は性に関して相当にオープンな間柄だ。涼乃の件も夫婦で話し合って決めてくれたことであり、森坂の行動も当然把握しているはずだ。浮気すると知っていて他所の女の下へ夫を向かわせる、そんな妻がいる訳はないのだから。

彰良は周囲の目を盗んでスマートフォンを取り出し、歩美にメッセージを送る。するとややあって反応が返ってきた。

「珍しいじゃない、彰良クンから会いたいだなんて。うふふ、お姉さん嬉しいわぁ。それで、なにする？　イチャイチャしちゃう？」

午後三時。アポイントはすぐに取れ、その日の内に歩美と顔を合わせることができた。また嘘の予定を立て、彰良は会社を後にする。森坂家を訪れるのは結婚の報告をしにきた時以来だ。歩美によれば森坂は今夜帰らないらしい。なにやら苛ついていて、ひとりで存分に酒を呑みたいとのことだった。

歩美は会うなり抱きついてきた。気怠い午後を退屈に過ごしていて、気晴らしにお酒を呑んでいたようだ。胸板に豊かな乳房の弾力感と柔らかさが感じられ、青年は耳を赤くして上司妻の肩を持ってそっと押し戻す。今日も彼女は蠱惑的だ。胸元が深く切れ込んだ七分袖のVネックシャツにショートパンツという装いが眩しい。悩ましい胸の谷間が覗けるのはもちろん、染みひとつない白い生足にも目を奪われる。

「か、からかわないでくださいよ。大事な話をしにきたんです」

「あら」

豪勢なソファセットの置かれたリビングへ通され、青年は勧められるままに背広を脱いで腰を下ろす。年上の人妻は慣れた手つきで背広を受け取り、ハンガーに吊す。

「それで、大事な話ってなぁに？」

「え、ええ。実はですね……」

迷った挙げ句に、彰良は日中目にした出来事を包み隠さず打ち明ける。そして胸中に燻り続ける思いも吐露する。

「……って訳で。もしかしたら、ふたりして前から逢ってたんじゃないかって。その辺りどうです？　なにか聞いてますか」

「う〜ん、そうねぇ。これといっては、特に。でもそんなに気にすることもないと思うわよ？　あの人が部下の奥さんに手を出すようなことすると思う？」

「そう言われると……。まぁ、そうですね。普通なら有り得ないことですよね」

自分の夫が日中に友人と逢っていたというのに、歩美は表情を変えることなくお酒のグラスを傾ける。性に関して大らかな夫婦だけに、この手の話には慣れているのだろうか。やんわりと否定はされたがまだ疑念は晴れない。歩美が腹を立てないことがどうしても引っ掛かるのだ。

「ね、それより一緒に呑まない？　もう今日は会社に戻らなくっていいんでしょ？　見せたいものもあるし、ね？」

「は、はぁ……。まぁ、少しだけなら……。薄目で頼みます、車なんで」

「やった！　分かったわ、薄目にね」

車できている以上、本当なら酒は口にできない。でもこちらから相談に押しかけておいて断るのも気まずい。二〜三時間で酔いが覚める程度ならと、彰良は年上妻の誘いに応じる。彼女は高価そうなグラスをキッチンから持ってくると、氷を入れてウイスキーを注ぐ。水も注がれて水割りが完成すると、ピンクのマニキュアが塗られた細指ではい、と手渡してきた。

「ありがとうございます、じゃあ……」

「うふふ、かんぱ〜い！」

カチンとグラスを合わせて一口呑む。まだ日の高い時間だからか、薄くても酒が美味しく感じられる。背徳感というものだろうか。

「それで、オレに見せたいものって？」

「えっ、見たい？　どうしても？　しょうがないコねぇ、じゃあ見せちゃう」

　自分から見せたいと言っていたのに、歩美は悪戯っぽい言い回しでウインクする。そして向かいのソファから立ち上がると、なにやらＤＶＤディスクを一枚チェストから取り出して戻ってくる。向かいの席ではなく右隣に腰を下ろされて、彰良はどぎまぎと目を泳がせる。ふわりと漂ってくる、甘ったるい香水の香りが悩ましい。

「見て欲しいのはこれ。あたしが例のバーに行った時の映像なの。彰良クンも興味あるでしょ、お店がどんななのか。すずちゃんのこともあるし、彰良クンも知っておいた方が良くない？」

「ええ、そうですね。じゃ、お願いします」

　歩美は笑顔で頷いてテレビ台へ向かい、プレイヤーにディスクをセットする。マニキュアが色っぽい指がリモコンを操作すると、すぐに映像の再生が始まった。森坂家のテレビは五十五インチの高級機種だ。色の発色が鮮やかで、なにより迫力が違う。

『どう？　ちゃんと撮れてる？　キレイに撮ってよね』

『任せとけって。バッチリだぞ』

　どうやら映像は森坂夫妻がふたりきりで店を訪れた際に撮られたものらしい。撮影しているのは森坂のようだ。画面がぐらつかないことから、三脚に乗せて撮っているのだと分かる。

店内が映し出され、彰良はほうと声を上げる。ピンク色の光に照らされた空間は驚くほどに広く、席の数も多い。客の入りも盛況で、きわどい服装のウエイトレスが忙しそうに世話をしているのが見える。

「あ、あの、ちょっと歩美さんっ」

「え、なぁに？ どうかしたの」

カメラが引いて歩美が映り込んだ刹那、青年は思わず背を伸ばす。画面に映る彼女はバスローブ姿で、歩きながら帯を解いているではないか。背後から撮っているためにはだけられた側は見えていないが、振り返りでもすれば丸見えになってしまう。あまりに慌てる青年を見て、年上の人妻はふふっと笑って映像を一時停止する。

「ああ、これね。あたしね、他の男の人とエッチしに行くところなの。後で夫婦で見ようって約束したのに、ウチの人ったら全然見てくれなくて。だから彰良クンと一緒に見ようと思って……。ダメ？」

「だっ、ダメに決まってるじゃないですか。もういいですから消してください」

「え〜、どうしようかなぁ。ふふっ、ホントは彰良クンだって見たいくせに。いつもあたしのおっぱいとかおしりとかこっそり見てるじゃないの」

「そ……、それは、その……。っていうか、他の人とするってどういうことなんですか。有り得ないでしょ」

痛いところを突かれた青年は慌てて話を逸らす。歩美の身体を盗み見ていたことには反論のしようがないが、彼女の行動は常軌を逸したものだ。嫉妬じみた感情にも背を押され、食い下がらずにはいられない。すると年上の人妻は楽しそうにお腹を抱えて笑う。

「あはは、やっぱり夫婦って似るのねぇ。彰良クンてば、すずちゃんと同じこと言うんだもの。あ〜可笑しい」

「そんな、大事なことですよ。第一、森坂さんが許したんですか、そんなこと。オレだったら耐えられないです。大好きな人が他の奴とするなんて……」

彰良は脳裏に涼乃を思い浮かべる。もし彼女が自分以外の男に抱かれたら——つい数時間前の出来事だけに、森坂の姿が真っ先に妻の隣に現れる。駄目だ、やはり考えられない。たとえ結婚前でも想いを打ち明け合った者同士なら許されない裏切りだ。

「まぁ、誰でも最初はね。でもね、どんなに仲の良い夫婦でも、必ず飽きはきちゃうものよ。その時彰良クンならどうする？　キスもしないまま歳を取るの？」

「……それは……」

「あたしはイヤ。ウチの人も同じだったわ。それで辿り着いた答がこれなの。もちろん、浮気とは訳が違うわ。お互いに一番大事に想ってる。その状態で他の人とすると……分かるでしょ？　すごいジェラシーで獣みたいに燃え上がっちゃうんだから」

「わっ、分かりませんよ、そんなの。絶対におかしいです」

歩美の口から飛び出した話はあまりに衝撃的だった。森坂は夫婦でいかがわしいプレイに興じていたというのだ。尊敬する上司の本性が垣間見えた気がして寒気に襲われる。なにより、姉的存在だった歩美が見知らぬ男たちに身体を許していたことがショックでならない。

「彰良クンは真面目よね。でもそんなところにすずちゃんは惹かれたんでしょうね。あたしだってそうよ？　彰良クンのことすごく気に入ってるの」

「え、その……、まいったな、はは……」

潤んだ瞳で見詰められて、思わず心臓が跳ね上がる。歩美が右手に左手を重ねてくるのだが、払い除けることができない。

「さ、続き続き。あたしが乱れちゃうとこ、全部見て。恥ずかしいけど、彰良クンになら許しちゃう」

映像の再生が再開され、店のざわめきが響き出す。歩美はズームしてきたカメラに悪戯っぽく舌を出し、バスローブをはらりと床へ落とす。向かう先のソファには三十代くらいの浅黒い肌をした筋肉質の男が待ち受けている。彼もバスローブを脱ぎ捨てて全裸となった。

「ほ、ほんとにしちゃうんですか、これ」

「そうよ？　この日はね、前からあたしとしたいって言ってた人がたくさん待ってて。もうみんなタフだから、腰が抜けて立てなくなっちゃった。うふふ、妬けちゃう？」

年上妻が右肩に寄りかかってきて、右耳にふうっと吐息を吹きかけてくる。青年は真っ赤になりながらグラスを傾け、薄い水割りを一気に飲み干す。

「かっ、帰ります、オレ。じゃあ歩美さん、また……」

「ダ〜メ、帰さないから。もう、素直になりなさいよ。見たいんでしょ、ほんとは。ほら見て、そろそろ襲われちゃうわよ、あたし」

寄りかかったままの人妻が画面を指差す。つられて見遣ると、映像の歩美が浅黒い男にソファへ押し倒されていた。きゃっと可愛い悲鳴が聞こえるも、すぐにくぐもってしまう。荒々しく唇を奪われているのだ。

（や、やばいよ、こんなの見てたら……）

無意識の内にごくりと生唾を飲み、青年は映像に食い入る。歩美にはもちろん好意を抱いている。いつも快活で、健康的な色気に満ちていて、世話焼きで。三十路越えとは思えない瑞々しい肉体にも気を取られる。涼乃と同じくらいに色が白く、バストも引けを取っていない。足ももっちりと脂が乗っていて、つい見惚れてしまう。

『やぁっ、まって……んむぅ、乱暴にしないで、おねが……んんぅ』

『なに言ってやがる。荒っぽくされるのが大好きなクセに。こないだはよくもオレの見てる前で他の奴とハメやがったな。お前のオマ×コ、オレの精液でドロドロに汚してやるぜ』

不潔な会話がはっきりと聞こえてくる。彰良は心臓をばくばくと弾ませて言葉を失う。どうやら浅黒い男も歩美に好意を寄せているようだ。ルージュの引かれた唇を狂ったように貪り吸い、ずっしりと重そうな媚乳を両手で鷲掴みにする。

「ふふ、結構大きいでしょ、あたしのおっぱい。すずちゃんには負けるけど、Eカップなんだから。触ってみたい？　彰良クンならオッケーしちゃうんだけどなぁ」

「え……、その……」

歩美の左手が艶めかしく蠢き、右手に絡んでくる。手の平を返して恋人繋ぎにされるのだが、やはり振り払えない。妻以外の女の柔らかさと温もりに理性を溶かされる。

『はぁっ、あ、いや……、はぁはぁ、ああんッ』

浅黒い男が歩美の乳房をせわしなく吸い立てる。濃いピンク色をした乳首がちらと覗ける度に、青年の股間はじぃんと熱くなる。彼女の乳頭部は涼乃より色が濃く、乳輪も一回りほど大きい。しかしつやつやと光を帯びていかにも甘そうだ。良いように吸い立てている男が憎くて、独りでに鼻息が荒くなる。

『もうチクビ硬くさせてんのか。どうしようもねえ淫乱だな、歩美は』

『やぁあッ、そんな……、あっ、く……、だめェッ』

ちゅくちゅくと胸の先を吸われて喘ぐ歩美を凝視していると、新たに作ってくれた水割りを差し出される。礼を言うのも忘れて彰良は飲み干す。さっきよりも濃くて喉がひりつくが構ってはいられない。浅黒い男が歩美の美脚を割り、股間へ口元をうずめたのだ。ちゅばちゅばと淫猥な吸引音が響き渡って、青年の下腹部は一段と熱を帯びる。

「彼ね、すごく舌が長くって。奥の方までベロベロ舐められちゃって、もうどうしたら良いのか分からなくなっちゃったわ」

「………っ」

年上妻は右耳に囁きながら恋人繋ぎを解き、その左手をスラックスの股間へ滑らせてきた。あっと思った時には膨らみを包み込まれていて、得も言われぬ心地好さで思わず息が詰まる。

「だ……、だめですよ歩美さん。オレは、森坂さんの部下で……」

「もう、いまはあの人のことなんてどうでもいいの。ちょっと触るだけだからいいでしょ？　あっ見て、この人ったらね、おしりの穴まで舐めてきたのよ？　いやらしいわよね」

「……っそ、そうですね……」

見れば確かに男が歩美の足を肩へ担ぎ上げ、しきりに割れ目の下に吸い付いている。肛門に口を付けるという行為もショックだが、初めて見た歩美の肉裂に視線を吸い寄せられる。涼乃に比べると肉びらが大振りで、色は淫らに濃いセピア色だ。だがぷるぷると揺れる様子から相当に柔らかいと分かる。肉土手はふっくらと張って弾力感に満ち、恥毛は綺麗に剃り落とされている。なにもかもが妻と異なる淫猥さだった。

「あは、気付いちゃった？　あたしいまパイパンなの。焼き餅焼いたウチの人に剃られちゃって。でもお陰で舐めるのが楽になったって好評なのよ」

「え、ええ……」

獣じみた吸引音が鳴り響き、映像の歩美が切なそうに首を振りたくる。胸の先が見る見る尖ってゆく様に体温を上げさせせられる。浅黒い男が歩美の肉花を両の親指でぱっくりと割り、撮影している森坂を振り返ってにやつく。丸見えとなった年上妻の媚肉は鮮やかなサーモンピンクにつや光って、秘めやかな膣口に淫らな滴を溜めていた。

「男の人って、みんなオマ×コ覗くの大好きよね。ああして拡げられるの、すっごく恥ずかしいのに」

右耳に囁く年上妻が、スラックスの股間をやわやわと揉み立ててくる。女性からそんな責めを受けるのは初めてだ。興奮のあまり思わず射精してしまいそうになり、彰良はぐっと歯を食い縛って堪える。その様子を見遣って歩美は小さく喉を鳴らす。

映像では歩美が屈曲位に組み敷かれ、いよいよ膣を貫かれようとしている。そこで改めて青年は固唾を呑む。相手の男に避妊具を着ける気配はない。まさか本当に生で繋がるつもりなのだろうか。その答は右隣に座る人妻が教えてくれた。

「入れられちゃったのよねぇ、ナマで。あの体位ね、苦しいんだけど入ってるところが自分からも丸見えになるのよね。ヌルヌルズボズボって感じで、こっちもすっごく興奮しちゃうの」

言いながら歩美がスラックスのファスナーを下げてくる。彰良は敢えてなにもせず人妻の好きにさせる。酒を呑んで歩美の甘い匂いを嗅いでいるせいもあってか、いつになく強い性欲を感じる。彼女がなにをするつもりなのかまだ分からないが、できることなら思い切り劣情を発散したい。

『入れるぜ歩美。うひひ、見てろよおっさん。あんたの奥さんヒィヒィ泣かせてやるからな』

『ああ……っ、いやあ…………ッ』

浅黒い男は挑戦的な台詞を撮影者の森坂にぶつけ、くの字に折り畳んだ白い女体に覆い被さる。そしてだらだらと先走り液を滴らせるペニスを濡れた女穴に押し付け、ゆっくりと埋め込んでゆく。演技なのか本心なのか、映像の歩美が迸らせた悲鳴は震えがくるほどに艶っぽい。

ごくりと生唾を飲んだその時、張り詰めていた股間に清々しい開放感が広がる。歩美がファスナーの間へ左手を差し入れ、トランクスの前も開けてペニスを引っ張り出したのだ。自分の分身は見たことがないほど膨張しきって、鈴口には先走り液が大粒の玉を結んでいた。

「うふふ、おっきい。こんなおちん×んしてたのね、彰良クンて。先っぽがツヤツヤしてて美味しそう。それにすごくエッチな匂いがする」

「あ……っ、歩美さん……っ」

年上妻は愛おしそうに肉幹へ左指を絡ませ、亀頭冠に鼻先を寄せてクンクンと匂いまで嗅いでくる。普段の快活な歩美からは想像も付かない豹変振りだ。興奮のあまりに声が上ずってしまう。

「彰良クンは画面見てて。おしゃぶり、してあげるね」

「う、わ……っ」

ルージュを引いた艶めかしい唇がねっとりと肉傘を包んできて、背筋がビリビリと痺れる。フェラチオされた経験は恥ずかしながらほとんどない。彰良は少年のような声を上げて腰を浮かせ、たまらず暴発してしまう。歩美はんっと呻いて眉を寄せ、びゅくびゅくと噴き上がる精液を口腔へ受け止めてみせる。

「うあ、あ……」

上司の妻にペニスをしゃぶられ、その口内で射精している。そんな背徳感にも快感を煽られる。しかも歩美は頬をすぼませてきつく吸い上げ、左手で幹を激しくしごいてくれるのだ。脳裏が真っ白になるほどに強烈で甘美な射精感だった。一滴残らず年上妻の口腔へ劣情をぶちまけ、青年はぽかんと呆ける。

歩美はとろんと瞳を潤ませて彰良を見上げ、肉幹の内部に残った液もすべて吸い出して飲み干す。そしてゆっくりと亀頭冠から口を離し、ふうっと熱い吐息を漏らす。

「うふふ、いっぱい出たね。すごく濃かったけど、溜まってたのかな？　それとも、あたしが犯されるの見て興奮しちゃった？　嬉しいな」

「……………っ、あ、おあああッ」

巧みな力加減でゆるゆるとペニスをしごかれ、理性が粉々に打ち砕かれる。もう我慢できない——相手が大恩ある上司の妻であることも忘れ、青年は奇声を発して覆い被さっていった。


ひとりきりの、寂しいリビング。長い黒髪が清楚な若妻は壁掛け時計を見上げては溜め息を吐き、夫の帰りを待ち侘びる。今日は大きな出来事があった。森坂と共謀して一芝居打ったのだ。そのことについて謝罪はできないが、できる限り労ってあげたい。しかしその時、共謀の当人から電話が着信する。

『今日は上手く行ったな。これでしばらくは安心だ、思いっきりいちゃつけるな』

「………………っ」

森坂は外出先から電話を掛けているらしく、声の背後から音楽が聞こえてくる。時刻は二十二時を回ろうとしていた。

『なんだ、まだ拗ねてるのか。しょうがないだろ、ああでもしないと。疑われてるんだからな』

「……だからって、騙すなんて……。やっぱり、酷いです」

森坂は用意周到だった。その内に彰良が秘密の関係に気付くと踏んで、彼の車にGPS発信器を取り付けていたのだ。車がどこにあるかは森坂のスマートフォンで確認できる。その情報により彰良が自宅へ向かっていることに気付き、芝居を打って安心させたというからくりだ。

『ところで、まだ彰良君の車はそっちに戻ってないようだが？　なにかあったのか』

「いいえ、特には……。でもメールもないですし、どうしたのかな……」

涼乃は眩い美貌を曇らせて肩を落とす。もしかしたら、夫は別の手段で森坂との関係を知ったのかも知れない。それで怒り狂い、自宅に戻ってこないのだろう。だとしたらもうどうしたら良いのか分からない。不安で涙が滲んでくる。

『大丈夫だって、バレちゃいないよ。呑みにでも行ってるんだろ。打ち上げがあるとかなんとか、部署の女のコが言ってたしな』

「……だと、良いですけど……」

ふうっと溜め息を吐き、若妻はソファに腰を下ろす。どうにも気分が上向かない。なのに森坂は上機嫌に話し掛けてくる。

『まぁそれは置いといてさ。こないだはどうだった？　中に出されるのも良いもんだろ。白目剝くくらいイってたもんな』

「な……っ、やめてください、そんな話」

ハプニングバーでの恥態が瞬時に思い出され、かあっと耳が燃え上がる。翌日にアフターピルを服用して妊娠は免れたが、あんな不潔な体験はもうこりごりだった。なにしろ、店でのことを夢に見てショーツの股間がぐっしょりと濡れてしまう有様なのだから。日中も、ふと気付けばぼうっと呆けている。あの時の強烈過ぎる快感と見られる興奮が頭から離れないのだ。

『ふふん、まぁいいや。でもこれで俺と涼乃はただならぬ間柄になったってワケだ。いまだってな、すぐにでもお前を抱きたくってウズウズしてるんだぜ。またナマでハメようや。オマ×コの奥にたっぷり出して、何度でもイかせてやるからさ』

「やめ……っ、はぁ、はぁ、怒りますよ、ほんとに」

森坂が憎いはずなのに、スカートの中が見る見る蒸れてくる。無意識の内に呼吸まで弾んでいたことに気付き、人妻は耳を朱に染め上げる。

『ははは、ごめんごめん。じゃあひとつだけ教えてくれるかい。ナマでするのは好かったのか、それとも気持ち悪かったのかをさ。そしたら電話切るよ』

「………………っ」

涼乃はスマートフォンを握り締めたまま暫し押し黙り、辺りを見回す。そして消え入りそうな声で告げる。

「……好かった、です……」

『おお、そうかそうか。いやあ夜遅くに悪かったね、じゃあ切るよ……っと、その前に。いいか涼乃、もし彰良君からエッチを誘われたら断らずにちゃんとするんだぞ。いいな？』

「え、ええ……。でも、どうして？　気分が乗らない日だってあるのに」

若妻は小首を傾げる。すると男は豪快な笑い声を上げる。

『おいおい、俺たちは疑われてるんだぞ。これでエッチを拒否したら、他にする人がいますのでって言ってるようなもんじゃないか。まだまだ涼乃は経験不足なんだし、俺の指導が必要だろ？　そのためだよ、分かったかな』

「……はい」

改めてセックスの継続を伝えられると胸が重苦しくなる。もう以前の自分より成長していると思うのだが、森坂に言わせると全然変わっていないとのことだった。あと何回この男に抱かれれば終わるのか、まったく見当が付かない。

『ああそれからな、する時は必ずコンドーム使うんだぞ。でないと、俺とする時に中出しの快感が半減しちまうからな。どうせならお前だって思いきりイきたいだろ？　それにいまデキちまったらいままでの苦労が水の泡だし、子供にかかりきりになるから〝練習〟なんてできなくなるしな』

「……はぁ……」

本当にこちらのことを考えてくれているのかどうか疑わしいが、言われることも尤もだ。悔しいことに、膣内で射精される快美感は強烈だった。彰良にされた時はいつ出されたのか分からないまま終わったのに、森坂の粘液はとろっとした粘度まで感じられたのだから。

『……お、彰良君の車がそっちに向かってるようだぞ。代行かな？　まぁあと十五分くらいで着くみたいだな。じゃ、そういうことで』

言いたいことだけ言って、夫の上司は電話を切る。若妻は深く溜め息を吐いてスマートフォンから着信履歴を消し、ガラステーブルへ置く。森坂からの着信やメールはこうして逐一消去している。これは森坂からの入れ知恵だ。トイレや入浴の際にスマートフォンを持ち歩くなとも言われている。すべては夫にふたりの関係を隠すために。

（このままで良いのかな……。もう分からない……）

一般的に考えれば、既婚の身で他所の男と肉体関係を持つなど許されない。だが自分たちの場合は少々事情が複雑だ。夫婦の営みを燃え上がるものに変え、めくるめく悦びの果てに子供を授かる——その夢を実現させるには性経験の豊富な者から教えを請う以外に方法はない。ましてや自分は実体験も乏しいのだから、実技の指導も必要だろう。納得のいく変化が現れるまでは森坂に身を任せるしかなかった。

（ああ……、やっちまった……）

自宅へ向かう車の中で、彰良は深い溜め息を吐く。歩美に相談して夕飯までには帰宅するつもりが、気付けば二十二時を回っていた。

酒を呑み、歩美の色香に惑わされて襲いかかり、とうとう彼女と身体の関係を持ってしまった。フェラチオされた時点で満足しておけば良かったものを、なぜ堪えることができなかったのか。しかも避妊具なしに繋がり、歩美の中で二度も果てたのだから罪は重い。

どんな顔をして涼乃に会えば良いのだろう。いっそのこと、今夜は帰宅しないという選択も頭に浮かんだ。だがそれは悪手だろう。無断外泊はこれまでしたことがない。いまは微妙な時期なのだから、不安を抱かせるような行動は慎むべきだ。でないと妻に森坂との密約が露呈しかねない。今日のことは黙っていよう——そう決めて車をガレージへ駐め、玄関ドアの鍵を開ける。

「ただいまー。ごめん涼乃、遅くなっちゃって」

努めて明るい声で振る舞うと、涼乃がリビングからぱたぱたと駆け寄ってくる。さぞ怒っているかと思いきや、その表情は意外にも穏やかだ。

「おかえりなさい、彰良さん。もう、心配したじゃないの。遅くなるときはメールちょうだいって、あれほど……」

「ごめん、打ち上げあったの忘れてて、無理矢理連れ出されたもんだから……。それで、酔いが抜けるまで車で待ってたら寝ちゃってさ。次からはきちんと連絡するよ」

平身低頭でひたすら謝ると、妻はくすっと笑って鞄を受け取ってくれる。どうやら怪しまれずに済んだらしい。ほっと胸を撫で下ろし、青年は彼女の後についてリビングへ入る。湯上がりなのか、コンディショナーの甘い香りが黒髪から流れてきて思わず身体の芯が熱くなる。

「夕飯は……要らないかしら。お腹空いてる？」

「いや、大丈夫だよ。ありがとう」

昼間の出来事が思い出されてつい顔が強張りそうになるも、彰良は平静を装って笑みを浮かべる。密かに伺ったところ、妻の様子に不審な点はない。彼女は森坂との一件を目撃されたとは夢にも思っていないのだろう。

ふたりの関係が以前からあるのかないのかは結局分からず終いだ。悪い癖で、一度気になると抑えが効かなくなる。もし涼乃が森坂になにかされていたとしたら――ムラムラと性欲が湧き上がってきて、スラックスの前がこんもりと膨れる。

「な、なぁ涼乃。こんな夜になんなんだけど……。しても、いいかな？」

「え……？　う、うん、良いけど……。疲れてない？　大丈夫？」

「ああ、平気だよ。ようし、じゃあ早速シャワー浴びないとだな」

他所の女を抱いてきた後で妻も抱こうなどと、自分は汚い男だ。だが込み上げる衝動はもう爆発寸前だった。歩美を相手に三度も射精してきたのに、まだできる自分が信じられない。いつもの自分であれば二度だって怪しいのだから。

涼乃が素直に受け入れてくれていることにも驚かされる。この反応は森坂夫妻による教育の賜なのか、どうなのか。とにかくまずはシャワーだ。森坂家で浴びてはきたが、身体のどこに歩美の匂いが残っているか分からない。

「先にベッドで待っててくれるかい。すぐ行くから」

「うん、じゃあ待ってるね」

俯きがちに答える妻はほんのりと頬を染めている。その愛らしさに心を躍らせながら、青年はせかせかと背広を脱ぎ始めた。

夫は急いでシャワーを浴び直し、バスローブを纏って寝室へ向かう。どきどきしながらドアを開けると室内は暗い。涼乃が灯りを落とし、ベッドのヘッドランプだけに絞ったようだ。

「お待たせ」

「う、うん」

毛布を口元まで引き上げて、妻は恥ずかしそうに微笑む。バスローブを脱いで毛布を捲ると、中から眩く白い裸身が現れる。きめ細やかな肌から立ちのぼる甘い匂いが一気に広がり、彰良は股間のものを硬くいきり立たせる。

(よし、今夜は……)

歩美を抱いたせいなのか、今夜はどうにも変に興奮してしまう。彰良はごくりと喉を鳴らすと、胸元を両腕で隠している愛妻に命令を飛ばしてみる。

「ね、涼乃。四つん這いになってよ。後ろからあそこ舐めてあげるから」

「え⁉　ど、どうしちゃったの。……いいけど、恥ずかしい……」

妻はいつもの夫らしからぬ申し出に戸惑いを隠せない。しかし拒むことなく身体を起こすと、ベッドの宮へ頭を向ける形でそろそろと犬の姿勢を取ってくれる。青年は全身の血を滾らせて荒い鼻息を噴き出す。なめらかな背中を見せておしりを突き出した涼乃を見るのはいつ振りだろう。逸る心を抑えるのがやっとだ。

ベッドへ上がって妻の桃尻と相対して胡座を掻く。灯りが心許ないために、おしりの谷間は暗い影に包まれてほとんど見えない。張りがあってもちもちの尻肉を両手で鷲摑みにすると、涼乃ははっと息を呑んで身を固くする。

「や……っ、ん……」

秘めやかな部分は見えなくとも、清楚な若磯の香りが導いてくれる。入浴後のせいかあまり匂い立ちはしないが、それでも深呼吸するに相応しい匂いだ。歩美の谷底はもっと濃密で生々しい〝雌〟の匂いに満ちていた——ふと思い出してしまい、彰良は軽く頭を振ってから妻の割れ目にむしゃぶりつく。

「は……っ、はぁ、はぁ、んんぅ……っ」

暗いお陰か、涼乃は可愛らしい喘ぎを漏らしてびくびくと震える。舌に広がる味はきりっと酸味が強く、後味は仄かに甘い。夢中になって柔らかな肉びらを舌で掻き分け、慎ましやかな膣口を探り当てる。試しに舌を埋め込んでみると、そこはじっとりと熱を帯びてきゅっと締め付けてきた。

「どうかな? 気持ち好いかな」

衝撃的な体験をしてきたとはいえ、性格ばかりは急には変えられない。ふと不安になって尋ねると、暗がりで妻が頷くのが分かる。ほっと安堵して舌を膣から抜き、今度は舐め下ってクリトリスを狙ってみる。小さく剃り整えられた恥毛の叢、その麓に隠れている肉の芽は包皮からちょっぴり顔を覗かせている。

「く……う、はぁはぁ、んくぅ……っ、あ……」

舌先を尖らせて包皮を剝き上げ、丹念に肉芽を舐め弾く。次第に〝おんな〟の匂いが強まってきて、甘酸っぱい味も感じられてくる。膣口から愛液が湧き出しているのだ。嬉しくなって盛んにクリトリスを舌先で弾いていると、妻の真っ白な素肌が汗で煌めき出す。

(やばいな、もう出したくなってきた……)

まだ睦み合いを始めたばかりだというのに、股間のものがムズムズと疼いて仕方がない。我慢して肉の割れ目に舌を這わせるのだが、射精欲は見る見る高まってくる。とりあえず出して落ち着こう——彰良はクンニリングスを切り上げて膝立ちになる。するとすると涼乃が右肩越しに振り返り、喘ぎ混じりに囁く。

「ね……、ゴム、着けてね。まだ早いと思うし……」

「うん、分かった。ちゃんと着けるよ」

夫はせかせかと膝立ちでベッドの宮へ進み、引き出しを開けて避妊具のパッケージを一枚取り出す。暗くて手元が良く見えない中でなんとか装着すると、挿入への期待感で心臓がばくばくと跳ねる。

「ごめんよ、ちょっと入れるからね」

「……うん、きて……」

先に一言詫びを入れると、妻は恥ずかしげに微笑んで頷く。暗い影に包まれたおしりの谷間を薄膜付きの亀頭冠で探ると、入るべき穴は吸い付くように見つかった。しっかりと桃尻を抱え直し、気持ち前屈みの姿勢を取る。そしてぐっと腰を突き出すと、ペニスが得も言われぬ温かさに包み込まれた。

「んぁう………ッ」

涼乃の膣内は熱くとろけて奥へ奥へと誘うようにうねる。思わず暴発しそうになり、彰良は歯を食い縛って凌ぐ。前回繋がった時よりもやけに締め付けが強い気がする。それにこれほどうねるように動いていただろうか。歩美の女肉を味わったことで、ペニスが敏感になっているのかも知れない。ふと妻に申し訳なくなって、夫は脳裏で自分の非を詫びる。

「んっ、あ、はぁ、はぁ、くうっ、あっ」

それでも我慢の限界で、腰を揺り動かさずにはいられない。欲求のままに突き始めると、涼乃の唇から悩ましい嬌声が漏れてくる。肉幹に感じられる膣温も高く、ぬちゅぬちゅと姫鳴りも聞こえる。どうやら感じてくれているようだ。

(良い調子だ、これなら……)

妻のくびれたウエストをしっかりと摑み、ピストン運動に専念する。すると見る見る下腹部に切迫感が満ちてきて、情けない声が口から飛び出してしまう。声を出すことで背筋を伝う快感は瞬く間に膨れ上がって、薄膜付きの肉茎がビクビクと痙攣を始める。

思わず上体を倒して涼乃の背に覆い被さると、吸い付くような感触の柔肌に迎えられる。立ちのぼってくる甘い体臭と温もり、頭の芯を溶かす切なそうな喘ぎ声——興奮で昂ぶっていたペニスに堪える術はなかった。

「涼乃ぉ……っ、うう……ッ、く、く……」

「ああんっ、あっだめ、だめ……、んんぅッ」

ずんっと深突きすると同時に射精欲に身体を明け渡し、腰に渦巻いていた心地好いもやもやを解放する。歩美に放出した分を加えると四回目となるのに、避妊具の内側へ大量の熱いとろみが溜まってゆくのが分かった。妻もくっと仰け反り、あられもない声を上げて応えてくれる。きゅううっと膣肉が締まり、ドクドクと噴き出す精液を一滴残らず搾り取られてしまう。

「ふああ……、はぁ、はぁ……、す、すごかった……」

「っはぁ、はぁ……、ふふ、感じちゃった」

繋がったまま涼乃の右肩越しにキスを求めると、熱い吐息を漏らす朱唇が重なってくる。彰良は仄かに甘い唾液を啜り飲んで喉の渇きを癒す。もっと彼女を悦ばせてあげたい。避妊具を着け替えてもう一戦しようとしたその時、かくんと腰が抜けて立ち上がれなくなる。同時に猛烈な眠気にも襲われる。どうやら無理をし過ぎたようだ。

「ごめ……、もう限界みたいだ……」

ふらつきながら結合を解き、いまにも閉じそうになる瞼に活を入れてコンドームを外す。指先が覚束ないために粘液が少しシーツにこぼれてしまうのだが、探して拭き取る余裕もない。ベッドの宮から半ば手探りでティッシュペーパーを摑み、濡れたペニスを拭く。俯せた妻のおしりにも手を伸ばして割れ目を拭き上げると、一瞬意識が途切れて身体が独りでに横たわる。

「もう一回、したかったんだけど……。ごめんな、またがんばる……から……」

「いいのよ、そんな。ありがとう、彰良さん」

閉じゆく視界の中で懸命に右腕を伸ばして妻に腕枕をする。ころりと頭を乗せてきた彼女が右頬にちゅっとキスしてくれる。思うように責めてやれなかったことを悔やみながら、彰良は深い眠りに落ちていった。


(どうしよう……。まさか、今夜だなんて……)

涼乃は冷たくなった両手を胸の前で重ね、自身の激しい心音を感じる。夫の帰宅は遅く、不意の呑み会だったせいか疲れも見える。それでもセックスをしたいという。あまり性欲を表に出さない彼にしては珍しく積極的で、妻としては嬉しくもある。しかしこちらにも準備は必要だ。特に心を穏やかにさせていなければとても営みに集中できない。

本音を言うなら断りたかった。今日の精神はお世辞にも良好とは言えない。森坂と共謀して彰良を騙し、向けられた疑いの目を逸らそうとしたのだから。罪悪感が未だに消えず、彼の顔を見ているだけで胸が締め付けられる。でも誘いを断ることもできない。森坂の言う通り、秘密の関係を隠し通すには夫を安心させる必要がある。

(頑張らないと……。大丈夫よ、深呼吸して……)

浴室へ向かった夫を見送り、先に寝室へ入る。ベッドを整えて部屋着と下着を脱ぎ、畳んでサイドチェストの上へ置く。一糸纏わぬ姿でドア横のスイッチを押して部屋の灯りを落とす。ベッドのヘッドランプだけの暗い空間となってしまうがこれで良い。どうにも今夜は表情を作れる自信がない。できる限り顔は見られたくなかった。

毛布をはぐって潜り込み、どきどきと心臓を弾ませながら彰良を待つ。避妊具はベッドの宮部分に備わる引き出しの中にある。ティッシュペーパーも大丈夫だ。しかし物理的な準備は整ったものの、やはり心が落ち着かない。感じられなかったらどうしよう——営みへの期待感どころか不安ばかりが込み上げてくる。

「お待たせ」

「う、うん」

夫がシャワーを浴び終えて戻ってきた。暗がりに驚いたようだが、ヘッドランプの光を頼りに難なくベッドへ辿り着く。緊張で心臓が跳ね回り、腋の下が汗で濡れる。森坂なら喜び勇んで鼻先をうずめてくるだろう。

(やだ、わたし……)

自然に森坂のことを思い浮かべてしまい、涼乃は愕然とする。あの男には特別な感情を抱いていないのに、なぜいつもこうして脳裏に出てくるのか。目を閉じて懸命に肥満男を追い払っていると、彰良が毛布を剝がしてくる。素肌がさあっと冷やされてどきりと大きく心臓が弾む。

（落ち着いて……。大丈夫……）

何度も自分に言い聞かせ、夫が覆い被さってくるのを待つ。だが今夜の夫はやはりいつもとは違う。思いがけない申し出が耳に届くではないか。

「ね、涼乃。四つん這いになってよ。後ろからあそこ舐めてあげるから」

「え!? ど、どうしちゃったの。……いいけど、恥ずかしい……」

咄嗟に答えはできたものの、不安がより強まる。犬の姿勢を要求するなど彼らしくない。相手の嫌がることは無理強いしない、そういう優しさを持った男だからだ。やはりまだ疑いを持っていて、その腹いせに恥ずかしい体位を要求してきたのでは――良からぬ想像が益々心音を加速させる。

真意を探るには言う通りにするしかない。のそのそと起き上がって夫に背を向け、妻は両肘を着いた四つん這いになる。おしり側は暗がりになるために大事な部分は良く見えないだろうが、やはりこの姿勢は好きになれない。心音が見る見る加速を始めて身体中に汗が滲んでくる。

「良いね、嬉しいよ」

「あッ」

背後に回った彰良が腰を下ろし、おしりに相対する。両手で尻肉を鷲摑みにされて涼乃はびくっと総身を震わせる。見えてはいないと分かっていてもはらはらする。特に肛門は見られたくない。大好きな人だからこそ隠しておきたい部分はあるのだ。

「んん……っ」

顔が寄る気配がして、おしりの谷間に風が感じられる。匂いを嗅がれたのかと一瞬焦るも、どうやら吐息がかかっただけのようだ。ほっとする反面、寂しくもある。森坂なら不躾に鼻先をうずめてきて犬のように鼻を鳴らす場面だ。夫がそれをしてこないのは、もしかして臭いと思っているからではないのかと不安になる。

「あ……っ、ん……、はぁ、はぁ……」

夫が更におしりを割り開いて、肉裂に舌を這わせ始める。突然べろりと下から上に舐め上げられ、びっくりして息が詰まる。どうせなら尻肉を舐めたりして期待感を抱かせて、それから舐めたらいいのにと不満が募る。それに舐める力が強過ぎるのも苛立つ。女性のそこは繊細な器官の集まりだ。微弱な責めでも充分に快感を得られるようにできているのに。

(あっ、そこ……)

熱い舌先が右の肉びらの付け根付近を通過する。恥垢が溜まりやすい場所ではあるが、そこには性感帯が隠れている。なぞるように舐めてもらうと心地が好い。

思いが通じたのか、二度、三度と舌先が上下に動く。その感じで左側も——だが思うようにはいかない。彰良は呆気なく狙いを変え、肉の芽の辺りをしきりに舐め回し始める。甘い痺れは得られるのだがやはりすっきりしない。こうして欲求のすれ違いを繰り返す内に、若妻の気分はすっかり冷めてしまう。

(どうしよう。このままだと……)

肉裂を舐め続ける夫はやる気満々のようで、とても止めてくれとは言い出し難い。困ったことになった。こんな状態ではとても愛液の分泌は望めない。濡れ方が足りなければ挿入の際に痛みが出る。そうなれば不満を口走ってしまうだろう。こちらが不機嫌と分かれば彼の気分も萎える。その先がどうなるかは考えるまでもない。

その時、不意に肉の芽から舌先が離れる。そして夫が膝立ちになる気配がする。どうやら我慢が効かなくなってペニスを入れたくなったようだ。慌てて避妊具の装着を促し、懸命に下腹部を脱力させる。こうなれば痛くても耐えるしかない。気まずくなって途中で終わるよりはましだ。

「ごめんよ、ちょっと入れるからね」

「……うん、きて……」

思わず嘘の言葉で返してしまい、罪悪感で胸がちくりと疼く。膝立ちの夫がおしりを抱え込み、薄膜を纏った亀頭冠が肉裂を上下になぞる。こういう時に限って簡単に入り口を見つけられて、心臓がばくばくと跳ねた。

「んぁう………ッ」

ずぶずぶと勢い良くペニスを突き込まれ、鈍い痛みが膣肉に走る。歯を食い縛って耐え、大きく息を継いで下腹部の脱力を続ける。彰良は異変に気付くことなくせっせと腰を振り出す。苦痛で瞼の裏がチカチカするものの、次第に痛みは引いてゆく。幸いにも多少は愛液が滲んでいたらしい。

ほっと安堵するも次の難関が立ちはだかる。ずんずんと突かれてはいるが、ほとんど快感を得られないのだ。夫はと言えば呼吸が荒く、汗も掻いている。順調に快感を高めているのは間違いない。射精に辿り着くのは時間の問題だ。その時に妻が平然としていたらどうなるだろう。気落ちしてセックスに自信をなくし、いままで以上に営みを避けるようになるかも知れない。

「んっ、あ、はぁ、はぁ、くうっ、あっ」

残された手段は演技しかなかった。目を閉じて森坂とのセックスを思い起こし、さも感じているような声を出す。自分はなんと薄汚れた女なのか。でもセックスレスに繋がる難局を乗り切るには他に方法がない。胸が苦しくてもやり遂げなくてはならないのだ。

「涼乃ぉ……っ、うう……ッ、く、く……」

「ああんっ、あっだめ、だめ……、んんぅッ」

必死の願いが天に通じたのか、彰良が早々に限界を迎えて背に覆い被さってくる。肉茎のびくつきに合わせて嘘の嬌声を上げ、同時の絶頂であることを示す。どきどきと心臓を弾ませて背後を伺っていると、夫は満足そうな溜め息を吐いてぬるりとペニスを抜く。どうやらばれずに済んだらしい。安堵感と疲れとがどっと襲いきて自然と四つん這いが解ける。

彰良は簡単な後始末をしてすぐに寝息を立て始める。その横で自分も眠りに就こうとするのだが、悶々として中々寝付けない。予想外だったのはいまになって身体が火照り出したことだ。恐らく森坂との行為を思い浮かべたせいだろう。散々意地悪されて喘がされた後で、太く長いペニスを埋められとどめを刺される——あの興奮と絶頂感はいつでも味わえる訳ではない。落胆のあまり益々目が冴える。

（どうしたらいいのよ、もう……っ）

夫を起こさないようにしてベッドを抜け出し、シャワーを浴びる。しかし熱い湯を頭から被っても気分は晴れず、身体の疼きもしつこく残ったままだった。

第六章　快感の虜になっていく涼乃

その日、可憐な人妻は朝から美貌を曇らせていた。艶やかな朱唇から漏れるのは重い溜め息ばかりだ。掃除を終えたリビングにいても気分が晴れない。昨日の夜に夫婦の営みで演技をしてしまったことが胸を締め付けるのだ。

(そうだ、とりあえず連絡しておかないと……)

涼乃はガラステーブルに置いていたスマートフォンを取り上げ、森坂に〝なんとか乗り切りました〟とメッセージを送る。するとすぐに電話で着信があり、陽気な声がスピーカーから響く。

『おはよう涼乃。なんだ、昨日の夜に早速ハメたのか』

「やめてください、そんな言い方。すごく大変だったのに……」

どれだけ胸を痛めたかこの男は分かっているのだろうか。憎たらしくて電話を切りたい衝動に駆られる。

『ああ、すまんすまん。そうだな、辛かっただろう。どうせイけなかったんだろうし。演技で通したんだろ、全部』

「え……」

見ていたかのように状況を言い当てられ、ぞくりと背筋が冷える。男は暫しの沈黙の後、明るい声で話し出す。

『よし分かった、いまからそっち行くわ。じゃあまた後で』

「あ、待って……」

一方的に通話が切られ、人妻の制止は空振りに終わる。時計の針はまだ午前十時前だ。こんなに頻繁に会社を抜け出して大丈夫なのかと気になってしまう。

とにかく、一度言い出したら聞かない男だ。若妻は慌てて寝室へ走り、姿見で全身をチェックする。大丈夫、おかしいところはない。両手で口元を覆ってはあっと息を吐き、口臭も確かめる。変な匂いはしない、こちらも大丈夫だ。できればシャワーを浴びておきたいのだが、それは控える。森坂は女性の生の匂いと味をなにより好む。下手に洗い清めてしまうとなにを言われるか分からない。

（馬鹿ね、わたし。なにしてるの）

一通りのチェックを終えた涼乃は小さく笑って肩を落とす。なぜセックス前提の準備を整えようとしているのだろう。それも必死になって。これではまるで恋人同士の逢瀬ではないか。自分は彰良の妻であり、その立場は生涯変わることはない。森坂との不潔な関係は近い内に終わらせなければならないのだ。

「はぁ…………」

あの男と会わなくなる、そう考えた瞬間に独りでに溜め息が漏れる。涼乃ははっと我に返って床へへたり込む。いま漏れた吐息は落胆のものだ。〝練習〟と称した粘っくセックスが終わるのだから喜ばしいことのはずなのに、どうして気落ちするのだろうか。

ふらつきながら立ち上がり、リビングへ戻る。もっと色々と考えたいのに、時の流れは無情に速い。瞬く間に三十分経ち、壁に備わるインターフォンが来客を告げる。

「よっ。って、どうした？　えらく暗い顔して」

「……なんでも、ないです。あ……！」

玄関ドアを開けて出迎えると、夫の上司はいきなり抱き締めてくる。そして荒々しく唇を奪われ、視界が目まぐるしく明滅する。悔しいが胸がすうっと軽くなる。自然と両腕が持ち上がり、男の背に回ってしまう。

「よしよし、不安だったんだな。任せとけ、じっくり可愛がってやるよ」

「え、あ……、そのっ、待ってっ、きゃあッ」

森坂は勝手に玄関ドアをロックしてチェーンを掛ける。すかさず横抱きにされ、人妻は赤くなってもがく。男が向かうのは夫婦の寝室だ。妖しく胸が高鳴り、はしたなく喉が鳴る。

「彰良君とヤったのかと思うと、もうムラムラが抑え切れなくってな。コンドームは使ったんだろうな」

「え、ええ。それは、間違いなく……」

「ホントだな？　まぁいい、すぐ確かめてやる」

中年男の鼻息はいつにも増して荒い。どうやら夫婦の営みを持ったことに対して嫉妬しているようだ。そうだった——涼乃はぞくりと背筋を燃え上がらせる。この男の性癖は特殊なのだ。そして自分も、その異常な感覚に染まりつつあった。

「あ……っ」

乱暴に夫婦のベッドへ投げ出され、荒っぽくサマーニットを脱がされる。猛烈に心臓が跳ねるが悪い気分ではない。叶わないと知りつつも若妻は抵抗してみせる。すると妖しい興奮が湧き起こっていけない脱力が四肢を蝕み始める。はぁはぁと荒い呼吸音が響く中でフレアスカートも脱がされ、ベージュ色の下着だけの姿にされる。

「待ってぇっ、カーテン、が……」

「構うもんか。明るいところでじっくり見てやるよ、このエロいカラダをさ」

「いやあッ」

必死に両腕で胸元を覆って男に背を向け、右横臥の防御姿勢を取る。なのにまるで効果がない。軽くブラのホックを外され、背中に気を取られた隙にタンガショーツを引き下ろされる。森坂は夫とは違い、女性を脱がし慣れている。歩美を相手に培ったものなのか、それとも——自分以外の女と絡む姿を想像すると、頭にかあっと血がのぼる。

「あっ」

強い力で仰向けにされ、両の手首を摑まれて頭の両側に押さえ込まれる。焼け付くように熱い視線で乳房を見詰められ、涼乃は耳を真っ赤に染めて顔を背ける。いつもながら森坂の視線は粘っこい。貪欲に素肌に張り付き、恥ずかしい部分を必ず暴いてくる。

「ふふん、キスマークはないな。甘くてイイ匂いがするぜ」

「やだっ、あ……、はぁ、はぁ、嗅がないでっ、いやッ」

胸の谷間で深呼吸されてゾクゾクと背中に寒気が走る。掃除に勤しんだせいで身体は汗ばんでいる。やはりシャワーを浴びておくべきだったと後悔するも、こうなってしまっては耐える以外に方法はない。

男は馬乗りになって背広を脱ぎ捨て、ネクタイも解いて見る見る肌を露わにしてゆく。加齢臭混じりの男臭さが鼻について、涼乃は小さくむせる。ブリーフも脱ぎ捨てた野獣はニヤニヤと笑いながら再度若妻に馬乗りになると、華奢な両手首を捕らえて頭上へ押さえ込む。

「ああっ、だめ……！」

脂でてかった男の鼻が右の腋窩に潜り込み、うっとりと深呼吸を始める。一瞬にして体温が上がり、新たな汗が無毛の窪みに滲む。

「あ～たまんねえ、甘酸っぱくてさ。涼乃はなんで身体中からイイ匂いがするんだろうな。歩美も中々イイ匂いさせてるけど、お前の方が好みだな、俺は」

「なに……、言って……っ、はぁはぁ、やぁンッ」

左腋もじっくりと嗅がれて若妻は身悶える。嫌だったはずなのに、汗臭い匂いを確かめられることがやけに嬉しい。熱い鼻息と冷たい外気が織り成す温度差を腋の下に感じていると、心地好く頭がぼやけて更に四肢から力が抜ける。

「身体中舐め回してやるよ。アイツに汚されたところをキレイにしてやらんとな」

「やぁっ、そんな……、はうッ」

いやらしく湯気を上げる舌が右の腋窩をねろねろと舐め始める。そこは汗で濡れているのに——猛烈な恥ずかしさと共に寒気混じりの快感に襲われる。心臓が滅茶苦茶に跳ねて口から飛び出してきそうになるも、涼乃は抗うことなく羞恥の窪みを差し出し続ける。汚れた部分を愛してもらえることに異様な興奮を覚えるのだ。

「はぁ、はぁ……、んん……、いや……あ……」

右の腋窩を舐め尽くした舌はそのまま二の腕を舐め上がる。そんな愛撫をされるのは初めてだ。熱い舌は下腕を伝って手の平へ到達する。そして右の指を一本ずつ丹念にしゃぶられてしまう。全身が粟立つほどの心地好さに包まれ、涼乃は切なそうに両の太腿を擦り合わせる。夫がこんな愛撫をしてくれたら——残念ながらそれは叶わぬ夢だ。

中年男のざらつく舌が喉元へ戻り、ぺちゃぺちゃといやらしい音を立てて首筋を舐める。猛烈にむず痒くて身を捩らずにはいられない。やがて舌は乳房をよじ登り始める。身を固くして頂きへの刺激に備えるも、なぜかそこは舐めてもらえない。うっすらと汗ばむ胸の谷間を美味しそうに舐めてから、雄の舌は左の膨らみも唾液まみれにしてゆく。

（や……だ、こんな……。へんになるぅっ）

妖しい甘さを含んだ掻痒感が身体のそこかしこに広がる。お腹もおへそも丹念に舐め回され、逆立った恥毛も舌先で掻き混ぜられる。森坂は両の足も見逃さない。ずり下がって馬乗りを解き、右足を持ち上げて脛に舌を這わせてくる。

「あ……っ、あ……！　はぁあっ、ん……、はぁはぁ、やだっ、あ、んん……」

男の鼻先が足の指にも迫る。指の股をクンクンと嗅がれて人妻はぼっと美貌を燃え上がらせる。まさかそんなところまでいたずらされるとは思ってもみなかった。しかし背筋はゾクゾクと痺れる一方だ。もっとこの身体を探索して欲しい、そんな淫らな欲望で頭が一杯になる。

「しょっぱくって美味しいぞ涼乃。家事を頑張ったんだな、えらいぞ」

「やぁあっ、あ……、はぁっ、はぁっ、やめ……てぇっ」

右足の指も右手同様に一本ずつしゃぶり回されてしまう。時折足の裏にも舌を這わされ、恥ずかしい上にむず痒くて仕方がない。拒否の声を上げてしまうのだが、もちろん本意ではない。相手が夫であればすぐに謝って口を離す場面だ。

その点森坂は分かっていて、益々熱っぽく足指をしゃぶってくる。思考が通じると心が躍る。すると理性や罪悪感といった雑念が薄れて、獣の営みに没頭できるようになる。

左足も舐め尽くされてから、両足を持ち上げられてMの字に割り開かれる。カーテンが開け放たれた窓からの日差しで、容赦なく足の付け根を照らし出される。じっと割れ目を見詰められているのが分かる。昨夜夫を受け入れたばかりのために、羞恥で呼吸が浅くなる。

「いや……っ、そんなに、みないで……」

懸命に声を上げて股間へ視線を向けると、そこには血走った双眸が待ち受けていた。

「昨日はなにをされたんだ。言ってみな」

「え……、よつんばいに、なってくれって……。それで……その……」

夫婦の秘め事なのだから教える必要などないのに、教えなくてはいけない思いに駆られる。胸をどきどき弾ませながら答えると、中年男の目がぎらつく。

「ほう、四つん這いか。で?」

森坂は頬をたるませているが目は笑っていない。感じられるのは旺盛な性欲と征服欲だ。妖しい寒気を覚えながら人妻は答える。

「よ、よつんばいで、あそこ、なめられて……。そのあと、そのまま、おちん×ん、を……」

「……そうか。じゃあ四つん這いになれ、涼乃。俺もオマ×コベロベロ舐め回してやるからよ」

「……そんな……っ」

夫の時と同じ姿勢で責められたらどうなるか分からない。おろおろと男を見遣るのに、M字開脚は解かれて身体を自由にされる。辺りに漂うのは強い雄が発する圧倒的な威圧感だ。従わなくては——雌の本能が刺激されたのか、純白の女体はおずおずと起き上がって膝立ちとなる。そして男になめらかな背を向け、膝を肩幅に開いて細腕をベッドへ着く。背を反らすようにしてくっとおしりを突き出すと、いけない興奮であそこがじわりと濡れた。

「あ………」

背後で森坂が胡座を掻き、両手で尻肉を摑んでくる。その手はこれまでよりも汗ばんでいて一瞬冷たさを感じる。また背筋がゾクゾクと痺れて、涼乃は思わず深い溜め息を漏らす。

むきっとおしりを割られてじろじろと谷底を観察される。昨夜と違っていまは午前中で、しかもカーテンは開いている。肉裂はもちろん、肛門も丸見えのはずだ。恥ずかしさのあまり顔が燃えて全身に大粒の汗が浮く。腕が震えて上体を支えるのが辛くなってくる。そんな中で男の鼻先がおしりの谷間に潜り込んできた。

「んん……ッ、あ！　いやぁ……ッ」

クンクン、クンクンと激しく割れ目を嗅がれる。夫とした後にシャワーを浴びて、あそこも丁寧に洗い清めてはいる。時間が経って多少は汚れたかも知れないが変な匂いはしていないはずだ。しかしやはり羞恥は込み上げる。一瞬にして脳裏が真っ白になって息も上がる。

「あ〜、たまんねえ匂いだ。すっかりメスの匂いさせるようになったなぁ、涼乃も。最初はオシッコ臭かったのによ。マンカスも結構溜まってたっけな、そう言えば」

「やだあッ、やめてエッ」

森坂は意地悪だ。女性のそこは襞が折り重なって蒸れ易く、汚れからは逃れられないと分かっているはずなのに。しつこく鼻を鳴らされては笑われ、人妻は肩を震わせて咽ぶ。だが胸は益々高鳴る。これからどうされるのか、不潔な期待感まで湧き上がってくる。

「あっ、いや……」

卑しい鼻は当然のように肛門も嗅ぐ。身体の中で一番汚い部分だけに、どうしても身体がびくついてしまう。思えば夫は昨夜嗅いではくれなかった。汚いから敬遠されたのかと思うと寂しくなる。

「はぁ…………っ」

熱い口がねっとりとアヌスに吸い付く。思いがけない快感電流に打ちのめされ、若妻はかくんと両肘を折る。上体が低くなるとより屈服感が強まる。自分はいま雌犬だ。強い雄犬に性器と肛門を嗅がせ、浅ましく尻尾を振って悦んでいるのだ。

「だめ……ェ、そこ、きたない……からあッ」

「なに言ってんだ。だから良いんじゃねえか。それにホントは嬉しいんだろ？　ケツの穴ヒクヒクさせてるもんな」

呆気なく本心を見抜かれ、ぼっと耳が燃え上がる。声も出せずに両肘の間で首を振りたくっていると、熱い舌がゆっくりと肛門を貫く。その感触は甘ったるくて切ない。自分でも驚くようないやらしい声が唇から飛び出してくる。

「ああっ、く……、はぁ、あ！　そん……な、ふかいぃ……っ」

恥ずかしくてたまらず、涼乃はおしりを振って逃げようとする。しかし身体は既に脱力し切っている。もじもじと揺するに留まり、その間に良いように舌で直腸を掻き混ぜられてしまう。その感触も心地好い。総身に鳥肌が浮いてふうっと意識が霞む。

「その内ここにもチ×ポ突っ込むからな。それも〝練習〟だからさ、頑張れよな」

「や……だぁっ、そん……、はぁはぁ、そこはいやぁッ」

肛門にまでペニスを受け入れてしまえば、もう自分は立派な〝おんな〟だ。その時自分はどうしているのだろう。彰良の隣で微笑んでいるのか、それとも——閉じた瞼の裏に森坂のにやけ顔が浮かぶ。

一際奥まで舌を埋められてから、勢い良くぬるんと抜かれる。その刹那にもぞわっと総身が粟立ち、涼乃はがっくりと頭を垂れる。だがまだ休ませてはもらえない。若妻の秘めやかな味を堪能した中年の舌が再び口腔から伸ばされ、しっとり濡れ光る肉花に襲いかかる。

「ふあ……ッ」

ちろり、と下から上へ軽く舐め上げられただけで鼻先が火花で満ちる。森坂はニンマリと目を細めて、両親指の腹でそっと肉びらをくつろげてくる。ぱっくりと割られて媚肉を隅々まで観賞され、甘ったるい羞恥に苛まれる。

「いつ見ても美味そうなオマ×コだよなぁ。おっ、マンカス溜まってるぞ」

「うそッ、あ……っ、みな……で、おねがいぃ……」

口は拒否の言葉を漏らすものの、あそこは既に見られる快感を習得している。卑しい視線でそこを焦がされていると、言い知れぬ興奮に襲われて頭の中が真っ白になるのだ。

「あっ、ん……、はぁっ、はぁっ、ん、ン……」

燃えているかのように熱い舌がゆったりと媚肉を舐め始める。舌腹全体を使って丹念に肉びらの表も裏も舐め、今度は舌先だけで付け根をなぞるのだ。その巧みな力加減と緩急は夫とは比較にならない。切ないむず痒さで勝手におしりが「の」の字を描き出す。はっと気付いて必死に堪えようとするのに、我慢すればするほど掻痒感は強まる。淫らな腰の舞を止められない。

「ああ………ッ」

好色な舌先がとうとう恥毛の麓まで辿り着き、肉の芽を守る包皮を優しく剝き上げてきた。腰全体に甘美な痺れと開放感が満ちるのが分かる。ちろちろ、ちろちろ……、ソフトなタッチで舐めくすぐられる内に、人妻のクリトリスは見る見るぷっくりと体積を増してゆく。

そこは繊細な器官であり、膨れれば膨れるほど快感を生み出すようにできている。

男の舌先は肉芽の頂点にそっと触れ、じりじりと熱を移し始める。こっそり気に入っていた責めを受けて、涼乃は火の点きそうな吐息を漏らしてびくつく。

「エッチなおつゆが溢れてきたぞ。感じてるのか、んん?」

「…………っ」

涼乃は薄目を開けてはぁはぁと荒く息を継ぎ、迷うことなくこくんと頷く。自分の身体がいまどんな状態にあるのかはもう言われるまでもない。夫以外の男に性器を舐めさせてふしだらな快感を貪り、ペニスによるとどめをいまかいまかと待ち望んでいる。

ふと視線を落とすと、数時間前まで彰良が頭を乗せていた枕に気が付く。懸命に引き寄せて鼻先をうずめてみると、罪悪感と背徳感とで脳裏がぐちゃぐちゃになる。

「ふふん、まだ心は彰良さんのものですってワケかい。妬けるねぇ」

「あ……っ」

甘ったるい疼きを生み出していた熱い舌が割れ目から離れ、ぐいと身体を引き起こされる。そして抱き締めていた枕を奪われて傍らに投げ捨てられる。横座りになって呆然としていたその時、右手首を掴まれてなにか硬くて熱い物体を握らされる。

「きゃ……っ」

虚ろな瞳で右手を見遣った涼乃は真っ赤になって手を離そうとする。しかし右手の上から男に左手を重ねられていて離せない。握らされたのは黒々と光るおぞましいペニスだった。

「しゃぶってもらうぞ。できるよな」

「な……っ、できませんっ、そんなこと」

仁王立ちした中年男に凄まれ、人妻は懸命にいやいやをする。夫にだってほとんどしたことがないのに、こんな男を相手にできる訳がない。その間にも右手に握ったものは温度を増してくる。手の平が火傷しそうだ。

「ダメだ、やれ。でないといつまでもこのままだぞ」

「あん……っ」

男の右手が胸元に伸び、はしたなく勃起している乳首を軽く摘まむ。じぃんと目の奥が痺れ、あそこがじゅわっと濡れる。ぎりぎりまで高められた身体には辛過ぎる責めだ。右人差し指で尖りをくりくりと転がされる度に切なさで涙が滲む。この昂ぶりはもはや膣を貫かれなくては治まりそうにない。

「もしかしてやり方が分からないのか、ん？」

下衆な笑みで覗き込まれ、涼乃は汚根を握ったまま小さく頷く。すると森坂は下品に生唾を飲み、胡座を掻く。

「じゃあ俺が教えてやろう。これも夫婦には欠かせない愛撫だからな。良い機会じゃないか。ほれ、四つん這いになれ。最後までおしゃぶりしてゴックンできたら、オマ×コにも入れてやるよ」

（そんな…………）

人妻は恨めしそうに男を睨み、仕方なしに犬の姿勢に戻る。右手に握らされた肉柱を見るだけで心臓が壊れそうに跳ねる。不潔感に襲われて寒気が酷いがもう従うしかない。つやつやと輝く赤銅色の亀頭冠へ唇を近づけてゆくと、濃い海棲系の匂いでうっと息が詰まる。

「まずは根元の方からゆっくり舐め上げるんだ。裏に太い筋が通ってるだろ？　それをなぞるようにしてさ。舌の先だけですると男は喜ぶぞ」

「…………はい……」

右手で馴れ馴れしく頭を撫でられ屈辱感が募る。教えられた通りにペニスの付け根へ唇を寄せ、息を止めてちゅっとキスする。すぐに顔を離してはぁはぁと息を継ぐと、不潔感や嫌悪感がそれほど強くないと気付く。再度鼻先を寄せて愛らしい舌を覗かせ、若妻はそろそろと太い裏筋を舐め上げ始める。

（いやあっ、こんな……。いやらしい……）

夫にした時は真っ先に亀頭冠を口に含み、ただ頭を前後させるだけだった。恥ずかしさと顎の疲れに負けて数分と保たなかったことが記憶に残っている。それだけに時間を掛けさせられる森坂のやり方は恥辱の極みだ。相手が他所の男であるのも体温が上がる原因となる。

「はぁ、はぁ……」

艶やかな唇から熱い吐息を漏らし、若妻は長い肉幹を舐め上げる。洗っているのかいないのか、塩味がきつい。アンモニア臭が感じられるのも嫌だ。幹と肉傘の境界まできたところで男が待ったを掛ける。

「そこな。縫い目みたいになってるとこが感じるんだよ。舌の先でくすぐってくれ」

「…………っ」

ぼっと耳を燃え上がらせ、涼乃はちろちろと舌先を震わせる。すると森坂はうっと呻いて毛むくじゃらの足をびくつかせた。

「そうそう、良いぞ。それから先っぽの割れ目もな。舌を入れてぐりぐりしてからちゅーっと吸うんだ」

「……はい」

またしてもいやらしい指示が下され、どきどきと胸が高鳴る。つや光る亀頭冠を観察すると、教えられた割れ目には透明な粘液が大きな玉を結んでいる。夫のものも滲ませてはいたが、これほど量は多くなかった。中年男の旺盛な性欲とタフな精力が垣間見える。

息を詰めて舌先を尖らせ、そっと鈴口へ差し入れる。先走り液は仄かに塩味がしておぞましく粘度が高い。我慢して唇を寄せて一息に吸い上げると、幹の内部に溜まっていた粘液もぴゅっと噴き上がって喉の奥を直撃される。反射的に飲み下してしまい、お腹がかあっと火照る。吐き気に襲われないのがせめてもの救いだ。

「よしよし、じゃあ先っぽをねっとり呑み込んでくれや。歯を立てないようにしろよ、切れたら大惨事だからな」

涼乃はこくんと頷き、おずおずと亀頭冠に唇を被せてゆく。排泄にも使う器官だけに塩味と生臭さが一層強まる。それでもぎゅっと目を閉じて肉傘を口腔へ呑む。大き過ぎて顎が軋む。こんなに巨大なものが自分の中に入っていたのかと思うと妖しく背筋が燃えた。

「んぅ、ん………」

やっとの思いで亀頭冠を口内へ収めると、猛烈な熱さで目が眩む。彰良のペニスも熱かっただろうか——記憶を探るも意識のぼやけに邪魔されて思い出せない。そして信じ難いことに、あそこがムズムズして新たな果蜜が湧き出してくる。うぶな若妻は男性の象徴をしゃぶってはしたなく興奮していた。

「そしたら吸いながら頭を上下に動かす。舌を押し付けて動かすのも忘れるなよ。さ、始めろ」

「んん………っ」

男の合図で頬をすぼませ、舌腹を擦りつけるようにして頭を動かしてみる。だが慣れない奉仕のせいで上手く連携が取れない。吸えば頭の動きが止まり、舌を遣えば吸い上げが止まる。その度に叱責が飛んできて、人妻は恥辱に咽ぶ。

「うはは、下手くそだなぁ。でもぎこちないのも良いもんだな、予想が付かなくて興奮するよ。これはこれで有りかもな」

(くやしい……、こんな……)

頭上からの笑い声で顔がかっかと燃える。男は余裕の笑みを浮かべて両手を伸ばし、砲弾型になって揺れていた乳房にいたずらを始める。重そうに掬い上げられてはやわやわと揉み潰され、桜色の尖りをふにふにと摘ままれ——悔しいが感じてしまう。ふうふぅと鼻で息を継ぎ、涼乃は口腔の汚物に集中する。まず吸い上げて、次に舌を動かし、そのまま呑み込んでみる。何度か試す内にやっとコツが掴めてきて、頭の動きもなめらかになってくる。

「おっ、良くなったぞ。流石人妻だよな、チ×ポの扱いはお手の物か」

「んぅっ、ん……、っはぁ、んむ……っ、んっ、んっ」

人妻は下衆な嘲笑を無視してせっせとペニスを呑む。塩辛さと生臭さが薄れてくると僅かに余裕も生まれ、乳房をいたぶられる心地好さにも気を配れるようになる。はしたないとは思うのだが頭がぼうっとしてくる。他所の男に奉仕している自分の姿を思うとつい吐息が弾む。

「あ～良いぞ、そのまま、そのまま……。取り敢えず一発出すけど、吐き出したら許さんからな。全部飲み干せ、いいな？」

「んん……ッ」

嫌と言いたいのだが、大き過ぎる肉塊をしゃぶっているせいで声にならない。仕方なく頭を上下に揺すり続けていると、頭上から獣の唸り声が聞こえ出す。胡座を掻いている毛深い両足も震え始め、肉の幹が根元からぐぐっと膨れてくる。嫌な予感を覚えたその刹那、舌の上で亀頭冠がどぱっと爆ぜる。濃厚な栗花の匂いが鼻腔へ抜けて、涼乃はうっと呻いて硬直する。

（いや……あ…………っ）

夫にすら口内での射精はさせたことがないのに――意識が目まぐるしく明滅して闇で止まる。びゅっ、びゅっと噴き上がる汚液はとろっと濃くてお湯のように熱い。舌に感じる塩味と苦味がおぞましい。眉間に深い皺を刻んで耐えていると、いやらしい噴火はようやく収まる。初めて味わった精液はお世辞にも美味しいとは言い難かった。

「……っ、お、ふぅ……、あ～出た出た。ほら、どうした。飲むんだよ。中にも残ってるから全部吸い出してくれよ」

「……っ、う………」

涙目でいやいやをするも男は許してくれない。涼乃は濡れた睫毛を伏せて覚悟を決め、ごくりと一口飲み下す。湯気立つ白濁液は喉に絡み、中々胃に落ちてくれない。むせながら二口、三口と飲み込むと、ようやくお腹がぼうっと火照った。

「……っはぁ、けほっ、はぁ、はぁ……」

幹の内部に残っていた精液も指示通り吸い出して飲み、涼乃は朱唇からぬるりとペニスを吐き出す。恥辱の奉仕からやっと解放された清々しさと、妙な胸の高鳴りとで意識がぐらつく。夫の上司は満足そうにニマニマと目を細め、次なる屈辱の指示を飛ばす。

「よぅし、下手だったけど今日のところは合格だ。ご褒美にオマ×コにも突っ込んでやろう。ほれ、仰向けになりな」

「……………はい……」

まともな判断も下せないまま、若妻はのろのろと身体の向きを変えて仰向ける。これでようやく浅ましい身体の疼きを止められる。四肢を伸ばして目を閉じるといけない興奮で息が上がる。そこへ胸元に夫の枕が投げ込まれる。抱いていろと言うのだ。

「大好きなんだろ、彰良君の匂いが。特別に嗅いでていいぞ」

「いやあ……ッ」

男は舌舐めずりして足元へ移動し、人妻の両足首を摑んでM字に固める。いよいよ押し入るのかと思いきや、両膝の裏を縫うように腕を通して身体をくの字に折り曲げてくる。森坂が狙っている体位は屈曲位と呼ばれるものだった。

「えっ、なに……？　やだあッ」

涼乃は枕の陰から中年男を見上げて赤面する。股間が天井へ向いているために、自分からも丸見えになってしまう。ほとんど見たことのないそこは、ぱっくりと花咲いて白い愛液でぬるぬるに濡れている。とても見ていられない。

「あうッ」

両手をそれぞれ身体の両側へ着かれて屈曲位は完成する。お腹が押されて息が苦しい。丸見えの女性器にも恥辱感を刺激され、見る見る顔が火照る。森坂はにやつきながら腰を動かし、新たな先走り液を滲ませた亀頭冠をくちゅりと肉花へ押し付けてくる。易々と膣口を捉えられ、おぞましくも心地好い熱さがあそこに広がる。

「興奮するだろ？　俺のチ×ポがズブズブ入ってくとこを良く見とけ。絶景だぞ」

「そん……なっ、はっ、はっ、だめェッ」

必死に身を捩るも、足の動きを封じられてしかものしかかられる格好のためにまったく動けない。だが羞恥に身を焼かれる一方で、胸はどきどきと高鳴り始める。なぜかは良く分からないが、自分が貫かれる様を見たい欲求が抑えられない。

「入れるぞ」

中年男の低い声が脳裏に反響する。思いがけずに甘い寒気がぞくっと全身に走り、涼乃はくなくなと首を振る。避妊具も着けない他人のペニスがまた膣へ潜り込もうとしている。どうすることもできないままにいやらしい圧力が膣口に掛かり、力強い挿入感が襲いかかってきた。

「ああ……ッ、あ………！」

先走り液でぬるぬるの亀頭冠が膣口を丸く押し拡げ、我が物顔に押し入る。やっぱり森坂のものは大きい。膣肉が拡張される感触といいみっしりと埋め尽くされる感触といい、悔しいが総身に震えが走るほどに心地が好い。引っ掛かることもなくなめらかに膣奥まで挿入され、そのまま更にぐっと腰を押し付けられる。その刹那、人妻の意識はふわっと宙に溶けた。

「おお……、すんなり入っちまったな。ほら涼乃、分かるか？　オマ×コとチ×ポがぴったりフィットしてるぞ。これでもうお前は俺のものだ」

「んあ……、ふぅ…………っ」

森坂がニタニタと笑いながら顔を覗き込んでくる。涼乃はやっと一息継ぎ、恐る恐る下腹部に意識を向ける。

抜き身のペニスを呑んだあそこがぼうっと熱を孕んでいる。お腹にずっしりと広がる肉幹の量感がたまらない。垂直に近い形で貫かれているせいか、深く押し入られた感覚も尋常ではない。これまでになく肉茎が熱く感じられるのはなぜだろうか――その疑問はすぐに解消される。膣が森坂のものに合わせて形を変え、一分の隙間もなく密着しているからに他ならない。

（こん……な……。わたし……っ）

自分は彰良の妻だったはずだ。森坂と肌を重ねているのだって、ただ性技を磨く練習に過ぎない。なのに生のペニスを根元まで受け入れて、甘ったるい充足感に酔い痴れている。これではまるで森坂の妻ではないか。

「んぁあ……っ、はぁ…………っ」

余計なことを考えるなとばかりに男のものがゆっくりと動き出す。ぴったりと密着していた膣肉を逞しいえらで刮がれ、瞼の裏が眩い火花で埋まる。思わず昇り詰めそうになり、人妻は夫の枕をぎゅっと抱き締め直す。しかし結合部から伝わる快感電流に翳りはない。益々強く甘くなって背筋をよじ登ってくる。

（すごい……よぅっ、きもち……いい……っ）

中年男の腰遣いにはいつも余裕を感じる。彰良とは違い、性急に抜き差ししたりはしない。膣肉の具合を確かめるようにして上下し、時折一杯に押し入って止まる。燃える亀頭冠が子宮口に密着してくると、得も言われぬ熱さが伝わってきて意識がとろける。内臓を押し上げられる圧迫感も好い。どんなに喘いでも快感が落ち着いてくれない。

「ひぃン……ッ」

ペニスを柄本まで埋め切ったまま、じっくりと膣奥で円を描かれる。この責めにも易々と嬌声を上げさせられる。残念なことに、夫のものではここまで鮮烈な快感は生み出せない。長さと太さが大きく劣るせいだ。それに彼はタフさでも差を付けられている。森坂は自分だけ果てて眠ったりはしない。こちらの腰が抜けて立てなくなっても、これでもかとのしかかってくる。

「どうだい、アイツと俺のとどっちが良い？　言えよ」

「……っあ、は……、そん……、しらない……ッ」

右肩越しに覗き込まれて、夫の枕にうずめていた顔を右へ向かされる。そんなことを言える訳がない。目を逸らせて言葉を濁すのが精一杯だ。しかしそれは暗に森坂が良いと言っているのと大差がない。満足そうに目を細めた男に唇を奪われ、たっぷりと唾液を流し入れられる。お前は俺のものだとの意思表示だ。妖しい興奮を覚えた若妻はぶるっと震え、こくり、こくりと喉を鳴らして飲み干す。

「はぁ、はぁ、あ！　あ！　はぁ、はぁ……」

両の乳房を揉みほぐされながら右耳を舐め回され、ずぶり、ずぶりと膣を貫かれる。感じる部分を同時に責められるのは嬉しい。それぞれに目まぐるしく意識を奪われるために余計なことを考えずに済む。夢中になって喘ぐことができる。

「オマ×コ締めるのも上手になったな。タイミングもバッチリ、気持ち好いぞ。あ〜すげ、吸い込まれるぜ」

褒められて初めて、無意識的に男と息を合わせていた事に気付く。森坂は粗野なようでいて、相手の変化をしっかり見ているのだ。そんなところに歩美は惹かれたのかも知れない。彼女にも内緒でその夫と昼間から絡まり合っているのかと思うと罪悪感に駆られる。でもいまはただ快感に集中していたかった。

「今更だけど、今日も中に出していいんだよな?」

「……っ、あ……、……はい……」

ぐりぐりと子宮口を抉られながら右耳に囁かれ、心地好く意識が霞む。若妻は拒むことなく受け入れる。まだ危険日には間があるし、いざという時には緊急避妊薬もある。夫には申し訳ないと思うが、絶頂と同時に雄汁を注がれる感覚には麻薬的な魅力がある。後で落ち込むことになっても日が経つとまた味わってみたくなる、そんな感覚だろうか。その瞬間を想像するだけで身体中がゾクゾクしてくる。

(彰良さん……、ゆるして……)

脳裏で夫に詫び、彼の匂いが染み込んだ枕に鼻先をうずめる。すると膣内のペニスがぐっと硬さを増して存在をアピールしてくる。悔しいがそんな逞しさにはぁはぁと喘がされる。気付けば夫の枕から顔を背けて喘いでいて、自分の浅ましさに頬が火を噴く。

「いや……あ………」

ぬちゅり、ぬちゅりと姫鳴りが響く。女壺へ肉柱が出入りする光景は壮絶の一言に尽きる。ゆっくりと引かれてゆくと結合部からとろとろと愛液が溢れ出し、恥ずかしく逆立った叢に染み込む。小さく剃り整えているそこは恥蜜の洪水をせき止める力を持たない。甘酸っぱい湯気を上げる粘液は一筋の白い小川となっておへその窪みに溜まってゆく。

体重を掛けて根元まで一杯に埋め込まれると、串刺しにされる錯覚と共に鮮烈な快感に襲われて呼吸が加速する。お腹を折られているせいもあって深呼吸は叶わない。はぁはぁと浅く速く息を継いでいると、真上から卑しい顔が寄ってくる。感じて熱を帯びた吐息を嗅がれているのだと分かり、人妻は益々せわしなく喘ぐ。恥ずかしくて仕方がないのに、なぜか顔を背けられない。

「はぅっ、はぅっ、あ……っ、あ！　んぅっ、ああッ」

垂直に子宮口を突かれる度にいやらしい声を上げさせられる。いつしか夫の枕をかなぐり捨てて涼乃は乱れる。見てはいけないと分かっているのに結合部から目を離せない。見詰めれば見詰めるほどに妖しい興奮が湧き上がる。そして甘ったるく意識が霞んでゆく。

「うひひ、出すぞ、出すぞ……、このまたっぷり注ぎ込んでやる」

「いやあ！　ださないでっ、あうッ、おね……が……、あっいやっ、いやあ！」

ぬるぬると出入りするペニスがびくびくと震え出す。若妻ははっと息を呑んで両腕をばたつかせ、不潔な膣内射精を拒む。しかしその一方で甘美な寒気がゾクゾクと背中に広がる。自分の中に他所の男の精液がしぶく瞬間を見せつけられてしまうのだ。一体どんな心地になるのだろう――穢らわしい好奇心が理性を消し飛ばす。

「ああっだめッ、きちゃうッ、だめなのっ、あっいく、イク……ッ！」

脳裏が混乱するあまり、涼乃は禁忌の言葉を口にして痙攣を始める。そして森坂のものが深く深く押し入り、浅ましく疼く子宮口にはまり込む。びゅるっ、びゅるっと熱いとろみが噴き上がるのと同時に、目も眩む快感電流が全身を駆け巡った。

「ひあ……ッ、あ！　あ！　ひぃ………ッ!!」

中年男のものは根元までみっしりと膣に埋まり、肉の幹は外からは見えない。だが膣の一番深い部分に広がる不潔な注入感が、膣内で射精されている事実を雄弁に語る。涼乃は結合部を暫し凝視してからかくんと意識を飛ばし、びくびく、びくびくとお腹を波打たせる。強烈なオーガズムの末に得る失神は狂おしく甘かった。

＊

「……い、おい涼乃、起きろって」

「…………っ、ふあ…………っ」

ぺちぺちと右頬を叩かれ、可憐な人妻は気怠そうに瞼を持ち上げる。いつの間にか結合は解かれていて仰向けに寝かされている。ぼんやりと何度か瞬きをして、やっと自分の状態が分かってくる。また絶頂へ押し上げられた。しかも浅ましい失神まで極めさせられたのだ。愕然と宙を見詰めるも、熱い精液を注がれた膣奥が妖しく疼く。

「いや～、すげえイキっぷりだったなぁ？　白目剝いてキュンキュンオマ×コ締めてさ。お陰で思いっきり出せたぜ、最高だったぞ」

「……やぁあ…………」

右側に添い寝していた森坂にニヤニヤと顔を見詰められ、若妻は耳を真っ赤にして左へ顔を背ける。おかしなことに、憎らしさをあまり感じない。正面を向かされてねっとりと口を吸い取られても、ゾクゾクと背筋が燃えるばかりだ。

「今日は時間に余裕があるからさ、まだまだできるぞ。涼乃も時間はあるんだろ？」

「……ええ……」

予定があると言えばここで〝練習〟を切り上げられたかも知れないのに、涼乃はこくんと頷いてしまう。脳裏を占拠しているのは、もう一度さっきの失神を味わってみたいという欲望だけだった。窓の外には抜けるような青空が広がり、眩い日差しが燦々と夫婦の寝室を照らしていた。

第七章　眠る夫の隣で注がれる白濁液

「あ……。もう……っ」

壁に立て掛けていた掃除機のパイプが倒れ、弾みで近くにあったゴミ箱もひっくり返ってしまう。折角掃除した所がまた汚れてしまい、涼乃は苛立ちも露わに溜め息を吐く。

（どうかしてる、落ち着こう……）

一旦掃除機を置き、ソファへ腰を下ろす。イライラする原因は分かっている。彰良との今後をどうしたいのか、その結論が見え始めているからだ。ひとりで悶々と頭を悩ませた結果、辿り着いた答は〝離婚〟だった。

この身体は汚れてしまった。もう以前の自分には戻れないのだから、その現実を受け入れた上で次の段階に進まなくてはならない。離婚するとなると胸が詰まって涙が溢れてくるが、こんな事態を招いたのも自分だ。最初から誰にも悩みを漏らさなければこうして苦しむこともなかったかも知れない。

仮に離婚が成立したらその先はどう生きていけばいいのか。その答にも見当が付いている。頭に浮かぶのは森坂だ。彼の隣にいれば毎晩のように狂おしいオーガズムを愉しむことができる。見た目や性格に多少難はあるが慣れれば問題ない。なによりセックスが上手なことに惹かれる。

だが一緒に暮らすには歩美と別れてもらわなくてはならない。彼女のことを考えると益々気が滅入る。姉のように色々と世話を焼いてくれて、いつも朗らかで――付き合いは言うほど長くはないが、歩美から得たものは多い。そんな彼女を路頭に迷わせることになるのだから、考えるほどに頭が重くなる。

(やっぱり、打ち明けよう。ひとりじゃ、もう……)

大きく息を吐いて人妻はスマートフォンに手を伸ばす。メッセージを送る相手は森坂だ。彼は一体なにを考えているのか、その辺りも知っておきたい。

ややあって返事があり、涼乃はぱっと美貌を輝かせて掃除の続きに戻る。時計の針は午前十時を指したところだった。

＊

「……そうか……。う〜ん、そうは言ってもなぁ」

ソファへ腰掛けた夫の上司は腕組みをして唸る。向かいに座る若妻は身を乗り出して迫る。

「色々と考えた上です。だから森坂さんにも覚悟を決めて欲しくて……」

掃除の行き届いたリビングに沈黙が流れる。中年男はじっと人妻を見詰めてから厚い唇を開いた。

「怒らせるようで悪いけど、俺は歩美と別れるつもりはないよ。良い妻だし、愛しちゃってるからな」

「え……。でも、そんな……」

「まぁ落ち着いてさ。大体現実的じゃないだろ、元夫の上司と再婚なんて。そんなことになったら俺も彰良君も会社にいられなくなっちまう。多少のカネはあるけど、それじゃこの先生きて行かれないよ。歩美だってどうするんだ。彰良君とくっつけるのか？　ははは、それじゃあ陳腐なドラマみたいじゃないか。上手く行くワケがないよ」

「それは……。そうかも知れないですけど。じゃあどうしたらいいんです」
男の言うことにも一理ある。だがそんな正論を聞くために呼んだのではない。では
この関係を清算するとでも言うのだろうか。
「そうだなぁ……。俺はね涼乃、いまの関係をやめるつもりはないよ」
「な……っ、え？　そんなの、答になってません」
「ははは、まぁまぁ。そこは考え方ひとつだと思うがね。君は大好きな彼とこのまま
家庭を築いて行くのが良いと思うぞ。で、どうしてもマンネリはくるからさ。その時
のために俺がいるってワケだよ。こうやって時々内緒で会って、彰良君とはできない
エッチを楽しむ……最高じゃないか」
「仰ってる意味が分かりません。そんな、夢みたいな話……っ」
茶化されているようでどうにも腑に落ちない。遣り場のない怒りを呑み込み、若妻
は俯く。すると男はやれやれと肩を竦め、身を乗り出してきた。
「そこでひとつ提案があるんだがね。俺の子を産んでくれんかな、涼乃」
「…………え？　なっ、なにを急に……。変な冗談はやめてっ」
森坂の真意が分からない。この場を逃れるために無理難題を押し付けて混乱させよ
うとでもいうのだろうか。

「いやいや、冗談なんかじゃなくてさ。俺もさ、子供はいても良いかなって思うようになったんだ。でも歩美とは作らないって約束だし、無理矢理妊娠させるのもまずいだろ？　そこでだ、涼乃に産んでもらいたいってワケだよ。幸いカラダの相性は抜群だし、楽しんで子作りできそうだしさ。な、いいだろ」

「ちょ、ちょっと待ってください。離婚もせずにあなたの子を妊娠って、正気ですか」

「おう、本気だよ。彰良君はA型だったよな。俺もAなんだよこう見えて。血液型は問題ないし、後は君次第だ。もしうんと言ってくれるならいまの関係を続けていこうと思う。ダメなら涼乃とはもう寝ない。どんなに誘われても絶対にな」

「そんな……」

人妻は両手でフレアスカートをぎゅっと握って震える。よりによって、この男はなんと恐ろしい選択を迫るのか。恨めしそうに見詰めるもその顔からは余裕の笑みが消えない。きっと心の内で勝利を確信しているのだろう。

「……じゃあ、もう〝練習〟も……？」

「そうだ、もうしない。君たち夫婦の問題は君たちだけで解決してもらうことになるな。こう言っちゃなんだが、結末は見えてるけども。十中八九セックスレスになって、子供も授かれずに歳だけ取って行くだろうなぁ。それで会話もなくなって、テレビが仲介人の食卓を囲むってワケだ、老後までな」

「…………っ」

涼乃は俯いて唇を噛む。悔しいが反論ができない。確かにいまのままでは夫婦の夜に熱気は戻らない。セックスが苦痛になるのだから子作りも遠のくのは必定だ。必死に思考を巡らせるも明るい光景は浮かんでこない。夫婦ふたりの生活も悪くはないのだろうが、それでは自分の夢を諦めることになる。

しかし男の条件を呑むことは人間として最低の行為だ。托卵――その二文字を思い浮かべただけで背筋が凍る。

「……できません、そんなこと」

「そうかぁ。じゃあこの話はここまでだな。さ、お互いいままで通りの暮らしに戻ろうじゃないか。彰良君と仲良くな、涼乃くん。俺は歩美といちゃいちゃするよ、またあの店に通ったりしながらな」

「あ……っ」

森坂は笑顔で立ち上がってすたすたと玄関へ向かう。胸が潰れるような寂しさを覚えて、若妻は思わず青ざめる。この感情はなんなのだろう。森坂のことは好きでもなんでもなかったのだし、身体を貪られることもなくなるのだから良い話ではないか。

でも胸のざわめきが治まらない。腰が抜けるほど強い快感をもう味わえなくなるのかと思うと立ち上がらずにはいられなくなる。

「待ってっ、待ってください。あの、せめて〝練習〟だけは……」

「ははは、良い大人が馬鹿言っちゃいけないよ。こういうのはけじめが大事なんだ。どっち付かずの状態で続けるのが一番質が悪いんだよ。それは分かるね？」

「……はい……」

廊下から引き返してきた中年男が正面から両肩を掴んでくる。じっと目を覗かれ、涼乃も負けじと見詰め返す。

「まぁ、いまここで返事をしろとは言わないよ。そうだな……、近い内に歩美を連れて呑みにくるから、その時にでもこっそり教えてくれたらいいさ。それじゃ」

夫の上司はキスすらすることなく悠々と帰って行く。ひとり残された人妻はドアに鍵を掛け、上がり端でへなへなとくずおれる。両手の指先が氷のように冷え切って、どんなに擦り合わせても温もりは戻ってこなかった。


森坂の宣言通り、二階堂家で宅呑み会が開かれることになった。休日の土曜日、夕方の五時から酒盛りは始まった。涼乃と彰良、歩美と森坂。それぞれに複雑な線が繋がった状態で、森坂によって乾杯の音頭が取られる。ソファにそれぞれの夫婦で腰掛け、ガラステーブルには所狭しと豪勢な料理が並ぶ。

「いやあ、すごいご馳走だ。店に行かなくて正解だったな」

「でしょ？　すずちゃんとあたしで頑張ったんだから、残したら許さないわよ。ほら彰良クン、ソースこぼしてる。もう、手のかかるコねぇ」

「す、すみません。ああ涼乃、お代わりちょうだい」

「はいはい。ふふっ」

色々と問題を抱えてはいるが、お酒が入れば場も和む。煩わしい他人の目がないのも大きかっただろうか。リラックスムードで呑み会は進み、男性陣が景気良く料理を平らげてゆく。そんな中で涼乃はひとり悶々と胸中を曇らせる。歩美に申し訳なくてまともに目を見られない。もし自分が森坂と肌を重ねていると知ったら、彼女はどんなに怒るだろうか。そう思うと益々目を合わせられなくなる。

「こないだの対応は素晴らしかったぞ、彰良君。先方がくれぐれもよろしくと喜んでたよ」

「そうですか、ありがとうございます。そう言って頂けると嬉しいです」

「こぉら、そこ。仕事の話はダメ、分かった？」

「はい、分かりました。いやあ彰良君、お互いに細君には頭が上がらんな」

「ええ、ほんとに」

彰良も酒が回って楽しそうだ。涼乃は甲斐甲斐しく世話を焼きながら密かに溜め息を漏らす。森坂夫妻とはこうして何事もない付き合いを続ける未来もあったのではないだろうか。自分が歩美に恥ずかしい相談をしたばかりに——悔やむも過去は変えられない。

森坂を見遣ると、彼は右手に歩美の肩を抱いて陽気に夫と酒を酌み交わしている。先日悪魔の選択を迫ってきたことが信じられない寛ぎ振りだ。若妻はテーブルの下で両手を握り締める。問いの答はまだ決めていない。この場で聞くと言っていたが、いつその時が訪れるのかと思うと気が気でない。

時は瞬く間に過ぎ、テーブルから空いた皿が片付けられて締めの呑みに入る。ナッツをつまみに焼酎をロックで傾け、彰良がふらつく。

「ちょ、ちょっと彰良さん。呑み過ぎじゃない？」

「ああ、そうかも……。この焼酎が美味しいから、つい……」

「そうだろうそうだろう、なんたってお高いお取り寄せ品だからな。少し早いが彰良君の昇進祝いだ。遠慮は要らんぞ」

「ありがとうござまま……、あれ、あはは、かんじゃった」

四人の参加者の内、彰良だけが妙に酔いの度合いが強い。彼が思わず落としそうになったグラスをすんでのところで受け止め、若妻はほっと胸を撫で下ろす。

「もう、彰良さんたら……。あら？　彰良さん？」

問いかけても返事がない。見れば夫はソファにもたれて健やかに寝息を立てていた。

涼乃はクローゼットから毛布を取り出して掛けてやり、森坂夫妻に頭を下げる。

「すみません、うちの人が。疲れてたんでしょうか」

「うふふ、そうかもねぇ。でも、違うんだなぁ」

森坂に寄りかかってお酒を呑んでいた歩美が悪戯っぽく舌を覗かせ、七分丈パンツのポケットからマジックチャックの小袋を取り出す。中には白い粉末が入っていた。

まさか——背筋に冷たいものが流れる。

「彼にはちょいと眠ってもらったんだ。中々良い薬でね、明日の朝までぐっすりだぞ」

「え……、どういうことなんです」

涼乃はおろおろと友人夫婦を見遣る。どういうことなのか事態が呑み込めない。すると歩美が妖しい笑みを浮かべて身を乗り出す。

「ねぇすずちゃん、ウチの人のおちん×んはどうだった？　美味しかったでしょ。すごく長いから、奥までラクラク届いちゃうし。濃いのもいっぱい出るし」

「な……!? え!? なに……、森坂さんっ、どういう……」

思いも寄らない言葉に迎えられ、若妻は美貌から血の気を失う。夫の上司は豪快に笑い、愛妻を抱き寄せてねっとりと口を吸う。

「うはは、そういうことだよ。コイツは俺と涼乃の関係を最初から知ってるんだ。なにしろふたりで立てた作戦だからな」

(なんですって……)

背中に冷水を浴びた気分だった。これまで散々悩んできたのに、すべて仕組まれたことだったというのか。

「ごめんねぇ、すずちゃん。あなたがあんまりあたしに済まなそうな顔するから、お料理作ってる時にネタばらししたくて仕方なかったわ。でも安心して、全部分かってたから怒ってないわよ。むしろ楽しませてもらったってカンジかな」

「そ……、ひどいです、ふたりして……。わたしをからかって遊んでたんですか」

「いやいや、そうじゃないよ。君たち夫婦のことを心配してたのは本気だぞ。まぁ涼乃とエッチすることを前提に作戦を練ってたんだけどな」

友人夫妻はあっけらかんと手の内を明かす。一方で若妻は言葉もない。信頼して恥ずかしい悩みを打ち明け、身体まで張っていたのに、すべて茶番だったのだから。

「……それじゃあ、〝練習〟っていうのも……」

「ううん、それは違うわね。すずちゃんがあんまりうぶだから、手っ取り早くエッチのイロハを教えるにはそれしかないもの。良かったでしょ？　誰にも聞けないテク覚えられたし、思いっきりイけたんだし。聞いたわよ～、すずちゃん。イク時にきゅ～ってオマ×コ締められるようになったんですって？　すごいじゃない」

「………っ」

人妻はふたりの前で立ち尽くす。あまりに恥ずかしくて顔を上げられない。この様子では自分が森坂を相手にどんな恥態を見せたのか、すべて筒抜けだろう。震えが起きて立っているのも辛くなる。すると中年男が彰良の隣へ座るよう勧めてくる。

「まぁ座ってさ。折角だし楽しくやろうや。なぁ歩美」

「そうそう、こんな機会滅多にないわよ？　あたしたちだって心苦しいんだから。そうね、すずちゃんだけってのもあれだし、打ち明けとこうかな。あたしもね、彰良クンとしちゃったのよ。彼ってカワイイわよね。童貞クンみたいにせっせと腰を振って、ドクドクあたしの中に出すんだもの。お陰で何回もイっちゃった」

「そん……な、うそ………」

まさか夫までも——震えが更に酷くなる。もうなにが真実でなにが嘘なのか分からない。そして衝撃の事実がもうひとつ加えられる。

「元々はさ、夫婦の悩みを俺に打ち明けてきたのは彰良君なんだよ。そんで、彼の了承を得て涼乃をハプバーに連れてってたってワケだ。俺が身体を張って〝練習〟してやってたのは知らないけどな。これで少しは楽になったかな？」

「……っ、あ………」

張り詰めていた心がぱちんと弾けて、涼乃はくたりとうなだれる。森坂と歩美の手の平で踊らされていたのは屈辱だが、苦しんでいたのは夫も同じだと分かってほっとしてしまう。しかし嫉妬心はざわつく。彰良が歩美を組み敷いて膣内に射精までしていたのだから悔しくて仕方がない。

「ほらほらすずちゃん、呆けてないで。そうね、取り敢えず全部脱いじゃおうか。ウチの人とどんなカンジでするのか直に見せて。できないとは言わせないわよ？」

「え……!?」

向かいの席で友人夫婦が笑う。ふたりの目は妖しくぎらついていて、有無を言わせぬ迫力に満ちていた。

＊

「はぁ、はぁ……」

眠りこける夫の前で、若妻は艶めく白い裸身を晒す。脱いだばかりのショーツを森坂に奪われ、クロッチの汚れを調べられてしまうのが恥ずかしさに拍車を掛ける。

「おっ、変なシミがあるな。どれどれ……うん、イイ匂いがする。健康だな」

「えっ、あたしも嗅ぎたい。……ホントだ、甘酸っぱい匂いがしてる。ふぅん、こんな匂いしてたんだ、すずちゃんて」

「……やめてくださいっ」

乳房も股間も隠すことは許されず、涼乃には顔を背けることしかできない。森坂はともかく、歩美にまで秘密の匂いを嗅がれるとは思わなかった。どうやら彼女もかなりの変態らしい。同性のショーツに鼻先をうずめてはうっとりと深呼吸して瞳を潤ませている。

中年男がのそりと立ち上がり、ポロシャツとチノパンを脱ぎ捨てる。ブリーフも脱ぎ去られると、剛毛の股間から生えた汚根がぶるんといきり立つ。黄色い声を上げるのはその妻だ。

「うふふ、おっきいわよねぇ。ねえ、ちょっとおしゃぶりしてもいい？」

「こらこら、それは後でだ。歩美には大事な役目があるだろ」

「ちぇー、分かったわよーだ。それじゃすずちゃん、しっかりね」

「あ…………っ」

森坂が歩み寄ってきて、逃げ場のない若妻はすとんとソファへおしりを落とす。すぐ右側に眠る夫を見る形だ。森坂は左に腰掛けてきて馴れ馴れしく右肩を抱いてくる。そして荒っぽく口を吸い取られ、熱い舌でぬちゅぬちゅと口腔を掻き回される。

「ん……、う………」

愛妻が見ているというのにこの男はなんとも思わないのだろうか。美味しそうに唾液を飲まれながら横目に向かいを見遣ると、歩美はうきうきとした様子でグラスを傾け、身を乗り出し観賞している。そこに感じられるのは余裕だ。なんだか悔しくて涼乃はかっかと頬を火照らせる。

「あ～美味え、やっぱ涼乃のツバは最高だな。ほら舌を出すんだよ、彰良君にもっと見せつけてやらんとな」

「やぁ……っ、ん……、っはぁ、いや……んん、ン……！」

夫の息遣いを聞きながら口を吸われるのは辛い。申し訳なさと背徳感とで甘ったるい目眩に襲われる。歩美に見られることにも体温を上げさせられる。彼女の視線も粘っこくて熱い。口元から乳房へ、そして乳首に——妖しい興奮がじわじわと湧き上がってきて、擦り合わせている太腿の奥であそこがじぃんと痺れる。

「ほんとすずちゃんは色が白くて羨ましいわぁ。おっぱいだっておっきいし、全然垂れてないもんね。それにウエストほっそい！　今度エクササイズ教えてね」

「んん、ふぅ……」

歩美の明るい声を聞いていると、自分が置かれた状況の異常さが際立つ。これが彼等の日常のようだが、やはり理解し難い。もし立場が逆だったらどんな気分になるのだろうか——舌をしゃぶられる心地好さの中で想像してみる。寝ている森坂の隣で彰良が歩美を抱き寄せ、ねちねちと口を吸って——猛烈な嫉妬に苛まれてとても平静を保てない。

「っあ、だめ……っ」

右肩から生温かい手が滑り降り、右の乳房を熱っぽく握り締める。甘い寒気がぞくっと走って、涼乃は慌ててその手を引き剝がそうとする。しかし男は左手も伸ばし、太腿のあわいへ差し入れてくる。胸元は右手で、股間は左手で防御すると唇も奪われる。森坂の得意とする複数箇所同時の責めだ。これでは気が散ってまともに抗えなくなる。そしてその隙に不潔な快感を叩き込まれるのだ。

「ああ……っ、ん、はぁ……っ」

右の乳首を人差し指の腹で転がされながら、左の内腿を引っ掻くようにしてそうっとなぞられる。どちらも総身に鳥肌が立つほどむず痒い。呆気なく右手が落ちて、閉じていたはずの両足がへなっと開いてしまう。抵抗のなくなった性感帯で男の指たちが牙を剝く。右乳首を軽く引っ張られるのと同時に左の中指が肉裂に触れてくる。あっと声を上げた口を吸い取られ、また一段階意識が霞む。

(だめ……だったらっ、歩美さん……が、みてるぅ……っ)

右隣の彰良は眠っているからまだ救いはあるものの、正面の友人は瞳を潤ませて食い入るようにこちらを見詰めている。同性ということもあってか恥ずかしくてたまらない。身悶えする間に、ハプニングバーで覚えた見られる快感が次第に幅を利かせ出す。すると身体中の感覚も鋭敏になってくる。

「すずちゃんも才能あるわよね。ねぇあなた」

「そうだな。この器量と感じ易さだからな、お前以上の人気者になれるかもな。また三人で行ってみようや」

友人夫妻が勝手な会話で笑い合う。どうやらハプニングバーのことを言っているらしいが、あんな店にはもう行きたくない。行けばどうしても淫らな気分になる。そして我慢ができなくなって、最後にはあられもない姿を晒すことになるのだから。好色な視線に焼かれながらのセックスは正直気持ち好かった。もう一度体験させられたらどんなに乱れてしまうか分からない。

「ね、あたしにもすずちゃんのオマ×コ見せてよ」

「おう、分かった。ちょっと待ってな、すぐ見せてやる。いいよな涼乃」

「……っはぁっ、……え、いやですっ、そんな……」

歩美が更に身を乗り出す。拒んだのに森坂は許してくれず、左の太腿を持ち上げて自分の毛深い太腿へ乗せる。大きく足が開かれる格好となって、足の付け根が一気に涼しくなる。そこへ男の左手が戻ってくる。人差し指と中指で逆Vの字を描くようにして、ぱっくりと肉裂を割られてしまう。

「いや……あ、みないで……ぇ」

嫌であれば森坂の左手を引き剝がせば良いのに、自分の左手は右手同様に力を失ったままだ。持ち上げるのも億劫で、顔を真っ赤にして息んでもびくともしない。

同性の視線は雄顔負けの熱量を発揮しながら、興味深そうに肉びらのあわいを散策してくる。へぇ、ふぅんと意味ありげに唸られる度に腋の下が熱い汗で濡れる。

「どうだい、歩美」

「う〜ん、そうねぇ……。悔しいけど、すっごく綺麗で美味しそう。色なんてまだピンクじゃないの。ずるいなぁ」

「…………っ」

羞恥のあまり俯いて震えていると、友人の夫が唇を求めてくる。慰めるような優しいキスだった。ちゅっ、ちゅっとついばまれる内にぼうっと頭の芯が痺れてきて、無意識の内に唇が半開きになる。するとすかさずねっとりと口を重ねられ、猛烈に熱い舌を深々と差し入れられる。こうなってしまうともう喘ぐ以外にすることがなくなる。良いように舌をしゃぶられては唾液を飲まれ、お返しに森坂の唾液も飲まされる。

それは背徳的で不潔なキスだ。見る見る息が上がって瞼が独りでに落ちる。

「ふふっ、妬けちゃうな〜。すずちゃん、美味しい？　彰良クンともそういうキスしてあげたら良いのに。彼ね、あたしのツバ夢中になって飲んでたわよ？　誰かさんがそうしてあげないから。可哀想じゃないの」

「……っはぁっ、いや……あ……」

歩美に言われなくても、夫と貪るようなキスを交わしたいのは山々だ。それができないから相談を持ちかけたのに——頭にかっかと血がのぼる。

「なぁに、もう大丈夫だよ。なぁ涼乃、明日からできるよな？　なにしろ俺が色んな舌遣い教え込んでやったんだからな。喜ぶぞ彼も。そうすりゃエッチだって自然と燃え上がってくるよ」

「…………っ」

キスの合間に囁かれ、若妻は薄目を開ける。森坂の言う通りかも知れない。相手に不満を抱いてばかりいるから気持ちが冷めるのだろう。奉仕の念を持って見返りを求めない、そんな心構えで臨めば違った結果が得られる気がする。再度目を閉じて了解の意思を示すと、友人夫婦が嬉しそうに笑う。

「良かった～、あたしたちの思いが伝わったみたいで」

「だな。ご褒美にうんと好くしてやらんとな」

森坂がにやつき、一旦身体を離す。そして涼乃は毛布を掛けられた夫へ向けて押し倒される。彼の左太腿へ頭を乗せられ、足を折り畳まれてM字に割り開かれてしまう。あっと思う間もなく足の付け根に男が口を付けてきて、鼻先にバチバチと火花が散る。

「やぁあっ、こんなの……っ、あっだめ、んんッ」

「うふふ、良いじゃないの。大好きな彰良クンにくっついて感じられるなんて」

やはり友人夫婦は普通ではない。涼乃は不安そうにちらちらと夫の寝顔を見上げながら、清らかな肉の割れ目に森坂の舌を受け入れる。中年の舌遣いは巧みだ。しかもべちゃべちゃと派手な音を立てて舐められ、一層気が急く。こんな状態で彰良が目を覚ましたら夫婦生活は終わりを告げるだろう。しかしその一方で妖しく胸が高鳴り、あそこが見る見る潤いを増してくるのが分かる。

「やめ……、あ！　そん……なに、しないでェッ」

好色な唇が膣口に吸い付き、じゅるじゅると水音を響かせて愛液を啜る。こんな状況でされるのは嫌なのに、どうして濡れてしまうのか。ふと答が浮かびかけて若妻はくなくなと首を振る。そんなはずはない、自分はまともだ。友人夫婦のような特殊性癖者ではない。

「ねぇねぇ、どんな味なの」

「ん、そうだな……、おしっこと汗の塩味は弱めで、酸味が強い感じだな。あとマンカスの発酵臭がすげえ良いんだよ。味もヨーグルトみたいだしさ。ま、大体お前と同じだよ。マン汁の量は涼乃の方が多いかな。とろっとしてるのもたまらんね」

「ふぅん。いつかあたしにも舐めさせてよね、すずちゃん」

「やぁあ………ッ」

姉のようだと思っていた友人は同性が相手でも構わないらしい。所謂両刀使いというものだ。ショックを受ける一方で、彼女の秘密を知ることができて嬉しい気もする。もしこれまでのようにふたりで会う機会があるとして、その時に身体を求められたらどうすればいいのだろう。はぁはぁと喘ぎながら歩美を見遣るも、妖しい興奮を覚えるばかりだ。

「ん……、く……」

肉の芽を守る包皮を剝き上げられ、愛おしそうに舌先を遣われる。いやらしいむず痒さに快感が入り混じり、腰が勝手に跳ねる。あそこは益々潤んで、膣口から会陰へと恥蜜が垂れてゆくのが分かった。

「それとね、すずちゃん。あたしたちのお願い、聞いてくれる気になった？　ウチの人から聞いてると思うけど……赤ちゃんの話よ」

「…………っ」

膣内へ熱い舌を受け入れてぼうっとしていたその時、友人の口からおぞましい台詞が飛び出す。妊娠の件も夫婦で共謀してのことだったようだ。しかしまだ答は決めていない。無言で返すと股間で水音を立てる男も顔を上げてにやつく。

「おお、そうだったな。それでどうかな涼乃、良い答を聞かせてくれるんだよな、もちろん」

「それ……、は……」

即答できずに口ごもっていると、好色な舌先がクリトリスにぴったりと張り付いてくる。いやらしい熱を移す大好きな責めだ。若妻はあっと声を上げて夫の太腿の上で白い喉元を晒す。

（いや……あ……、これ……。かんじちゃう……）

不潔な熱さと共にむず痒さにも襲われ、舌先を動かして欲しくてたまらなくなる。でも男は微塵も動かしてはくれない。爛々と輝く双眸で恥毛越しに顔を見詰めてくるばかりだ。

「まぁ、難しい話よねぇ。でもお願い、あたしたちの望みも聞いて欲しいな。前にすずちゃんの赤ちゃんを抱っこしたいって言ったの覚えてる？　それが、ウチの人との子だったらもっと嬉しいなって。ね、いいでしょ？」

「そん……、はぁはぁ、だめ……ですっ」

頷いてしまったら夫に対する最大の罪を犯すことになる。ぼやける頭でどうにか拒むと、森坂が肉芽から舌を離して右中指を上向きにして膣へ埋めてきた。

「んんぅ………っ」

ゆるゆるとゆっくり出し入れされてから、膣天井の浅瀬をじっくりまさぐられる。

この責めにも弱い。いまにもおしっこを漏らしてしまいそうで、でも切なく心地好くて息が詰まる。その快感ポイントも随分敏感になってしまった。開発者は彰良ではなく森坂だ。

「俺からもお願いするよ。もしなにかあったら俺たち夫婦も全力で助ける。だからいいだろ、な?」

「んあ……、あ………!」

涼乃は長い黒髪を振り乱す。どうしたらいいのだろう。人道的には承諾してはならない話だ。だが拒めばいま腰を燃やしている甘い快感は二度と味わえなくなる。薄目で夫を見上げたその時、熱い舌先がクリトリスに戻ってくる。芽の頂点で極小の円を描かれ、見えていた彰良の寝顔が火花で隠される。同時にくちゅくちゅと膣天井の小丘を押し込められ、腰全体がぼうっと燃え上がる。

「や……だっ、そん……なにっ、いっちゃう、からあッ」

力の抜けた両腕を懸命に股間へ向かわせ、中年男の頭髪を掴む。しかし愛撫を止めさせる力は出ない。為す術もなく責め立てられ、背筋に鮮烈な快感電流が走る。それは繰り返し脳天まで突き抜けて理性を削ってゆく。そして抵抗も虚しく涼乃は絶頂へと追い上げられた。

「ああ……ッ！　んっ、あ！　いく………ッ」

夫の間近ではしたない宣言を漏らし、妻はびくん、びくんと腰を突き上げる。甲高い耳鳴りが響く中で身体がふわっと浮き上がり、頭の中が真っ白になる。何度味わってもたまらない数瞬だ。この刺激なしの生活など有り得ない。

「……っはぁっ、はぁっ、あっ⁉　そん……な、つづけて……っ、あ！」

やっと一息継げた次の刹那、膣の内外でいやらしい愛撫が再開される。果てたばかりで身体中が敏感になっている。そんな状態で責め立てられたらどうすることもできない。涼乃は背中をくっと弓なりに反り返らせ、夫の膝枕で再び快感の極みへ押し上げられてゆく。彼が起きてしまうかもしれないのに、せわしなく喘がずにはいられない。巨大な快感の波が背筋を駆け抜け、またしても脳裏が閃光に呑まれる。

「うふふっ、エロ～い。あたしも濡れてきちゃった」

向かいのソファから友人のはしゃぐ声が辛うじて耳に届く。びくん、びくんと白い裸身を痙攣させて、若妻はくたりと脱力する。オーガズムを得ると酷く疲れてしまうのだが、休みたいとは思わない。立て続けに与えられても毎回味わいが異なるのだ。そして回を追う毎に快感は強さを増してくる。最後に待つのは恥ずかしい失神だ。

意識が甘く失われるその感覚はまだ二回しか経験できていない。味わわせてくれる者は夫ではなく森坂だ。長く太いペニスで念入りに膣奥を抉られ、熱くて濃い精液でとどめを刺される——想像するだけで喉が鳴る。

「ほら、いつまで呆けてるんだ。そろそろ答を聞かせろや」

「……う、……あ……」

ぼんやりと絶頂の余韻に浸っていると、両の肉びらを摘まれてくいくいと引っ張られる。そんないたずらにも感じてしまい、涼乃はうっと息を詰めて仰け反る。やっと答が出た。いや、この話を聞かされた時にもう答は決まっていたのだろう。浅ましい自分をただ認めたくなかった、それだけのことだ。

「……わかり、ました。……あかちゃん、つくります……」

言ってしまってからちらと夫を見上げ、脳裏で詫びる。申し訳なさで胸が詰まるも、妙な清々しさを覚えるのも事実だ。友人夫婦が顔を見合わせ、小躍りして喜んでいるのが分かる。少なくともふたりには妊娠を祝福してもらえるようだ。

「よしよし、えらいぞ。じゃあ早速子作りしよう。中に出すからな」

「………はい……」

気怠い身体を引き起こされ、夫の上司に横抱きにされる。なにをするのかといけない期待感を膨らませていると、男は向かいのソファへ歩いてゆく。歩美も腰を上げ、さっきまで自分が寝かされていた空間に座る。

（え……。うそ……）

どっかと腰を下ろした森坂の膝へ乗せられ、胸板に背を預けさせられる。ちょうど正面に夫を見る形だ。ばくばくと心臓が跳ね回る中で、両の太腿の下に手を入れられて持ち上げられる。濡れた肉裂の間際に、いきり立った黒いペニスがぶるんと現れる。

「さ、スケベな穴の位置を教えてくれ。この体位だと見えないんでな」

右肩越しに森坂がにやつく。自分でペニスを摘まんで膣口へ導けと言うのだろう。夫を見ながらそんな真似をするのかと思うと背筋がゾクゾクする。懸命に反対する理性を頭の片隅へ押し込め、人妻は結婚指輪の光る左手で長く太い男性器をそっと摘まむ。はぁはぁと肩で息をしながら、熱い亀頭冠で肉びらを掻き分けてみる。すると瞬時に目が眩み、その刺激だけで思わず昇り詰めそうになる。

「あ……っ」

いつしか白い愛液を滲ませていた膣口に、先走り液が豊富な肉傘を誘う。くちゅり、と恥ずかしい水音が響くと、仰け反らずにはいられない圧倒的な挿入感が襲いきた。

「んはぁ………っ」

膣口を亀頭冠のえらが通過する瞬間がたまらない。甘い痺れがぞわっと湧き上がり、それも治まらない内に膣肉を掻き分けられる快美感に苛まれる。残念ながらこの心地好さは夫が相手では味わえない。いけないとは思うのに深く長い吐息が独りでに漏れてくる。森坂のペニスを生のまま受け入れてゆく光景を、その妻が瞬きもせずに見詰めていた。

「うわぁ……。すっごぉい、すずちゃんもきちんと咥えられるのねぇ。ウチの人のおちん×んを全部咥えたコ、あたし以外に初めて見たわぁ。これなら妊娠間違いなしね」

「う……あ………」

友人の声で我に返り、涼乃はぼんやりと意識を結合部へ向ける。下腹部には猛烈な熱気と甘美な充足感が渦を巻いている。最初の挿入から森坂のものを根元まで呑み込んでしまったのだ。以前の自分からは想像も付かない進歩だと言える。初めてこの男に貫かれた時の苦しさが懐かしい。

「あ〜、良く締まってる。もう締め方は完璧だな。それで涼乃、生理周期はどうなんだ。今日安全日じゃないだろうな?」

下品な問い掛けをされても若妻は抗わず、静かに首を横に振る。排卵予定日まではあと二日、つまりいまは危険日に当たる。夫との子作りに備えた基礎体温のチェックがこんな時に役立とうとは思ってもみなかった。意思表示をすることでどきどきと心音が加速する。とうとう妊娠目的のセックスが始まるのだ。

「ようし、なら濃いのをたっぷり注ぎ込んでやるからな。一緒にイって妊娠だ」

「……やぁあ………っ」

男の両手が脇から前へ回り、Ｆカップの乳房をそっと掬い上げる。そして膣に埋まっていた長いペニスがぬるぬると姿を現す。とろけた膣肉に密着されていた肉幹は白く濡れてゆらりと湯気を上げる。ふと自分の匂いが感じられて、涼乃はぼっと頬を朱に染める。

「んん……、ふぅ……、ああ……っ、んん……」

ゆったりと遅く、しかし力強く抜き差しされる。入り口から最奥まで往復される毎にあそこが益々とろけてゆくのが分かる。ぬちゅり、ぬちゅりと響く姫鳴りは夫にも聞こえているだろうか。彼はなにも知らずに眠ったまま動かない。

（え……、なに……？）

快感で閉じそうになる瞼を懸命に持ち上げていたその時、向かいに移動した歩美がちろっと舌を出してウインクする。どんな意味なのかと見詰めていると、彼女は彰良の毛布を剝いでジーンズの前を勝手に開け始める。マニキュアが似合うしなやかな指の群れはトランクスの前も開け、中からうなだれたペニスを引っ張り出す。

「あたしも味見させてもらうわね。すずちゃんだけずるいもの」

「な……っ、だめですっ、あっ、くぅ……、それはっ、わたし……の……」

友人の朱唇が見る見る夫のものへ迫る。若妻はせわしなく喘ぎながらも右手を伸ばし、その淫行を止めようとする。散々裏切ってしまったが彰良への愛情は消えていない。身勝手な言い分ではあるが他の女には取られたくなかった。

しかし膣の奥を熱い亀頭冠でねっとりと抉られ、強烈な快感電流に襲われる。瞼がずしりと重くなるのと同時に右腕が力を失い、くたりと落ちる。その間に歩美は彰良のペニスを頬張り、美味しそうにちゅぱちゅぱと吸い始める。

「あ～あ、取られちゃったな。まぁ排卵日過ぎるまでは我慢しときな。楽しみは取っておくもんだろ。その時はきっちり中出しもしてもらうんだぞ、いいな？」

「……はい……」

森坂の台詞は妊娠のアリバイ作りを示唆するものだ。危険日近辺に営みを持てば、傍目には夫による妊娠に見えるだろう。これで遺伝子検査をされない限り不義がばれることはないという訳だ。どこまでも周到な彼等に寒気を覚えずにはいられない。

「ふふ、おっきくなってきた。寝ててもちゃんと反応するのよね、男って」

歩美がちゅぽんと肉茎を吐き出し、楽しそうに右手でしごき上げる。彰良のペニスは友人の言葉通りにぐんぐん膨張して立派に屹立する。これまでに望んだ快感をもたらしてはくれなかった肉柱だが、離れて見ていると無性に愛おしくなる。できることならすぐに歩美を押し退け、白濁液が噴き出すまでしゃぶってあげたかった。

（なによ……、歩美さんたら……。わたしだって……）

言い知れぬ対抗心が芽生えてきて、涼乃は膣内を上下する森坂の分身に意識を集中させる。こうなれば歩美の見ている前でたっぷりと最奥に精液を受け止めるだけだ。ついでに思い切り果てて見せれば、さしもの彼女も悔しがるに違いない。そう考えると俄然やる気が出てくる。若妻は切なそうに美貌を歪めながら、自らもおしりを上下させて他所の男のペニスに快感を分け与え始める。

「うお……、こりゃすごい、ねっとり絡んで吸い込まれるな。上手いじゃないか涼乃、その調子で頼むよ」

「っはぁ、あ……、はい……っ、んっ、ん……っ」

乳房を揉みほぐされる心地好さも糧にして、懸命に腰を上下に振る。ハプニングバーでの記憶を探って、騎乗位で繋がっていた歩美の腰遣いを参考にする。突き上げられるタイミングに合わせて迎えに行き、引かれる時はぎゅっと締め上げて摩擦を強める。子宮口を抉られる時は逆の方向へ腰を回し、男の弱点である亀頭冠にも刺激を与える。自らの快感を高めながらも相手に奉仕する——積極的に動いてみると、清々しく胸が晴れてセックスが楽しくなってくる。

（これ……が、ほんとう……の……？）

ずぶんと深突きされて必死におしりを押し付け、涼乃はあられもなく喘ぐ。右肩越しに振り返ると、森坂も顔を真っ赤にして気持ち好さそうにしているのが分かる。膣肉に感じられるペニスの脈動感もいつになく激しい。自分が興奮させているのだと思うと一層腰遣いに熱が入る。

「好いぞ、う……、オマ×コがすげえ熱く溶けてる。こんなの初めてだなぁ涼乃。どうなんだ、感じてるのか」

「っあ、はぅ……、きもち、いいッ、ああ……ッ、すごいの……ッ」

快感を得ることは恥ではない。素直に感情を口にしてみた刹那、意識がふんわりと数瞬途切れる。朱唇をぱくつかせながら息を吹き返し、涼乃は果てたのだと気付く。でもこれで満足した訳ではない。逆にもっと深く強い快感が欲しくなって、おへその辺りが切なく疼き出す。子宮が熱い精液を飲みたがっているに違いない。

涼乃の様子を見て歩美の目にも対抗心の炎が燃え立つ。年上の友人は右手で彰良のペニスをしごきながら腰を浮かせ、穿いていた七分丈パンツを煩わしそうに脱ぎ捨てる。きめ細やかな白い下半身が露わになる。そして黒のTバックショーツを穿いた丸い桃尻を悩ましげに振り、彰良に背を向けて膝立ちで跨がる。

「やだ……っ、はぁはぁ、だめっ、あゆ……みさ、あっあっ、だめェ……ッ」

彼女の意図が分かった涼乃は汗みずくで黒髪を振り乱す。しかし妖艶な友人は艶めかしく微笑むばかりだ。

「折角だし、あたしも彼に中出ししてもらおうっと。良いわよね、あなた」

「おう、たっぷり搾り取ってやれ」

（そんな………）

妻を蚊帳の外にして、友人夫婦は勝手に決めてしまう。涼乃は悔しそうに唇を噛みながらゆるゆると腰を回し続ける。飛び出して行って夫を守りたい気持ちはあるのだが、下腹部に広がっている快感に逆らえない。

歩美は右手を背後に回して彰良の亀頭冠を摘まみ、左手で細いクロッチを左へずらす。その瞬間にぬるりと幾筋もの粘液の糸が引くのが分かる。彼女も妹分の艶姿を見て性欲を催していたのだ。セピア色の花弁を亀頭冠で左右に寝かしつけてから、三十路妻はゆっくりと腰を落としてゆく。挑戦的な視線を涼乃から外さない。

「はぁん……、っあ、はぁ、はぁ、ふふ、食べちゃった。やだ、すっごく硬くて熱くなってる。オマ×コ溶けちゃいそう」

「いやあッ、あっ、あっ、ひど……んんッ、はぁはぁ、ああんッ」

独りでにぽろぽろと涙が溢れてきて涼乃の視界は滲む。これほど彼のことを愛おしく思ったことがあっただろうか。自分は愚かだった。大切な人が毎日一緒にいてくれていたのに、なぜもっと求めなかったのか。つまらない羞恥ばかり気にしていなければこんな形で嫉妬に苦しむこともなかったのに。

「うお……、すげえ締まってきた。な？　こういうセックスは燃えるだろ。これを俺たちは教えたかったんだ。ほら、泣くんじゃねえよ。代わりに俺が一杯出して孕ませてやるからさ」

「やぁあッ、あ、ふぅ………っ、はぁはぁ、おく……だめェ、あっあっ、ぐりぐり、しないでエッ」

もう夫が起きても構わない──激しい性欲と嫉妬に狂った若妻は正常な判断を下せない。彰良にも聞こえるように嬌声を張り、いま自分がされていることを言葉にする。だが歩美の右肩越しに見える夫は安らかな寝顔を崩してくれない。時折むにゃむにゃと口を動かしはするものの、未だ深い夢の中だ。

「あらあら、彰良クン、はっ、んんっ、あなたの奥さん、あんなこと言っちゃってるわよ。いやらしいわねぇ」

ぬちゅぐちゅと姫鳴りを響かせながら歩美が彰良の首へ右腕を絡ませ、ルージュの唇でねっとりと口を吸い取る。平手打ちされたかのようなショックを受けて、涼乃は愕然と目を見開く。だが悔しがる前に森坂の顔が右肩越しに寄ってくる。そして眼前の光景と同じように唇を奪われてしまう。

「んんぅ…………!」

横目に夫を見ながらのキスはいつもより甘い。荒々しく入ってきた舌をきつく吸い上げ、若妻は必死におしりを回す。またふっと意識が途切れ、耳に届く音すべてにエコーがかかり出す。

「お……、オマ×コの中がヒクヒクしてきたぞ。イクのか涼乃、ほら、イっていいぞ。俺も出そうだ、ほれ、早くイっちまえ」

「いやあ！　だめ……なのっ、あっあっ、いっちゃう、だめっ、いくのいやあッ」

くなくなと首を振っては口を吸い取られ、可憐な人妻は快感の極みへ押し上げられてゆく。乳首ももうコチコチに尖り切っている。にゅむにゅむと乳房を揉み続ける指が時折すっとそこを掠める度に、甘く切ない痺れが走る。

執拗に膣奥で円を描いていたペニスがシンプルな上下運動に切り替わる。ぬるぬると膣口から姿を見せた肉幹は根元まで真っ白だ。甘酸っぱい湯気をゆらゆらと立ちのぼらせ、浮き立った太い血管をびくつかせている。野獣も限界が近いのだ。

「ああッ、だめ、だめ……、はぁそこ、あっいく、いっちゃう、あっ、あっ」

ずっと夫を見詰めていたかったのに、とん、とんと一定のリズムで子宮口を叩かれていると瞼を持ち上げられなくなる。子宮に響く振動がたまらない。うわごとのように淫らな言葉を漏らしているのに口を閉じることも叶わない。

(あ……、くる………っ)

力強く出入りするペニスが根元からじわじわと膨れてくるのが分かる。ぬかるみきった膣肉でも相手の限界を感じ取れてしまう、そんな自分は紛れもなく淫乱だ。背後の中年男に白い背中を預け切り、若妻は夢中になって息を継ぐ。はしたなく熱を帯びた吐息を口元でじっくり吸われているのに、そんな恥ずかしさも甘美だった。

「あっやだ、いっちゃう、イク……！　あっいくいく、いくぅ………ッ!!」

森坂のものが膣口からえらを覗かせるまで引かれ、白い愛液を跳ね飛ばしながらずぶうっと柄本まで埋まる。両の乳房を握り締められてぐっと身体を結合部へ押し付けられる。その瞬間に思い切り膣を絞り上げ、涼乃は絶叫する。強烈で巨大な快感電流が背筋を焼き焦がすのと同時に、膣の一番深いところで熱いとろみがびゅるっとしぶくのが分かった。

(……あき……ら、さ……)

脳裏が閃光に包まれてなにも聞こえなくなり、なにも見えない。白一色の世界を心地好くたゆたいながら、涼乃は最愛の人を想う。感じる子宮口にはまり込んだ森坂の亀頭冠が、湯気立つ精液をびゅっ、びゅっと激しく噴き出し続ける。うぶだったはずの子宮口はいやらしい噴出口にねっとりと吸い付き、直に雄汁を飲んでしまう。

朦朧とぼやけた意識の下で、歩美の嬌声が聞こえた気がする。どうやら彼女も膣奥に射精されているようだ。本来自分が受け止めるべき液体だけに、ムラムラと嫉妬心が騒ぐ。でもいまは他の男による膣内射精を楽しみたい。何度膣肉を引き締めても森坂のものはびくともせず、とろとろに煮えたぎった白濁液を狂ったように噴き上げ続けていた。

第八章　あなた以外の子を孕まされて

普段と変わらぬ忙しい朝が始まる。誰の目にも妊娠中と分かるようになったお腹をさすり、マタニティードレスを纏った涼乃はふふっと微笑む。彰良のために作った味噌汁をお椀に注ぎ、炊き立てのご飯もよそう。胡瓜の浅漬けや焼き鮭もダイニングテーブルに並べていると、ネクタイにYシャツ姿の夫が慌てふためいて飛んでくる。

「こらこら、座ってて良いって言っただろ。大事な身体なんだからさ、もう」

「ふふっ、大丈夫よ。それに先生もこうやって動いた方が良いって仰ってるし」

妊娠が発覚してからというもの、彰良は一層優しくなった。家事も次々にこなしてくれるし、会社が終われば寄り道もせずに真っ直ぐ帰ってくる。そして大きく変わったことがもうひとつ。自分の欲望を素直に教えてくれるようになった。

「ね、涼乃。今日帰ってきたらさ、口でしてくれないかな。その後はオマ×コも舐めさせて欲しいんだけど」

「うふふ、良いわよ。でも舐めるときは優しくね、お腹の子が驚いちゃうから」

「やった！　よぅし、今日も頑張ってくるか」

夫は嬉しそうに破顔して背広を羽織る。彼は昇進して課長となり、その分責任も増えて大変らしい。今日は土曜日なのだがこうして出勤することもある。でもいまだけのものであり、もう少し経てばこれまで通りの週休制に戻れるという。妻としては休日は固定されていた方が助かる。〝色々と〟計画を立て易いからだ。

彼が大きく変わったように、涼乃もまた変わっていた。以前にも増して夫のことを愛おしく思い、身重の身体でもせっせと世話を焼く。劇的に変わったのは夜の営みだろうか。若妻は夫を相手にしても思い切りオーガズムを楽しめるようになっていた。

切っ掛けは半年前、森坂の言いつけを守って臨んだ危険日後のセックスだった。

『ね、彰良さん。今夜、その……したいんだけど。ダメ？』

『え!?　いっ、いや、全然オッケーだよ！　分かった、じゃあ早く帰ってくるから』

森坂に〝種付け〟されてからというもの、危険日が過ぎ去るまでの時間が焦れったくて仕方がなかった。歩美に奪われた彼の精液を早く膣で味わいたい、脳裏はそんな欲望で埋め尽くされていた。

夫が帰宅してから言い出せば良いかとも考えたが、結局待ち切れずに出勤前におねだりしてしまった。湧き上がる欲望に逆らうことなく口にしてみると、呆気ないまでにすんなりと言葉にすることができた。これまでの苦悩はなんだったのかと自分でも笑ってしまうほどに。

その日は何度時計を見たか分からない。夫が帰宅する前にお風呂を済ませておきたかったが、歩美から聞かされた彰良との体験談がその邪魔をする。彼が歩美と過ちを犯したその日、事前のシャワーなど浴びなかったという。なのに彰良は歩美の腋や股間へしきりに鼻先をうずめ、良い匂いがすると褒めてくれたらしい。

(なによ、彰良さんたら……。わたしだって……)

彼等が絡まり合う光景を思い浮かべる度にかあっと頬が火照った。自分の本当の匂いと味も知って欲しくて、褒められたくて。事前の入浴はしないことに決め、下着も敢えて昨夜穿き替えたもののままにした。森坂はいつも下着や性器の匂いを嗅いで、うっとりした顔で褒めてくれる。変な匂いでないことには自信があった。

夫が帰宅すると、心音はいよいよ高まった。じりじりと気を揉みながら夕食を終わらせ、急いで歯を磨く。そしてリビングで寛ぐ彼の下へゆき、手を引いて立ち上がらせた。

『ど、どうしたの。顔が真っ赤だよ』

『ごめんなさい。わたしね、なんだか身体がおかしいの。こんなこと言ったら嫌われちゃうかもだけど、実は性欲は強い方なの。いままで我慢してきたけど、もう限界。だから早く抱いて、お願い』

一刻も早くいやらしいことをされたくて、言えずに黙っていた秘密をぶちまけた。それでも嫌われないという確信はあった。彰良だって、上司の妻である歩美を押し倒すほど性欲があるのだから。彼は突然の告白に驚いた様子だったが、すぐに真顔になって目を見詰めてきた。これまで見たことがない、血走って劣情に燃えた目だった。

『涼乃、オレもね、ずっと滅茶苦茶にしてやりたいって思ってたんだ。でも嫌われるのが怖くて言えなかったし、襲えなかった。ごめんな。今夜はオレの好きにさせてもらうからね、覚悟して』

その言葉を聞いた瞬間にあそこがじゅわっと濡れて、ブラの中で乳首が立つのが分かった。ふたりでもつれ合うようにして寝室へ駆け込み、ベッドへ倒れ込んで口を重ねた。彼が鼻息を荒らげて唾液を飲んでくれるのが嬉しくて、キスだけで軽く意識を飛ばしてしまった。

服を脱がされる時にはわざと抵抗してみせた。すると夫の鼻息は益々暴風と化して、お気に入りのサマーニットが一枚駄目になった。でも引き換えに猛烈な興奮を得ることができたのだ。汗ばんだ腋やおしりの谷間をクンクン嗅がれてはしたなく乱れたことは生涯忘れられないだろう。

彼も愛撫を頑張ってくれて、何度も何度も昇り詰めてしまった。お返しにペニスをしゃぶり、初めて飲み干した。森坂の液体より量は少なかったが、濃厚な喉越しといやらしい熱さは同じだった。そして彼が喜ぶ後背位で生のまま受け入れた。

気取ることなく素直に声を出し、夫の手を乳房へ導いたりもできた。こんなに積極的になれたのは森坂夫妻のお陰だ。膣を締めると彰良が喜んでくれるのが嬉しくて、夢中になって腰を遣った。宙に浮くような甘い快感の中でふたり同時に昇り詰めることができたのは奇跡だっただろうか。いや、そうではない。夫婦揃って自分をさらけ出したからこそ成し得た必然だ。

『ああッイクッ、あっいくいく、ああぁ～～～～～～～ッ!!』

感じる子宮口を抉られながら射精された、その甘美な瞬間はいまでも鮮明に思い出せる。全身の産毛が逆立って大粒の汗がそこかしこに噴き出し、意識がふわっと溶ける——森坂を相手にしなければ得られなかった感覚だ。終わった後も結合を解きたくなくて、そのまま明け方近くまで求めてしまったことが恥ずかしい。

「それじゃ、行ってくるね。帰りは六時頃だと思う」

「はい。楽しみに待ってるわね、行ってらっしゃい」

玄関の上がり端で口を重ね、存分に唾液の交換をする。夫が右手を摑んでスラックスの股間へ誘導してくる。こんもりと膨れたそこを撫でながら涼乃は吐息を弾ませる。彼とこんなキスができるようになるとは夢にも思っていなかった。〝男〟を見せてくれるようになったことが本当に嬉しい。

唾液の糸を引きながら唇を離し、とろんとした瞳で見詰め合っていたその時、インターフォンが鳴る。若い夫婦は慌てて身嗜みを整え、夫がドアを開ける。現れたのは森坂夫妻だ。

「や、おはようおふたりさん。ちょっと早かったかな」

「いえ、大丈夫ですよ。今日は涼乃をよろしくお願いします」

「任せといて、彰良クン。やっほー赤ちゃん、歩美お姉さんがきたわよ」

「もう、歩美さんたら。まだ聞こえてないですよ、ふふっ」

膨らんだお腹に優しく頰摺りする友人に微笑み、若妻は夫を送り出す。今日は森坂夫妻と出掛ける約束をしている。夫には映画と食事だと伝えてあるが、本当の行き先はハプニングバー〝リーブラ〟だ。

彰良の姿を見送ってからドアを閉め、友人夫婦をリビングへ通す。するといきなり森坂に唇を奪われ、頬がへこむほど熱っぽく舌を吸われてしまう。

「んんぅっ、っはぁ、ちょ……、公一さ……んむぅ」

「どうせ玄関でいちゃついてたんだろ。くそっ、ほらツバを飲ませるんだよ」

口を吸われながらマタニティードレスのおしりも揉み立てられ、ゾクゾクと背筋が燃える。やっとキスが解かれてはぁはぁと息を継ぐと、今度は歩美に唇を奪われる。

「んふふ、美味しい。ね、あたしのツバも飲んで」

「ん……っ、ん……。っはぁ、はい……んむ、んん……」

森坂夫妻とは相変わらず深い仲が続いている。休日にはこうしていかがわしい店へ出掛け、平日には森坂や歩美と肌を重ねる。最初こそ恥ずかしくて仕方なかったものの、もう歩美に抱かれるのも慣れてきた。お腹を気遣った横臥のシックスナインで割れ目を舐め合い、バイブレーターで果てさせてもらうのが涼乃のお気に入りだ。

ふたりがかりのディープキスを終えると、若妻はついふらつく。前後から支える森坂夫婦が双眸に旺盛な肉欲を浮かべて笑う。

「ほらほら、感じちゃうのはまだ早いだろ。でもまぁ店に行く前に少しほぐしておくとするか」

「そうね、すずちゃんてば欲張りさんだし。今日はイクの二回までですからね、お腹大きいんだから」

「はい……」

ウォーミングアップと称した不潔なマッサージが始まる。マタニティードレスを脱がされてブラとショーツだけの姿にされ、長い黒髪の若妻はソファへ横たえられた。

(変わったよなぁ……。まだ信じられないよ)

会社へ向かう道すがら、信号待ちで車を止めた彰良は大きく溜め息を吐く。口腔には涼乃の甘い唾液の味が残っている。彼女の熱い息遣いまで蘇ってきて、スラックスの前が益々膨れ上がる。

歩美を抱いてしまったせいで、森坂と妻の関係を追究することができなくなった。しかし注意して見ていても涼乃の様子に変わりはない。いや、性に積極的になったことは大きな変化ではあるのだが。

森坂の行動には時折怪しいものがあるが、アリバイは完璧だ。家に上がり込んでいる形跡はあれから一度もないし、どうやら杞憂だったらしい。恩人をこれ以上疑うのも人間として良くない。もう忘れるべきだろう。

妊娠を告げられた時、いつが受精日だったのかすぐに分かった。涼乃が目を赤くして本性を打ち明けてきた日だ。相当に悩んでいたのだろうと思うと申し訳なくて、自分も包み隠さず胸中をぶちまけた。あの夜に本当の夫婦になれた気がする。

もっともっととしがみついてくる妻が愛おしくて我を忘れ、明け方までのしかかっていたのだから妊娠するのも当然だ。少し計画より早いが子供ができたことは素直に嬉しい。これからはもっと家族のために気を引き締めて仕事に精を出さなくてはならない。責任は重いが嬉しい重さだ。苦にはならない。

妻の妊娠を森坂に報告すると、自分のことのように喜んでくれたのが印象的だった。歩美からも祝福の連絡がきて、お互いに夫婦揃って祝杯を挙げた。お腹の子の成長はすこぶる順調で、つわりも軽めで済んだ。そのせいなのかどうなのか、涼乃が妊娠後もセックスをねだってくることが嬉しい反面誤算だった。

このところはお互いに舐め合う程度で済んではいるが、いつまた挿入をねだられるかと思うと不安でならない。お腹の子にもしものことがあったら取り返しが付かないからだ。

しかしこちらとしても性欲は溜まる。仕事でストレスを抱えればどうしても発散したくなるものだ。でもいまは難なく解消できている。妻に欲望を伝えられるようになって本当に良かった。熱っぽいフェラチオで射精させてくれたり、素股で射精させてくれたりと家に帰るのが楽しみで仕方がない。出掛けとただいまのキスも以前とは比較にならないほど濃厚になった。こうなる切っ掛けを作ってくれた上司夫妻には頭が上がらない。

だが——信号が変わって車列が流れ出す。まだ自分には妻に伝えていない秘密がある。歩美との関係が続いたままなのだ。許されないことなのだから、止めなくてはいけないと頭では分かっている。でも歩美の肉体を忘れられない。涼乃とは一味違った興奮と快感を彼女はもたらしてくれる。禁断の関係というシチュエーションも長引かせる要因のひとつだろうか。

『やっほー。今度いつこられる？　またエッチしようよ、次は縛って欲しいな』

会社へ着いてスマートフォンをチェックすると、歩美からの新着メッセージが表示される。彼女とはさっき顔を合わせたばかりで、しかも今日は涼乃を連れて夫婦でお出掛けをしてくれる約束だ。いつメッセージを打ったのかと苦笑せずにはいられない。これが女性のしたたかさというものなのか。取り敢えず返事は保留する。

（どうにかしないとな……。こんなのがいつまでも続く訳ないし）

自分には涼乃という良妻がいる。彼女を泣かせるような真似はしたくない。子供が産まれたら父親にもなるのだから、それまでには歩美に別れを告げよう。しかし本当に断ち切れるだろうか。次の逢瀬を思うと股間がムラムラと疼いた。

「おっ、きたきた。待ってました」

「涼乃さん、今日もキレイだなぁ。やばい、もう勃ってきた」

いかがわしいピンク色の空間へ足を踏み入れた途端、バスローブ姿の客たちに囃し立てられる。この店を訪れるようになって半年、もうすっかり常連だ。恥ずかしくて顔を上げられなかった頃が懐かしい。

集まってきた男女混じりの客たちの中には見慣れた顔も多い。皆特殊な性癖を日常で発散できず、ここへ集まってくる。言うなれば駆け込み寺のようなものだ。そして帰り際には清々しい笑みを浮かべている。彼等の気持ちは涼乃にも理解できるようになった。なにしろ自分も特殊な性癖を持っているのだから。

妊娠中であるためにお酒は呑めない。お腹に森坂の子を宿してから何度もここへはきているが、まだ素面でセックスを披露するのは抵抗がある。しかし始まってしまえばいけない興奮が我を忘れさせてくれる。なにも問題はない。いつものようにコの字席へ三人で座ると、若い男性客がひとり寄ってくる。

「今日はどうするんですか、森坂さん」

「ん、そうだな……。見ての通り涼乃は身重だから、チ×ポ入れるのは俺だけにしとこう。その代わり母乳は飲んで良いぞ。キスもオッケーだ。大奮発だぞ」

「まっ、マジですか、ありがとうございます!」

「ちょ……、え!? そんな……っ」

喜色満面の客とは対照的に、涼乃は耳を真っ赤に染めて森坂を睨む。歩美はさっさとお酒を注文して呑気にしている。夫を窘める素振りはない。

「まぁいいじゃないか、それくらいは。みんなお前のことを抱きたがってるんだしさ。それにおっぱい飲んでもらえれば楽になるだろ。キスはサービスってことでさ」

「……もう……っ」

涼乃はまだ妊娠六ヶ月だが既に母乳が出る。時々胸が張って痛くなり、その都度自分で搾ったり彰良に吸ってもらったりして凌いでいる。赤の他人に飲ませたことはない。唾液とて同じだ。続々と向かいの席に集まってくる男たちは早くも生唾を飲んでいる。誰もが見目麗しい人妻の母乳と唾液を楽しみにしているのだ。

「ほらほら、みんな待ってるわよ。脱いじゃおうね」

「あ……っ」

年上の友人が甲斐甲斐しく脱衣を手伝ってくる。時折ちゅっと唇を奪われてしまい、その度に観衆がどよめく。歩美との絡み合いも彼等には何度も見られている。でもやはり恥ずかしい。

マタニティードレスが優しく剝ぎ取られ、新たな命を宿している女体が露わにされる。Fカップの乳房は一回り大きくなってGとなり、悩ましくくびれていたウエストはいまや寸胴だ。おしりはきゅっと持ち上がったままで足も長いために、アンバランスかつ神秘的な美しさがそこにはあった。

「うおお、マジで妊婦さんなんすね。やばいなぁ」

「だよなぁ。でもそれが良いんだよ。涼乃さんの母乳、どんな味がするんだろ」

（やだ……。どきどきして……）

店へ着けてきた下着は白の上下セットだ。ブラはレースのあしらわれたフルカップ、ショーツはタンガタイプを選んできた。自宅リビングでのいやらしいマッサージにより、ブラのカップには丸い染みが浮かんでいる。ショーツのクロッチにも舟形の染みができていて、甘酸っぱい性臭がふんわりと漂う。

「んじゃ始めようか。歩美はすまんが少し見学だ」

「はぁい。向こうでバッチリ見ててあげる」

妖艶な友人はカクテルグラスを手に向かい側の席へ移動する。森坂は着衣を脱ぎ捨てて全裸となり、ソファへ右横臥となって若妻を呼び寄せる。

「おいで涼乃、今日もじっくりイかせてやるよ」

「はい」

浅ましい期待感を胸に若妻も右横臥でソファへ横たわる。すると早速中年男が半身を起こし、左上から口を吸い立ててきた。

「あっ、んん……。っふぅ、んむぅ……」

森坂の太い右腕を枕に、じっくりと吐息を嗅がれては唾液を啜られる。吐息を混ぜ合わせるキスは大好きだ。相手の口臭を感じるとゾクゾク背筋が燃えて性欲に火が点く。舌で口腔を掻き混ぜられながら唾液を飲まれていると、辺りの喧噪も気にならなくなってくる。事前の愛撫のお陰もあって、人妻は早くも呼吸を弾ませ始める。

「ブラ取るぞ。お前のでっかくなったオッパイ見せてやろうな」

「……っあ、だめェ……」

ぷつんと背中のホックを外され、苦しかった胸元がすうっと軽くなる。嫌がっては見せたが無論本意ではない。拒否の言葉を口にすると自分も相手も興奮が増すことを知っている。それは森坂から学んだ性の極意だ。

両腕から肩紐を抜かれ、母乳の染みたブラを向かい席へ投げられる。わっと男性客が群がって奪い合いとなり、幸運なひとりが喜び勇んでカップに鼻先をうずめる。その光景を横目に見て頬を染めながら、涼乃は森坂に口を吸わせ続ける。この先見知らぬ男たちと唾液交換をしなくてはならないのだから、いまの内に森坂の味を舌に刻みつけておきたかった。

「はぅ……」

妊娠を経験して、涼乃の乳頭部は一回り大きさを増して色もピンクからセピアに変わっている。森坂の毛深い左手が左乳房をそっと掬い上げ、根元から絞るように力を込めてくる。すると鼻先に火花が散り、胸の先がじんわり熱くなる。ぴゅっと白い飛沫が宙を舞い、客たちが歓声を上げる。

「すっげえ、マジで出た。エロいなぁ」

「森坂さん、控えめに頼みますよ。オレらが飲む分がなくなっちまいますからね」

「ふふん、なに言ってやがる。元々コイツは俺の女なんだ。おこぼれをもらえるだけで有り難いと思え」

中年男は得意気ににやついてから鼻息を荒らげ、再び半身を起こして左の乳房に吸い付いてきた。甘ったるい吸引感と共に膨らみに詰まっている母乳を吸い出され、涼乃ははっと息を呑んでびくつく。

「やぁあ……っ、公一……さんっ、そんなに、すわな……あぁッ」

「あ〜美味え、ほんのり甘くって最高だぜ。いまからこんだけたっぷり出るんだから赤ん坊も安心だな」

新たな命について触れられると妖しく胸が騒ぐ。彰良の妻でありながら、お腹に宿しているのは森坂の子なのだから。だが罪悪感にまみれていても快感は色褪せない。それどころか益々息が上がって感覚が鋭敏になってくる。

「あ………っ」

森坂は左乳首をねっとりと吸い上げながら、左手でお腹を愛おしそうに撫で回してくる。そして形の変わったおへそを指先でくすぐり、お腹の丸みを股間へ向けて撫で滑ってゆく。ショーツの中へ左手を入れられ、ホルモンバランスの変化で濃くなった恥毛を心地好さそうに掻き混ぜられる。妊娠してから恥毛の手入れはご無沙汰になっているせいもあり、恥ずかしさは強烈だ。

そのまま指を進められ、肉の割れ目に潜り込まれる。そこはもうぐっしょりと濡れている。幸いなことに、お腹が膨らんでからも性欲に変化はない。子供のことを考えればセックスは控えるべきなのだろうが、いまの時期であればまだ大丈夫だ。子宮口を刺激しないよう心掛けて、感染症防止のために避妊具を使ってもらえば良い。

「あう……っ、あ、はぁはぁ、んん……」

若妻は自ら左膝を曲げて立て、男が肉裂を弄り易いように協力する。大胆な行動を取れるようになった自分に興奮せずにはいられない。クロッチ越しにもこもこと指が蠢く。その様子をもっと良く観賞しようと、足元にふたり男性客が寄ってくる。彼等の視線を股間に集めながら性器を弄られると、甘美な羞恥に苛まれて淫らな声が止め処なく漏れてくる。

「すっげ……、ぐしょ濡れじゃんか」

「ほんとだ。甘酸っぱい匂いがプンプンしてるな」

「うそ……っ、はぁ、はぁ、そん……な、んんっ、いやぁ……っ」

否定はするものの、そこが濡れているのはもう隠しようがない。顔を背けることも叶わず目を閉じて耐えていると、肉裂を弄っていた手が離れておしり側からショーツを脱がせてきた。腰を浮かせて脱衣に協力した涼乃は、美貌を朱に染め上げながら再度左足を曲げて立てる。露わになった肉花はふっくらと肉びらを充血させて、秘めやかな膣口から白い愛液をじわじわ滲ませていた。

「えらく濡れてるな今日は。他の奴にサービスするから興奮してるのか」

「やぁっ、ちが……、はぁはぁ、んンっ、そこだめェッ」

毛深い左手が割れ目に戻り、左中指の腹でくちくちと膣口の縁をなぞられる。敏感にできた入り口の次は内部だ。にゅるりと左中指を挿入されて、第二関節を曲げるようにしてGスポットをまさぐられる。同時に親指の付け根辺りでクリトリスを押し潰され、一気に腰が燃え上がる。

「いやらしいでしょう、あのコ。前は他人の裸見るだけで真っ赤になってたのにね。変わるもんだわぁ」

向かいから歩美も野次に参加してくる。見れば見知らぬ男性客に左右から挟まれ、チューブトップの胸元を引き下げられて直に乳房を揉ませている。タイトミニの股間へも客の手が潜り込み、Tバックショーツのクロッチをどけて肉花をいたぶっているようだ。時折息を呑んでびくつく様から、彼女も快感に溺れているのだと分かる。

「まったく、歩美の奴め。帰ったらうんとお仕置きしてやらんとな。でもその前に、だ。お前をヒィヒィ泣かせてやる」

「うあ……ッ」

にやつく中年男がしきりに膣天井を押してくる。いけない切迫感に襲われ、涼乃はびくびくと痙攣する。取り敢えず一度果てて落ち着きたい——潤んだ瞳で見上げ、人妻は友人の夫に懇願する。

「ねぇ、いれてぇ……、はぁはぁ、いきたいの……っ」

「おっ、やる気マンマンだな。じゃあ突っ込んでやるか」

男はいそいそと起き上がり、自慢の肉柱にコンドームを被せる。性欲しか頭にないと思いきや、こうして子供を気遣ってくれるところが愛おしい。若妻はどきどきと胸を高鳴らせながら大人しく待つ。向かいの席から期待に満ちた視線の群れが一斉に割れ目へと集まってくることにも吐息を弾ませられる。

避妊具を装着した森坂が腰を押し付け、薄膜付きの亀頭冠で入り口を探ってくる。すぐに探索は終わり、甘ったるい挿入感が襲いきた。

「んんぅ………っ」

貫かれる瞬間を見られてしまうのは何度経験しても恥ずかしい。なのに鼻先にはバチバチと火花が飛び散り、いやらしい声が勝手に漏れる。長いペニスはぬるぬると膣肉を掻き分け、そうっと子宮口に密着する。肉傘の発する熱気を移されているだけでゾクゾクと背筋が燃えて、瞼の裏がぱあっと明るくなる。

「うひょう、良い眺め。オマ×コヌルヌルだな」

「あんなにでかいのが楽々入っちゃうのかぁ。こりゃあお産も楽勝かもな」

「やぁあ……っ」

好き勝手な感想が耳に届く。しかしそんな観衆の声がより快感を甘くしてくれるのだ。目を閉じて興奮に浸っていると、背後の男が客たちに宣言する。

「よし、それじゃ解禁だ。涼乃の母乳飲みたい奴とツバ飲みたい奴は並べ。ひとり二口までだからな」

「え……っ、うそ……っ」

所有者の許可が下りた途端に男性客が我先にと集まってくる。右横臥の体勢であるために乳房にひとり、口にひとりという配分になる。三十代らしき男がそれぞれ一番目を獲得し、小鼻を膨らませてにやつく。

「やったぜ。さぁ奥さん、オレとチューしようぜ」

「オレはおっぱい飲ませてもらうよ。あ～楽しみだなぁ」

「いやあッ、まってぇっ、んんぅ……、ン！」

有無を言わさず口を重ねられ、猛然と舌を吸い上げられる。左の乳房も荒っぽく握り締められ、敏感な乳頭部を丸ごと口へ含まれる。ちゅううっと長く母乳を啜られ、切なさ混じりの快感電流が胸元に渦を巻く。

ごくり、ごくりと二度喉を鳴らすと、男たちは呆け顔で列を離れる。息を継ぐ間もなく次の客に唇を奪われ、涼乃は耳を真っ赤に染める。左乳房にも甘やかな吸引感が広がり、思わず総身がびくつく。

（やぁあっ、こんな……。かんじちゃう……）

三人目、四人目と男たちが入れ替わり、卑しい欲を満たそうとする。どの男も舌遣いがいやらしい。唾液を求める組は一様に深々と舌を差し入れ、存分に口腔を舐めてから吸引に移る。舌が吸われ過ぎてひりつく。だが総身が粟立つほどに興奮してしまう。神聖な部分を汚されると、妖しい罪悪感と背徳感に襲われるのだ。

乳房を吸う男たちもしきりに舌を遣う。セピア色に色づいた仄かに甘い乳頭部を口腔で熱しながら、感じる乳首をちろちろと舐め弾いてくる。人妻が悩ましげに何度もびくついてから吸い上げは開始される。乳肉を絞ってはちゅうっと吸い立て、初々しく新鮮なミルクを美味しそうに飲み干してみせる。

「あ～美味え、ちょっぴり甘くて最高だなこれ」

「っはぁっ、だめ……、それは、あかちゃん……の……っ、ああッ」

まだ子供は産まれていないが、ごくごくと母乳を貪られると焦燥感に駆られる。すべて飲み尽くされてしまいそうで怖いのだ。キスの合間に懸命に声を上げていると、膣へペニスを埋めている森坂が耳元で囁く。

「大丈夫だって、産まれるのはまだまだ先だろ。まぁ見てみなよ、みんな嬉しそうじゃないか」

「……っ、あ………」

言われるままに胸元を見遣ると、どの男も満足そうに目を細めている。そんな顔を見ているとなんだか自分も嬉しくなってきて、抱いていた恐怖感も掻き消えてゆく。

「あれ、出なくなっちゃいましたね。困ったな」

左の膨らみに取り付いた新たな男性客が残念そうな声を上げる。涼乃は荒い息の下で微笑み、迷うことなく身体を少し捻って右の乳房を差し出す。そちらはまだ吸われておらず、乳首をコチコチに尖らせて乳輪部に小さな白い滴を滲ませていた。

「あっ、ありがとうございます！　いただきまーす」

「くぅ……っ、ん、はぁ………っ」

ちゅうちゅうときつい吸い上げをされてぴりっと右の頂が痛む。だがそんな刺激もまた心地好い。とろんと美貌を呆けさせる人妻の様子を見て唾液組の男も鼻息を荒くする。そして艶やかな朱唇をすっぽりと口で覆い尽くし、清らかな吐息ごと唾液を啜り飲み始める。涼乃ははしたなく呻いて仰け反り、禁忌のキスにも酔い痴れる。

「うひひ、大人気だなぁ涼乃。良かったな、こんなに沢山のファンに喜んでもらえてさ。女冥利に尽きるだろ」

「んんぅ、ん……、っはぁ、やだ……っ、あ、んむぅ……っ」

森坂もいつしか肩で息をするほど興奮していた。埋めたまま止まっていたペニスがゆるゆると引かれ、膣の浅瀬を中心とした小刻みな抜き差しを始める。子宮を驚かせないようにとの優しい腰遣いだ。夫は身体を心配し過ぎて挿入まではしてくれない。そんな時に森坂の存在は有り難い。お陰で身体に差し障りのない範囲で存分に快感を楽しむことができる。

「こらこら、そんなに締める奴があるか。お腹に響くだろうが」

「ごめ……なさ、んあっ、はぁっ、はぁっ、だってぇ……っ」

体液を求めていた客がやっといなくなって、森坂の淫技に集中できる時間が戻ってくる。唾液を飲まれ過ぎて喉がからからだ。唇を開けて水分を要求すると、中年男は頬をすぼめて唾液を溜め、大きな滴にして口腔へ垂らしてくる。

「んぅ……っ」

ごくり、と大きな音を立てて飲み干すと、身体中がゾクゾクと痺れる。まだまだ飲み足りなくて口を開けると、二滴、三滴と唾液が降ってくる。すべて飲み干してからほうっと溜め息を漏らし、人妻は自ら朱唇を重ねにゆく。やはり見知った相手だとキスの満足度が違う。裏切りの共謀者だからか、甘い背徳感のおまけも付くのが嬉しい。

「はぁ、はぁ、んん、あっ、あっ、くぅ……っ」

膣内で前後するペニスのリズムに合わせて、涼乃はしっかりと目を閉じて火の点きそうな吐息を漏らす。お腹を刺激しないように膣肉はあまり締められないが、それでも意識が霞むほどに感じてしまう。ふと対岸が気になって薄目を開けると、歩美もソファへ横たえられて三人がかりで身体中を舐め回され、膣へ生のペニスを突き込まれていた。彼女の悩ましく掠れた嬌声が耳に届き、ぞくりとうなじが燃える。

「歩美も感じてるみたいだな。負けてられないぞ涼乃」

「はい……っ、あっ、あっ、はぁっ、いいっ、あっ、ああんッ」

小刻みに出入りするペニスがびくびくと痙攣を始める。左の乳首をくりくりと摘まれながら、若妻も懸命に快感を享受する。二色の嬌声が競って響き合うコの字席には観衆が群がり、口々に絶頂を求めて囃し立てる。そんな声を糧にして涼乃は高まってゆく。心地好く意識が溶け始め、甲高い耳鳴りに苛まれる。望んでいた瞬間はすぐそこだ。

「やっあ、いきそう、あっだめ、いっちゃう、いく……ッ」

ぬちゅぬちゅと粘った姫鳴りを響かせ、若妻は中年男に腕枕されたままびくびくと痙攣を始める。そして長いペニスが膣の中間辺りで動きを止め、ぐぐっと大きく膨れ上がる。たとえ精液を注がれなくても、肉幹のびくつきから彼の射精は分かる。息を合わせて果てるのはこの上ない悦びだった。

（はぁ……っ、たまんない……）

薄膜越しに森坂の白濁液を感じながら、涼乃も息を詰めて昇り詰める。もう暫くするとこの快美感が味わえなくなるのが寂しい。だがいまは夢中になっていられる。帰宅すれば夫とも愛し合えると思うとはしたなく喉が鳴った。

「っああ、ふぅう……、出ちまった。ちょっと待ってな、ゴム取り替えるからさ」

「……っあ、はぁ、はぁ……、はい……っ」

余裕の笑みで避妊具を替え始めた森坂を見遣りながら、若妻は数ヶ月先の未来を想像する。子供が産まれたらどうなるのか、正直に言えばまだ分からない。だがきっとめくるめく快感はどこまでもついてくるはずだ。その時に自分を組み敷いているのは――想像が甘ったるい挿入感に掻き消される。潤んだ瞳で見上げた先には、夫の上司の脂ぎった顔があった。

（完）

フランス書院文庫X

人妻《ひとづま》 孕《はら》ませ交姦《こうかん》【涼乃《すずの》と歩美《あゆみ》】

著　者　御前零士（ごぜん・れいじ）

発行所　株式会社フランス書院

東京都千代田区飯田橋３－３－１　〒102-0072

電話　03-5226-5744（営業）

03-5226-5741（編集）

URL　http://www.france.jp

印刷　誠宏印刷

製本　若林製本工場

ISBN978-4-8296-7653-0 C0193

フランス書院文庫X　偶数月10日頃発売

襲撃教室【全員奴隷】
巽 飛呂彦

そこは野獣の棲む学園だった！ 放課後の体育倉庫、女生徒を救うため、女教師は自らを犠牲に…。デビュー初期の傑作二篇が新たに生まれ変わる！

孕み妻【優実香と果奈】
御前零士

（ああ、裂けちゃうっ）屈強な黒人男性に組み敷かれる人妻。眠る夫の傍で抉り込まれる黒光りする巨根。28歳と25歳、種付け調教される清楚妻。

美獣姉妹【完全版】
藤崎 玲

学園中から羨望の視線を浴びるマドンナ姉妹が、生徒の奴隷にされているとは！ 浣腸、アナル姦、校内奉仕…女教師と教育実習生、ダブル牝奴隷！

若妻と誘拐犯
夏月 燐

（もう夫を思い出せない。昔の私に戻れない…）誘拐犯と二人きりの密室で朝から晩まで続く肉交。27歳と24歳、狂愛の標的にされた美しき人妻！

絶望の淫鎖《くさり》【襲われた美姉妹】
御前零士

「それじゃ、姉妹仲良くナマで串刺しといくか」成績優秀な女子大生・美緒、スポーツ娘・璃緒。中年ストーカーに三つの穴を穢される絶望の檻！

人妻 恥虐の牝檻【完全版】
杉村春也

幸せな新婚生活を送っていたまり子を襲った悲劇。同じマンションに住む百合恵も毒網に囚われ、23歳と30歳、二匹の人妻は被虐の悦びに目覚める！

美臀病棟【女医と熟妻】
御堂 乱

名門総合病院に潜む悪魔の罠。エリート女医、清純ナース、美人MR、令夫人が次々に肛虐の診察台へ。執拗なアナル調教に狂わされる白衣の美囚。